U0930300

作者：[俄]安德烈•科列斯尼科夫
译者：于宝林 张贤芳 马燕 谭立新 都凯 李森
审校：杨冰皓 敖翔

一个普京 两张面孔

普京是如何钦定梅德韦杰夫的

中国社会科学出版社

图书在版编目（CIP）数据

一个普京，两张面孔／［俄罗斯］科列斯尼科夫著；于宝林等译．—北京：中国社会科学出版社，2009.2

ISBN 978-7-5004-7565-1

Ⅰ．一… Ⅱ．①科…②于… Ⅲ．①普京，F.F（1952— ）-人物评论②梅德维杰夫-生平事迹 Ⅳ．K835.127=6

中国版本图书馆 CIP 数据核字（2009）第 001097 号

图字：01-2009-1287 号

出版策划 任 明
特邀编辑 乔继堂
责任校对 修广平
封面设计 杨 蕾
技术编辑 李 建

出版发行 中国社会科学出版社
社 址 北京鼓楼西大街甲 158 号 邮 编 100720
电 话 010-84029450（邮购）
网 址 http：//www.csspw.cn
经 销 新华书店
印 刷 北京奥隆印刷厂 装 订 广增装订厂
版 次 2009 年 2 月第 1 版 印 次 2009 年 2 月第 1 次印刷
开 本 710×1000 1/16
印 张 13
字 数 212 千字
定 价 30.00 元

凡购买中国社会科学出版社图书，如有质量问题请与本社发行部联系调换

出版者的话

当你阅读这部书的时候，正在举行德米特里·梅德韦杰夫总统的就职仪式，他已经从一个当选总统成为一位正式总统了。三年的时间，专家、政治家、记者以及数以万计的普通百姓不停地在猜测：谁会是继普京之后的下任俄罗斯总统？是梅德韦杰夫还是伊万诺夫？抑或是第三个人？第三个人会是谁呢？不是普京，就没有人了吗？

生意人出版公司驻克里姆林宫特派记者，以出版有关普京的书（《我见过普京!》、《普京见过我!》、《见了普京死了也行。文献历史》）而闻名遐迩的安德烈·科列斯尼科夫实际上不仅见过普京，而且也见过梅德韦杰夫、伊万诺夫和其他重量级人物，甚至还见过那些策划、筹备和主持过总统向自己接班人移交总统权力控制程序的人。人们感兴趣的这种程序，本书也将向读者一一展示。

是的，这部书的故事不是从德米特里·梅德韦杰夫开始的，而是从弗拉基米尔·普京开始的，更确切地说，是从弗拉基米尔·普京考虑接班人，这个人应当具备什么样的品质，以及他——弗拉基米尔·普京，为了寻找这个人而做了些什么开始的。

接下来的篇章全面披露了德米特里·梅德韦杰夫政治升迁的内幕：从俄罗斯联邦总统办公厅副主任到被四个政治党派一致推举为俄罗斯总统候选人。单独有一章专门介绍了这种升迁的每个阶段，作者不惜重墨用大量篇幅描写了他在任副总理一职时的工作情况。指导制定国家重点项目是他工作的主要内容，这项任务安排的本身促使诸多专家纷纷认为德米特里·梅德韦杰夫是总统接班人的主要候选人。不过，另外一些专家马上找到了

进行反驳的理由，指出谢尔盖·伊万诺夫作为第一副总理也肩负了比较重大的工作任务，认为他是总统的热门人选。作者另辟一章，专门介绍了谢尔盖·伊万诺夫和德米特里·梅德韦杰夫的其他竞争对手巧妙博弈，获取普京信任的内幕情况。

作者在书的结尾部分，使用非常少的篇幅再现了总统选举和德米特里·梅德韦杰夫新地位的情况。这种地位为其政治资本增添了新内容——国家总统职责。

目　　录

作者的话

至高无上的地位未必总能排行第一

《生意人—货币》杂志2004年第1季度排行榜——

2004年第一季度在俄罗斯引起全社会反响最大的事件：

1. 米哈伊尔·卡西亚诺夫辞职。
2. “德兰士瓦”水上乐园发生灾难。
3. 莫斯科地铁发生恐怖行为。
4. 政府新成员组成。由总统直接管辖的政府强力集团没有改变。米哈伊尔·弗拉德科夫就任俄罗斯总理。
5. 俄罗斯总统选举，弗拉基米尔·普京在大选中获胜。

为什么卡西亚诺夫辞职的事件比普京获胜引起的社会反响还大呢？好像一切应该倒过来才对。要知道，普京总统解除了卡西亚诺夫总理的职务。假如普京不当选总统的话，就不会发生卡西亚诺夫辞职的一幕了。

总之，不知道，在茫茫人海世界里到底发生了什么事情。乍一看，很多事情似乎都取决于总统选举情况。老实说，第一季度所有其余的大事件好像都取决于这一点。它应当位居第三。而位居第二的是米哈伊尔·弗拉德科夫的任命。顺便说一下，是谁任命的米哈伊尔·弗拉德科夫呢？

于是我在想，为什么现实生活对普京如此不公呢？似乎他在做一切他应该做的事情，甚至是全身心地在投入。他不断地努力着。他甚至也承认，如果他一如既往地这样工作下去的话，那他会疯掉的。不过，我相信，他一定会继续这样工作下去的。

不过，在我看来，他越是努力地工作，越清楚，好像很少有什么事情以他的意志为转移。他甚至竭尽全力也不能保障自己在排行榜中应有的位置。

不能排除，他已经劳累了。除了他本人以外，也许很少有人还能感觉到这一点。实际上，他已经在轻松地憧憬那种妙不可言的瞬间，当他卸下自己职责的时候，会去向一些人说，他这段时间一直在想念他们。他会对一个人说，实际上这个人作为管理人员这么多年来能力是比较弱的，作为人不再寄希望成为最优秀者了。

这个人会伤心地问："那么，为什么您，弗拉基米尔·弗拉基米洛维奇（普京）这些年来一直把我留在自己身边呢？为什么在这个重要岗位上您需要我呢?"

弗拉基米尔·普京会叹息道："如果说是我无缘无故地留下了您，您就严重妨碍我了。这些年来您就是这样妨碍我的!"

"那是为什么呢?!"

普京将会回答说："甚至连我本人也不知道，为什么没有解除您的职务。"

要知道，这一天他将对大家讲的只是一种真实情况，除了真实情况外，没有任何其他东西。

然后他会去找米哈伊尔·卡西亚诺夫和亚历山大·沃罗申并向他们道歉。对亚历山大·沃罗申要道歉的是，当那个人离开的时候，我不相信他了，总统办公厅主任的离开并不是因为他本人太劳累了和不想再玩命地干和拉这辆沉重的大车了，而仅仅是因为他明白了：老实说，他的首长和他重视（现在可承认这一点）其意见的那个人，不知什么缘故不再重视他的意见了。

弗拉基米尔·普京会因这样的事情而向他道歉的。是啊，不知怎么的一不留神一切都发生了。而向米哈伊尔·卡西亚诺夫要道歉的是，他不得不解除他的职务，只是迫不得已。当时的情况是这样的……

"甚至您自己一切都还记得。"普京会面带愧色地转动着上衣的扣子说道。

"我记得，而且一切记忆犹新，历历在目，永远不会忘记的。你说的每句话至今在我耳边回荡。"米哈伊尔·卡西亚诺夫也叹息道。

弗拉基米尔·普京仍然不停地转动那个扣子，15 秒钟后便会说，他对米哈伊尔·卡西亚诺夫没怀有任何恶意。

弗拉基米尔·普京也会向米哈伊尔·弗拉德科夫道歉，因为任命了他为总理。

当他做完这一切，而我偶然得知这一切并写出来的时候，他的民众支持率会节节攀升。被他自己的接班人委派到关键工作岗位去的弗拉基米尔·普京将会稳居我们季报的第一位。

安德烈·科列斯尼科夫

2004 年 4 月 12 日

第一章

未透露姓名的接班人

2005年夏末，我乘俄罗斯总统的“专机”从巴尔瑙尔飞往莫斯科。在航程中，我与弗拉基米尔·普京谈到了很久以来不仅新闻记者而且最亲密的人都下不了决心问他的问题。

我参加了阿尔泰边疆区行政长官米哈伊尔·叶夫多基莫夫州长的葬礼。几名克里姆林宫记者联盟成员飞抵了巴尔瑙尔。情况是这样的，在中午时分，我们分开行动了。我来到了州长孀妇重病卧床的医院。总统来到她身旁，他们就某些事情交谈了很长时间。我站在走廊里，在这里阿尔泰边疆区医院的外科医生说，他们认为她受了致命外伤，不过她已经恢复了知觉。医生说，到目前为止任何人都无法告诉她，她丈夫已经不在人世。看来，弗拉基米尔·普京要做这件事了。

其余的记者没有去医院，而是乘“先遣飞机”飞回了莫斯科。我没有班机机票。总统新闻秘书提供了帮助，于是我有幸坐上了总统“专机”。

坐在我旁边的是总统私人医生。他讲述说，五年来他一次也没有错过总统出差的机会，但总统从没有因为出现严重情况而需要他的帮助。

“请吃一点儿，”他对我说，“您大概饿了吧？”

这位资深医生大概是根据某种对他而言无密可保的特征作出判断的。多半是根据我看放在我面前折叠桌上的食品托盘的眼神作出的结论。不过，我还未来得及尝一尝食品，就被叫到隔壁房间。

在那里，我看到了一桌更为丰盛的宴席和国家总统。他邀请我坐下。我们一共有五个人：他、我、他的助手、新闻秘书和一位负责礼宾事务的官员。

总统劝我喝酒。我谢绝说：

“我不喝酒。”

“那好吧，”他说，“那咱们就不碰杯啦。”

种种迹象表明，米哈伊尔·叶夫多基莫夫遭遇车祸对弗拉基米尔·普京的精神打击很大。他们的关系不仅是总统与州长之间的工作关系。有一次，普京先生乘飞机去车臣，在乘直升机返回时，他建议捎上米哈伊尔·叶夫多基莫夫，后者当时还不是州长，而是作为演员来到车臣的。在路上，直升机遭到了射击。由此可见，对弗拉基米尔·普京来说，米哈伊尔·叶夫多基莫夫不是外人。

“这次事故发生得很蹊跷，”弗拉基米尔·普京说，“到底是什么原因致使他没有带护卫队呢？护卫人员是不会让他的车以这样的速度行驶的。”

“可是在出事的前几天，护卫队被撤走了。”

“是啊，我知道。”总统答道，“我想知道，目的是什么。”

他最后说的不是原因是什么，而是目的是什么。

“在巴尔瑙尔，人们也都在议论这件事情。”我说，“人们都知道，他与议员们存在着无法调和的矛盾冲突。据说，内务局的局长支持他们。”

“您知道，他最后三个月根本就不在阿尔泰这个情况吗？他不愿意的话，我不可能强迫他去那里。他精神上感到很痛苦。”

“整个巴尔瑙尔都在传说，他是被杀害的。”我说。

“您当真了吧？”普京先生重问了一遍，“难道您不明白，什么是各种不幸的巧合吗？”

“在发生这件事前不久，巴尔瑙尔市长被杀害的时候，据说，也是不幸的巧合。但什么是不幸的巧合呢？您自己说：如果有护卫队的话，就什么都不会发生了。”

弗拉基米尔·普京拿起桌子上的电话（带有徽章的黄色“电话拨号盘”），并请求接通他与总检察长的电话。电话接通后，他离开了我们坐着的房间，在外面打了5分钟的电话。

他回到房间的时候，我们在继续谈论其他一些话题。其中一位交谈者知道，我出版了一本关于“橙色革命”的《第一次乌克兰大选》的小册子，于是他便问道，在乌克兰现在可以与谁打交道。我坦率地回答说，与任何人都不能打交道。

我觉得，普京先生好像在极其心不在焉地听着我们的谈话。

当时，我本人问了他其实我也感兴趣的问题：

“接班人的事情敲定了吗?”

“基本上敲定了。”他点了点头，“这方面没有特别的问题。当然，还应该看一看再说。好像有两个候选人吧？我记不太清楚了。”

他看了一眼自己的助手。那个人点了点头。

“实际上我觉得，他们俩目前还不是百分之百的方案。”

我全神贯注地听着。听得是那样地认真，好像我马上要听到我似乎从来没有听过的东西一样。

“那就让我们把问题搞清楚吧。”总统补充道，“当然，边疆区的情况比较复杂。但这并不是当前的主要问题。”

“请等一等!”我忍不住打断了他的话，“您刚才说的是阿尔泰边疆区的情况吧?”

“是呀,”他惊奇地说，“您想什么啦?”

我认真地看了他一眼。我有种感觉，现在他对我相当的残酷无情。

“没有，我在想您接班人的事情。”我说。

“噢,”他答道，“想我的事情啊？好，明白了。”

“怎么样了?”

“什么怎么样了?”

“敲定了吗?”

“您为什么对这事儿这么感兴趣呢?”

“因为这件事所有的人都感兴趣。我认为，您对这件事情关心的程度不比其他人低。”

“就算敲定了吧。”他说。

“那请您向我们透露透露。”我由衷地请求说。

我觉得，还可以补充一句：我不会对任何人说的。我认为，现在无论什么要求我都可以答应。

“您认为，我应当离开吗?”他饶有兴趣地问道。

“当然。”我坦率地回答道。

“怎么，您不喜欢我?”他说。

我本来应当回答点什么。最后我们只是坐着吃晚饭。

“怎么，”没等我回答，他问道，“您认为不应该修改宪法吗?”

这是一种暗示性的话。

“当然，不应该。您自己知道，不应该。”

“能顺便说一下，为什么吗?”

在我看来，他第一次在真正感兴趣地望着我。

“因为现在您对宪法随便修改些什么，过一年后，宪法上就会什么都没有了。”

“您需要修改吗?”我想补充说。

“算啦，那我们就不修改了。”他爽快地同意道。

“那么，谁是接班人呢?”我又问了一遍。

“请告诉我，如果这是一个在各个方面表现正派、诚实、有能力的人，那么您本人会帮助他成为总统吗?”他问道。

我为霎时转换角色而感到惊讶。

普京同乡、同校和同事的三重身份让梅德韦杰夫在政坛一帆风顺

“为什么我要帮助他呢？我是记者。任何人我都不应该帮助。”

“不能这样说，您也是一名公民啊。这就是您不要帮助诚实人成为总统的理由吗?”

“您帮助他比我帮助他会更好一些。”

“不，请回答问题!”他继续说。“为什么您不看着我?”

我的确在看他左上方的某个地方。

“怎么，您想在那里找到斯大林的肖像吗?”他补充说。

“普京的肖像。”我回答道。

“算他一个。”普京点了点头，“但那里没有他的肖像。如果有他的肖像又怎么样？您将会帮助吗?”

“我不会。”

“如果是一个很优秀的人呢?”他突然说道。“一个诚实、正派、有能力的人。这样的人您会帮助吧？”

我突然觉得，实际上他在讲一个具体的人。

“这样的人我会帮助的。不过没有这样的人。”我说。

“啊!”他点了点头，“您终于说帮助了。这不得了，您就是不想回答。”

依我看，他对这一回合的胜利非常满意。

“的确，我不想帮助任何一个人。您能说说，他是何许人也?”我说。

“您会喜欢的。”沉默片刻后，他回答道。

于是，后来很长一段时间我都认真观察在克里姆林宫的一些人的情况并猜测：我会喜欢他吗？难道是他？或者是他？……不，无论如何我都不喜欢他。就是说，他，谢天谢地，不会是接班人。那就是他……当然啦……或者只是把他扔到了风口浪尖上，目前在观察：他是否能浮出水面？……就这样，我不停地苦思冥想。总统认为，他钦定的那个人我会喜欢的。不过，我明白，我可能喜欢谁……想到这一点，就不那么发疯了。顺便说一下，在说所有这些的时候，普京先生不是提到这一点了吗?

不过，他再也不想谈这个话题了。

电话铃响了。这一次，普京总统没有离开房间。看来，他与总检察长的电话接通了。

“明白……是的，听清了……”普京先生说，“就是说，你们对情况进行了分析并认为，这件事应当由我做出决定？就这样，谢谢。”

次日，阿尔泰边疆区内务局局长（根据他的命令，米哈伊尔·叶夫多基莫夫的警卫队被撤走了）被撤职了。

谈话继续进行。我谈我感兴趣的事情。谈到了言论自由的话题，还谈到了一些其他东西。我说，在电视上没有言论自由，这不可能使一个正常的人感到满意的。

他问道：“是什么让您感到不满意啊？”

“我感到不满意的是，在霍多尔科夫斯基被逮捕之后过了不长时间，我就没有我生活在自由国家的感觉了。目前我还没有恐惧的感觉……”

我想补充说：不过，好像马上就会出现这种感觉，但他打断了我的想法：“也就是说，绝对自由的感觉没有了，而没有出现恐惧的感觉，是吗？”

“是的，在您第一任期的时候这种感觉就没有了。”我说。

“但没有出现恐惧的感觉，是吗？”他再次明确地说，好像他在思考我说的话。

“暂时还没有。”我回答道。

“那您有没有想过，我可能也在极力争取达到这样的效果：使一种状态消失，而另一种状态没有出现？”

“没有想过。”我答道，“没期望过。”

他耸了耸肩，并重新做出一副无所谓的样子。

我固执己见地说：“您给电视以自由，又有何妨呢？”

“谁也没有控制过它们。电视现在与社会一样。”

“您喜欢这样的电视吗？”

“我不喜欢。”他突然答道。

“那就应当改变！”我感到高兴。

“好，那就让我们一起来改变吧。您以为，改变是一种很简单的事情吗？那我们就去改变。不过，不会再回到当时那种电视状态了，也就是不会再回到您所说的那种状态了。这种时代已经过去了。这种时代不会再有。它不会重演的。请切记。”

他好像不仅仅是使我相信这一点。

＊＊＊＊＊

经过这一番谈话之后，我明白了，当时他已经清楚，谁将是接班人。后来我又花费了两年的时间，使我完全相信了他是正确的。

2006年5月，再一次使我信服一切已解决的事实。为庆祝全俄罗斯国家电视和无线电广播公司成立15周年，俄罗斯总统接见了公司领导人，可以说，他十分坦诚地讲述了他关于反贪污、寻找接班人以及与美国和乌克兰之间关系的一些想法。

21名全俄罗斯国家电视和无线电广播公司职员在夜幕降临前离开了位于阿德列尔机场的飞机舷梯。在“雷季松—拉祖尔娜娅”旅馆，在与弗拉基米尔·普京的会晤的期待中度过了一个不眠之夜后，这个创作集体来到了在索契的“博恰罗沃小溪”俄罗斯总统官邸。在这里等待他们的还有一个创作集体——在与“全俄国家电视和无线电广播公司的小型宴会”上吃饭时可以随意接近公众人物的克里姆林宫记者联盟。这种活动的模式正是被这么规定的。

普京先生向与会人员祝贺了周年纪念日，并说：“全俄罗斯国家电视和无线电广播公司为我们提供的产品对一个正处于自己发展转折时期的国家来说是非常重要的，因此，在这里每一句话对亿万观众都具有非同寻常的意义。”

我相信，普京先生说的话是完全真诚的。他之所以有看电视的嗜好，正是因为他相信电视对亿万观众的社会意识有着潜移默化的影响。全俄罗斯国家电视和无线电广播公司总裁奥列格·多布罗杰耶夫简短甚至可以说非常简短地讲述了电视台的计划（我们知道，最近仍然会出现信息频道），并建议提出问题。电视节目主持人德米特里·基谢列夫对“现在全世界都在讨论的”总统国情咨文内容和“‘狼同志知道，要吃谁’这句话在哪一段出现的”很感兴趣。

弗拉基米尔·普京作了十分详细的回答。我觉得，他大概很想讲述这方面的问题。他没有什么可羞于讲述，这篇国情咨文是如何准备的，怎样能够理解这个引人入胜的故事，因为他本人是这篇国情咨文的唯一作者。

“根据我们不断增长的国力，我认为有必要把精力集中在下列主要威胁上。我觉得，第一，国家应当准确地视为同一。每个公民必须认识到这些威胁。第二，必须看到，我们将是如何战胜所有这些威胁的。”普京先生说。

这样一来，证实了我非常不愿相信的怀疑：我们生活在一个充满敌意的环境里，一个充满敌人制造的威胁和挑衅的世界里。把这个“敌人”再称为“可能的敌人”已经是不正确的了。不，这简直是一个不可思议的敌人。

不过，最主要的威胁一向来自于我们自己。

“我觉得，”总统说，“我找到了那个真正能把整个民族团结在一起的问题。所有的人都清楚国家的这种威胁——人口下降。就领土面积而言，俄罗斯是世界上最大的国家，假如这种情况这样继续恶化下去的话，国家真的将无人保卫！”

因而明白了，为什么需要人口爆炸。

“难道我们国家是那样一个，”弗拉基米尔·普京痛苦地问在座的各位准备就餐的人，“不能保障我们自己再生产的国家吗?!”

在座的人对这种责备似乎无言以对。只有总统给出了答案：

“很清楚，这是一个后工业时期国家的问题！但我们同时处在了一种既是后工业时期，又是过渡时期的状态！我们走进了一个经济、政治、道德——您所想到的各个领域的大变革时代！”

然后，总统提醒在座的各位，我们现在也生活在领土受到威胁的环境之中：

“从1999年开始，当时我是总理，后来当了总统，无法思考某些重大问题，如何解决这些问题，因为当时我们国家濒于崩溃，实际上在进行内战。”

首先他称车臣事件不仅是一场战争，而且是一场内战。显而易见，总统之所以敢于这样说，因为他认为，在这场战争中他是胜利者。接下来他所说的话证实了我的这个想法。

“时至今日，我希望注意，我不知道，你们是否发现了这一点，在长达26年的时间里，我们的军队第一次无处作战。”普京继续说道，“比方说，空降部队屯兵于俄罗斯境内，在从事战备训练工作。甚至驻扎在车臣共和国的第42师也为自己构筑了靶场，教学中心，这个师在搞日常战备训练。是的，有时必须表明，我们那里也驻有军队，但总的来说，我们在高加索和车臣共和国的主要兵力是俄罗斯内务部的内务部队。”

有关国情咨文是如何准备的内幕是非常有趣的。

“起初我只是向办公厅主任提出了我本人希望看到的东西。”总统说，“可以说，我收到了这篇国情咨文的初稿。同事们不会抱怨我的……我认为，初稿不符合我想要讲的内容。”

换言之，总统直截了当地说，他的办公厅完成不了任务，尽管任务看上去并不是特别复杂。不过，应当对总统的思想作进一步的润色。

“可以说，我采取了非常措施：我请来了办公厅主任，向他口述了计划：第一，第二，第三……我认为，应该从八个方面来写。然后，我请来了几位部长，首先是来自经济集团的——财政部长，经济发展和贸易部长，我与他们谈了谈……然后，又与来自社会集团的几位部长交换了意见。我请他们向我汇报了完成委托办理的与克服人口问题有关的任务情况……上述各部提出了自己的意见。外交部、国防部同样也如法炮制。”

弗拉基米尔·普京承认，尽管采取了这些紧急措施，但问题还是不少。这使人产生这样一种印象，实在是谁都不想撰写他的国情咨文，或者说的确不能理解总统想要什么。

“因为从财政保障角度讲，当然最复杂的是人口问题，所以我不得不三番五次地召集经济和社会集团的部长开会。”总统继续说道，“之后，我把协调各部门之间几个方面的任务委托给了政府第一副总理德米特里·阿纳托利耶维奇·梅德韦杰夫办理。他召集各部门又开了几次会，然后宣布，有些意见分歧无法克服。”

由此可见，连德米特里·梅德韦杰夫也没有能完成他交办的事情。

“我不得不再次召集各个部门，”弗拉基米尔·普京好像很愉快地回忆道，“其中包括办公厅的代表和法律专家开会。在这次会议上做出了数字和期限方面的最终决定。我必须做出这些决定。此后，需要的只是形成这些协商的结果，并将它们落实在纸上了。当这一切完成之后，我和办公厅主任全身心地细致润色这篇国情咨文，以求合乎逻辑，环环相扣，有根有据。使人们能够认真地去听，避免他们在一小时的时间里感到乏味，昏昏欲睡。至于顺便提到的这些抒情插叙，实际上在国情咨文的叙述过程中出现过。”

弗拉基米尔·普京笑了笑。这些回忆也给他带来了快乐。

种种迹象表明，在这伙庆祝纪念日的人群当中，总统感到自己比较愉快。他阐述了诸如贪污腐化这样的社会丑恶现象：

“贪污腐化，如同其他一些社会问题一样，任何人都未必能彻底杜绝。这种情况在世界各国——无论是在欧洲还是在美国，都不同程度地存在着。正如我们在一定的范围内所说的那样，前不久美国中央情报局的一名职员被塞进了警车。依我看，国会议员与他或者稍微早一些的人一起——也因贪污腐化被绳之以法了。您瞧，在西班牙，在马尔贝拉，所有贪污腐化的人都被关起来了。而在韩国呢？最大公司的领导人被戴上了手铐。遗憾的是，这是人类与生俱来的恶习，大概永远会有。但这并不意味着不要与此作斗争。贪污腐化的程度可能各种各样，不尽相同。我认为，今天我们国家贪污腐化的程度达到了不能容忍的地步。”

当时我向普京先生询问了有关前一天在强力部门发生的“贪污腐化”被解职的情况。令人感到有趣的是，这些解职在时间上正好与普京先生发表的国情咨文吻合是一种偶然吗？这难道不是开始实现国情咨文中所具有的思想吗？做生意人的“辞职”不会仿照公务员被解职的情况处理吗？（应该根据联邦委员会主席米罗诺夫先生签署的取消上院议员，非做生意的异己分子议员不可侵犯的呈文办理。）

“无疑，这不是巧合。”总统声明，“当然，谁都没有专门针对国情咨文做这一点。这项工作从逻辑上转入了我和您看到的结果。工作没有结束，不仅仅是在海关范围内。”

在总统的答案中，关键的话无疑是最后一句。

全俄罗斯国家电视和无线电广播公司主席请求进一步说明，对普京先生来说国情咨文中的主要东西是什么。总统回答说，是经济。他再次重申：原因是“国家实力首先是由经济实力决定的……这句话起初是卡尔·马克思提出来的，然后是弗洛伊德和其他人……”

《劳动报》记者奥列格·索洛莫诺夫很想知道寻找接班人的情况。弗拉基米尔·普京回答道：

“我从1999年，至少是从2000年总统选举完了之后，就马上开始考虑这个问题了。现在还在考虑。我有一个确定的想法，就是如何在那一时期形成良好的国内环境，以免破坏局势稳定。不应该当让国人担心。不影响商业活动。您知道，在商业活动中，个人喜好不尽相同，有些人喜欢某种东西，而另一些人不喜欢。也有人总是喜欢那些著名公司发生点什么的人。还有专门深入研究这种局势的人。但总的说来，所有的人——无论是做生意的还是普通公民，都很珍惜今天所形成的局面。平静、祥和、稳定的局面。”

很难说，普京先生为什么在思考接班人时，马上想起了“尤科斯”石油公司及其总裁米哈伊尔·霍多尔科夫斯基。这是很难说清楚的。

“无论是生意人代表，”他继续说，“还是普通公民，所有的人都在思考2008年之后的前景的问题。所有的人都考虑这个问题。我也理解这一点。因此，我不认为和有权说：朋友们，我交出了职位，就完事大吉了。这方面无论您认为怎样，都要处理好。我将负责任地履行好自己的职责，直到履行国家总统职责的最后一分钟。这意味着，我必须考虑局势将如何发展的问题。总而言之，据我看来，如果开始强迫大家接受某个人，那么可能会出现适得其反的反应。但我认为自己有权对任何一个候选人发表自己的观点和自己的意见。因为我也是俄罗斯公民，有发表自己意见的权利。因此我会这样做的。”

总统警告，不要认为他在2008年3月之前是“跛脚鸭”，他将为谁都不认为他是“跛脚鸭”而努力。为此，作为一个俄罗斯公民，他不得不尽可能晚地向全国发表自己的意见。

总统再次回到了国情咨文和自己眼前所说的关于饿狼的名言上来，并重申他希望再补充几句话。

“不过，我担心，我会瞎跑到远处去，我无法停下来。”总统老实地承认。

尼古拉·斯瓦尼泽提出了一些问题。他问，所有这些不正说明“国际准则更加严厉吗?”

“不，这说明不了。”普京先生回答道，“无论世界上有什么奇谈怪论，完全说明不了。这仅仅可以说明：我们必须捍卫自己的利益。我们大洋彼岸的朋友有一个国家利益带——整个地球。他们口出此言并不感到难为情。他们直言不讳地作出这样的声明。那么我们的利益在哪里呢？原来你们的利益在这里？我不希望，当我说‘我们’的时候，你们认为，这是——我的。过两年我将会离开……而你们的利益在哪里？你们的孩子、孙子的利益呢？我们希望与他们正常地生活。我们想与他们做朋友。我们希望，他们觉得我们是他们的伙伴。他们尊重我们。森林就是森林，我们，俄罗斯人，被称为熊的传人！这里没有什么特别的东西。”

普京先生暗示，他认为大洋彼岸的朋友指望苏联的垮台——只是俄罗斯垮台的第一阶段幻想破灭了。

我认为，普京先生在这种神经紧张状态下说出这样的话值得开展对他第三任期的大讨论。他将离开总统职位。

“至于谈到国防战略：如果推行和平外交政策——真正和平的外交政策的话，而不是像在苏联时期说的那样：‘爱好和平的外交政策’……”普京先生继续说道，“这样一来，如果不插手别人的事情和不宣布全世界是自己的势力范围的话，那么我们现有的资源完全足够用来保障自己的安全，绝对可靠地保障我们的安全，不论在那里采用什么样的和谁的先进开采方法。因为不对称的回击永远便宜10倍。”

之后，总统又被问及有关乌克兰的问题。全俄罗斯国家电视和无线电广播公司的某位职员感兴趣的问题是，在谈到乌克兰与俄罗斯时，是否需要开始使用像在德国某个时候使用的“划分国家”的概念（看来，希望出现两国恢复统一的机会）。普京认为，不需要，因为德国是“由于战争，打击纳粹主义的结果，根据占领区如何确定的规定被划分的”。

于是他再次决定就过去从来没有涉及的话题发表意见。

“在唯能论中有没有某种政治等等的东西呢？……首先，我们提高天然气价格的决策对乌克兰来说是一项经济决策。为什么我们15年……直到现在试图对我们说，我们在这方面突然涨价……怎么突然呢？15年的时间了！……每年我们都在说同一件事情，每年如此。而在去年从3月开始……达成了协议。他们只不过是不愿意！达成协议是达成协议了——用翅膀[①]，倾其所有努力争取不到任何人，任何人都不愿意对话！他们故意把问题拖到11月，开始高声叫喊：‘救命啊，抢劫啦！’冬天、孩子、退休人员……而我们也有冬天，也有孩子和退休人员……有某种政治企图吧？是有还是没有呢？嘿，大概有吧。一方面，您说：‘这是我们共同的文化历史空间’，而另一方面，他们说：‘同伴们，您要知道，您是这样认为的，而我们有自己的见解。’这是今天的乌克兰领导人告诉我们的。

① 暗指优惠的石油价格作为经济“补贴”。——译者注

我们即将走向——他们对我们说的，那种境地。那我们又能做什么呢?”

弗拉基米尔·普京停顿了不大一会儿——好像只是为了吸多一些空气。

“我们承认你们是合法政府。你们作出了这样的决定。”他继续说道，“嘿，您瞧，但为什么我们就得为那些我们认为无论在政治方面还是在经济方面都是错误的决定付出代价呢?在去年年初我去了基辅，会晤过尤莉娅·弗拉基米罗芙娜[1]，当时她是总理，和维克多·安德烈耶维奇[2]。当时他们告诉我说，他们打算提高社会支出——退休金、津贴——24%。或许我在自己的国家里也想提高24%，但我们的经济不允许。我们的资金比他们多几倍。但我们认为，宏观经济指标没有给予我们这样的机会，如果我们想保持健康经济的话。所以我问他们：‘你们是如何搞的?’‘我们能做到，我们将时而做这、时而做那……我们会在这方面有时卖掉、有时没收，我们将停止内部的境外经济合作项目……’噢，很好，也许你们能做到。结果没有做到。但为什么我们应当为这些错误去交学费?为什么我们要为这个错误的（我认为是这样的）经济政策去埋单呢?是政策问题吗?他们想干什么，就干什么好了。谁想犯这些错误，就让谁去埋单吧。我们为什么去埋单呢?”

弗拉基米尔·普京好像终于一口气说完了。不过，我觉得似乎还没有说完。

“我想强调的是，这是一些协议，要知道我还什么都没想出来呢!”他说道，“而且，维克多·安德烈耶维奇本人亲口对我说，他认为，应当转入市场价格形式。但总的来说，乌克兰领导人认为，我们达成了可以接受的协议，协议最终会给乌克兰本身的经济带来好处。我认为，在这方面维克多·安德烈耶维奇是对的，因为这可以迫使致力于能源节约的工作。这一点使我非常地担心，因为如果我们在我们的经济中不形成紧张氛围的话，再过几年，比方说，乌克兰的经济将比我们更加有效。他们遇上了需要节约能源的问题，而我们没有遇到。他们会竭尽全力，在经济中将使用更加现代化的方法、手段和技术工艺，而我们没有。不过，我还是要感谢维克多·安德烈耶维奇——因为他最后毕竟作出了决定，作出了选择并坚

---

① 季莫申科。——作者注

② 尤先科，乌克兰总统。——作者注

持了这个决定。”

“而尤莉娅·季莫申科许诺撕毁与俄罗斯的天然气协定，如果她再次当选总理的话，”坐在桌旁的一个人说道，“那时该怎么办?”

“那就去法院!”弗拉基米尔·普京甚至显出一副很高兴的样子，“那里有诉讼条款。仲裁法庭在斯德哥尔摩。劳驾。所谓，请别留胡子。”

在谈话快结束时，总统就记者问题开诚布公地发表了自己的意见。

“新闻舆论是一个大社会，那里聚集了很多各种各样的人——聪明的和不太聪明的，诚实的、正派的和那些更多喜欢自己的人，多才多艺的人和只是通过关系……这是个特殊的群体。在我与西方记者交往的时候，我经常看到，他们……”

总统大概想说，他们在例行公事方面比俄罗斯记者更内行一些，但是，正如在国情咨文中一样，在说狼的时候忍住了。

“很想听一听他们本身的想法。”他补充道。“他们在某种问题的综合方面比较专业，而且并可以对各种各样的事件进行深刻的分析。我的确很想与这样的人打交道，因为他们对社会有益。”

我本想下结论，这就是说，我们对社会是有害的，但后来弄清楚了，总统还没有讲完：

德米特里·梅德维杰夫

“我很希望在我们的记者界出现越来越多的这样的人。我百分之百地相信，这样的人会大量地涌现出来的。只不过我认为，我们的记者没有时间进行这种自我完善，原因在于，他们必须考虑怎样生活，如何继续生存。所有的人，我都非常地理解。不过，生活越是稳定，越是安宁，大众传媒将会更加自给自足，在经济方面更加独立，我们就会涌现出越来越多的这样的人。这正是我希望看到的东西。”

我们只好发表自己有关我们希望看到什么样的总统的意见。

* * * * *

弗拉基米尔·普京是如此的不喜欢“接班人”这个词，以至于开始觉得，好像关于接班人本身的想法，甚至“接班人”一词本身，可能是记者们臆想出来的。总统经常怂恿这些猜想，不断地否认希望实现这样的权力移交原则。比方说，在克里姆林宫每年召开的新闻记者招待会上就是这样的。

期待相聚2007年2月1日这个美好的日子一向是令人精神紧张和激动的。池座观众席上没有足够的空位。而且活动参与者进入大厅后，很长时间不能使自己的身体暖和过来。这是因为进入克里姆林宫的数以千计的记者流非常不均衡。几乎所有的人来得都非常早，目的是占据最有利的位置，并在第14号大楼入口处造成了拥堵和滞留。很多同行只是在召开第五次俄罗斯总统新闻记者招待会之前才搞明白，这对他们来说是多么的重要。这一天，进入第14号大楼的人的活动范围被压缩到了一个圈椅大小的空间，从这里可以看到总统，而总统也能看到他（或者哪怕是一个写有城市名字的牌子）。只有这样才能增加自己向俄罗斯总统提问的机会。对这一千多名记者来说，向总统提出问题要比总统回答问题更重要。

记者们在厅里各自坐到了最后一分钟。对大家来说，池座上的位置不够用，但谁都不着急去坐座位充裕的楼座。大家都忽视了楼座，不懂得，正是在那里他们能够在池座坐着的那些人头上走来走去，因为根据过去新闻记者招待会的经验，可以有把握地说，在主席团席位上就座的两个人（弗拉基米尔·普京总统和他的新闻秘书阿列克谢·格罗莫夫）会本能地对坐在楼座上的人产生一些同情，并会想方设法以在某种程度上夸大的注意力去补偿他们的不便。

在总统出现之前举行了某种仪式。首先是把用足够宽的、浆好的白色小桌布盖上的某种东西放到桌子上，从远处（比如说，从楼座）使人形成这样一种印象：小桌布下面可能放着随便什么东西，而多半是一种非常意外的礼物。这样的礼物通常放在小桌布下面，或者放在魔术师的袖筒里。我更多地以为，有一只白鸽会从那里飞出来，如果不知道小桌布下面是一只放绿茶的碗的话。一两年前，当揭掉小桌布的人出现时，大厅里开始掌声雷动——这应当说明，人们在新闻记者招待会上愿意快活一阵子。这一次，有一个人本来已经开始拍手鼓掌，但马上就停下来了，没有感到任何支持。大厅的人们好像没有心思开玩笑。

在茶叶送上来之后，总统新闻秘书阿列克谢·格罗莫夫走进了大厅。这个说话不多的人（在长达6年多的时间里记者们没有从他那里听到过一句对总统活动公开评论的话）忧心忡忡地修改着放在他面前的某些公文，显得有点激动。

这可能给人造成了一种印象：他激动不安，总统随他之后就要来了。但这是个错误印象。第一，格罗莫夫先生具有铁一般坚强的神经（那还用说，他善于如此沉默寡言）；而第二，他非常清楚地知道，总统已经在这里。他甚至微微打开了一点大厅的门，并慢慢地在数到自己进入大厅第一步剩下的最后几秒钟。格罗莫夫和普京先生出现的时间间隔看情况应当不少于一分钟，但也多不到那里去。

俄罗斯总统以总结去年的某些成果作为自己新闻记者招待会的开场。这是一个最墨守成规的活动定式。根据总统的讲述，过去的一年是稳定性非常好的一年，各项指标都很平衡。也就是说，甚至找不到真正心绪不佳的理由，或者相反，因取得意想不到的巨大成就而感到高兴。

总统赞扬了中央银行的行动（好像在以口头形式回答目前还在服刑的维普银行管理委员会主席阿列克谢·弗伦克尔的信件），并指出政府还欠了“造船业一小笔钱”。在召开新闻记者招待会时，总统还曾几次回到政府工作话题上来。显而易见，这项工作使他在现在的俄罗斯实际情况中没有留下深刻印象的东西不多。

第一个问题是彼尔姆州正在审理一桩知识产权保护案，此案对于俄罗斯而言非同寻常，至少目前是非同寻常的。站在被告席上的是农村学校的校长亚历山大·波诺索夫，罪名为购买安装有盗版软件的电脑，最糟的情形是获判5年监禁。如果您知道此事，请对此发表评论。

总统称，他不了解这个事件（不过他很难相信什么，因为当时这说明，他根本不看电视新闻，也不读报纸），在这种情况下，他愿意对这一事件发表评论说："实在是荒唐。"在我们的法律很不完善的情况下，这等于因缺乏犯罪要素宣告无罪判决。从这个观点出发，我认为，用于进行这种活动的所有开销马上会得到抵补的。

美国全国公共广播电台记者菲弗请求明确一下，普京先生不久前曾说，"超级大国是冷战时期的陈旧用语"，这里所指的是什么。

"您说，其他国家想将俄罗斯树为敌人。"菲弗先生说，"请明确一下究竟是哪些国家？包括华盛顿和伦敦吗？如果不是，那又是谁在蓄意破坏俄罗斯的形象呢？"

普京先生作了详尽的回答。

"我们看到，"他回答说，似乎在用眼睛死盯着这位勇敢的广播电台记者，"有人恶意解读所发生的事件。当然，这是对俄罗斯联邦不甚友善者所为……我没有说这已经上升到国家层面，但这样的势力是存在的。谁这样写，谁就是不怀善意者！如果您这样写，您就是不怀善意者。"

我相信，俄罗斯总统希望这位广播电台记者马上作出取舍——哪怕是出于礼貌。

"而如果您对所发生的事件进行正确、客观的报道，您就不属于这个范畴。"弗拉基米尔·普京好像在用全部力气执行爱好和平的外交政策，结束了对这位记者所提问题的回答。

过了一会儿，总统开始收到一些有关自己接班人的问题。弗拉基米尔·普京不喜欢这些问题，而且他也无意掩饰这一点。对独立电视台记者弗拉基米尔·孔德拉季耶夫的问题，总统回答说：正像那个人所说的那样，他不是在统治，而只是在工作。

"至于您提到的接班人问题，我多次就此表态：没有什么接班人，只有俄罗斯联邦总统的候选人。政府的任务是保证他们通过民主方式进行竞选活动，阐述自己的竞选纲领，从而使俄罗斯联邦公民能够作出理性的选择。"总统回答道。

这是一个出乎意料的声明。它可能，比方说，意味着无论是谢尔盖·伊万诺夫，还是德米特里·梅德韦杰夫，将作为候选人进行登记。人们普遍认为，他们两个人具有从俄罗斯总统嘴里获得俄罗斯联邦接班人崇高称号的最大机会。据说，在这种情况下，他们俩人中至少有一个人当时仍然怀疑，所有这些与他无关。

过了几分钟，路透社记者谢德罗夫用比较难以理解的句子重复了独立电视台记者孔德拉季耶夫的问题。

“目前，所有的人都在各司其职。”俄罗斯总统普京愤愤地回答道，“我们大家都不要因为即将到来的选举而心急。”

问题：此时此刻他说的是自己吧？或者在暗示，无论是第一副总理，还是国防部长，都不应该列为接班人？

“我也是俄罗斯联邦的一个公民，”他继续说道，“我为此而感到非常自豪。当然，我有表达自己某种喜好的权利，但只是在竞选活动期间会这样做。”

这样一来，弗拉基米尔·普京说出了期限，在这个期限之前，他好像不会就这个话题再发表自己的意见。也就是说，所有希望知道这一点的人，看来只好等到 2007 年至 2008 年冬天将举行的下一次新闻记者招待会了。

此后，弗拉基米尔·普京稍事休息。一位巴尔扎克笔下 30—40 岁的戴少年俱乐部会员帽子的中年女记者称，普京先生是一位“无与伦比”的人，并马上得到了她想要的东西：他承认，她使他不好意思了。他们相互低声絮语地又聊了一小会儿。

不过，休息时间非常短暂。我向弗拉基米尔·普京提问：在经过这么多年努力和体味了众多酸甜苦辣之后，是否在打算什么时候重返政坛。我说的当然不是 2008 年，而是 2012 年。

“我明白，有些诱惑令您暂时不会离开政治舞台。说得委婉些，这或许是事实，但我希望您能坦诚地回答一个问题。”我补充这一点只有一个目的：避免总统有机会用“根据法律规定，他还会工作一些时候”的理由来敷衍了事。

唉，在这之后，弗拉基米尔·普京却自告奋勇地“利用对方的重量”玩起了柔道。

“我可以坦诚相见地告诉您。因此我要说的是，我暂时哪儿也不去。第一，请您粗略地估算一下，”弗拉基米尔·普京开始计算，“如果我没有记错的话，俄罗斯总统选举应当在 2008 年 3 月初举行，而这之后还有一些时间，也就是两三个月吧，需要进行权力移交工作，等等。这就是说，大概要等到2008年的5月。为什么您要提前赶我走呢？我本人会走的。请您莫急。”

媒体没有注意到总统此后所补充的话。当时他说：“国家权力机关在2007年底至2008年初应当以相应的形式组建起来。当然，我正在思考这件事情。”

这样一来，总统不仅仅要考虑谁将出任政府总理和该政府普通成员的问题。

在我看来，当他回答问题：你是否同意莫斯科市长尤里·卢日科夫的意见，即“同性恋游行是魔鬼做的事情”时，总统开起了最幽默的玩笑。

“我对同性恋游行和对性少数的态度很简单，”弗拉基米尔·普京回答道，“这与我的职务有关，即人口问题是国家目前面临的主要问题之一。但我尊重也将继续尊重个人在一切方面的自由。”

新闻记者招待会已经过去了一个半小时的时间。因此，在回答下面的问题时，可以说进入了快车道。已经弄清楚，俄罗斯“石油运输公司”实际上已经开始致力于将位于普里莫尔斯克的转运基地扩大至5000万吨石油计划的工作。这是向白俄罗斯总统亚历山大·卢卡申科兄弟般的致意。

为世界通讯社报道方便起见，弗拉基米尔·普京讲述了关于被毒死的亚历山大·利特维年科实际上是何许人也的问题：

“亚历山大·利特维年科是被安全部门开除的。此前他曾在押解部队工作，并没有掌握什么秘密情报。在安全部门任职期间，他殴打被关押的公民并盗窃炸药，因滥用职权罪受到刑事处罚，我记得他被判了三年徒刑。他没有必要潜逃，因为他并不知道什么秘密。对其任职部门的所有坏话，他早就讲过了，不可能有什么新东西。此案究竟是怎么回事，只有调查才能说明问题。至于那些企图给俄罗斯联邦抹黑的人是谁，其实很清楚。他们在俄罗斯领土上犯了罪，主要是经济罪，却逃脱了俄罗斯法律的审判。这便是那些所谓的流亡寡头，他们或是藏在西欧国家，或是隐匿在中东。但我对阴谋论不太相信，坦率地说，我不会因此感到不安。今天的俄罗斯国家已经足够巩固，我们也因而得以从更高的角度来审视这一问题。”

下一个轰动一时的新闻，是俄罗斯总统的乌克兰同仁提出的关于在天然气领域的新建议的报道。

“我们的乌克兰朋友不仅想成立天然气运输财团，而且有可能进入俄罗斯联邦境内的开采市场。”普京先生说，“按惯例，我们不会这样做。但如果我们在构筑与欧洲伙伴的关系时这样做了，例如与德国的巴斯夫公司，与EON公司的谈判目前也已接近尾声，与意大利的国家碳化氢公司原则上也已达成协议，为什么跟乌克兰人不能这样呢?”

弗拉基米尔·普京毫不停歇地又通报了一条新闻：原来，他认为，“天然气欧佩克（石油输出国组织）是一个很有创意的想法”，到现在他还是这样认为。

“我们不准备，”他声称，“成立什么卡特尔。但我认为，协调各方行为是正确的，我指的是主要任务的解决，即无条件和可靠地保障对主要消费者的能源供应。”

大概，这就是各国通讯社以“加急电报”形式发送的所有新闻。所有这些新闻都是“石油天然气”方面的内容。有趣的是，每年这样的新闻出现得越多，总统就越经常地谈论俄罗斯经济多种经营的必要性。俄罗斯总统与俄罗斯商界最优秀的（根据他，主要是根据他们的看法）代表们拟于2007年2月6日进行的会晤，应当就是谈论这个话题的。

与此同时，弗拉基米尔·普京好像松弛下来了，想必他相信，自己对接班人问题的回答已经使记者们得到了满足。但是，就在这时，他又收到了一个关于在2008年之后他认为自己是谁的问题。

“您简直是在往死里整治我呀！我认为自己是谁?！我首先认为自己是人!”

在这个人提出问题之后，总统好像有点黯然失色了。也许，他彻底地不再喜欢记者们了。不知道怎么搞的，反正他一下子就显出了一副疲惫不堪的样子。是啊，这也难怪，到这个时候，新闻记者招待会已经超过三个小时了。

据我看，此时有人提出了一个此次新闻记者招待会的最好的问题。提出这个问题的人是一位希腊记者，名字叫齐奥利阿斯·阿法纳西奥斯。他说：

“弗拉基米尔·弗拉基米洛维奇，您没有提到‘布尔加斯—亚历山德鲁波利斯’石油管道的情况！您知道，15年来，我们一直在关注这条管道的问题！我们很想听一听您的意见，这条管道最终能建成吗？还是有人会不断地进行干扰？……我明白[1]，您在自己的任期结束前是不打算离开的，但……”

这位记者的提问还没有结束，在场的记者便笑了起来，这时台上的普京也无奈地苦笑起来。为了打破这个尴尬的局面，这位记者连忙向普京解释道：“不，你是明白我的意思的！但是我看到过一个极端的观点称，您目前正坐在手提箱上，并随时准备跑掉！[2] 依我看，这是俄罗斯国际象棋棋手卡斯帕罗夫的意见！难道不是这样吗？这条管道能在您执政期间建成吗？”

据没什么理论根据的观点说，愚笨比行窃更坏。但根据希腊新闻记者的问题，我明白了，通常有愚笨比行窃更好的情况。在这个问题中最引人注目的是，鉴于弗拉基米尔·普京要跑掉或者将留任到自己任期结束的情况，令希腊记者感到焦虑不安的只有一件事：他是否来得及建成这条不算大但却关乎自尊心的石油管道。

“我原先是练柔道的，而不是搞田径运动的，我不打算跑到哪儿去。”弗拉基米尔·普京心情郁闷地回答道，“至于‘布尔加斯—亚历山德鲁波利斯’石油管道，有关它的情况我的确什么都没有说，因为没有什么可说的。只是有围绕这个方案进行的交谈。”

弗拉基米尔·普京有几分钟的时间，由自己来决定谁来向他提问题（此前都由阿列克谢·格罗莫夫做这件事情）。记者们看到有机会直接向总统提问了，便都迫不及待地喊了起来，希望能引起普京的注意。在这样的新闻记者招待会上，记者们第一次可以大声地要求让他们发言。

“朋友们，我们不要使用声带力量，每个人的声带都是不同的！”格罗莫夫先生试图让他们安静下来。

“亚美尼亚的记者在哪里？请您提问！因为在我们这里阿塞拜疆人已经提过问题了。如果我们错过了亚美尼亚记者，那将是政治上的失误。”当时，普京先生好像又有点儿讲得起劲了，但在这种情况下记者招待会显

① 好像是从新闻记者招待会上普京先生的回答中明白的。——作者注

② 普京先生坐在椅子上，皱着眉头看着这些记者。——作者注

然已进入了尾声。

总统想发布的新闻顺利地发布了。他想保留的那些东西也保留了。记者们没有从他不想说的那些东西中刺探出什么来。

因此可以说，这是一次我们吃了败仗的新闻记者招待会。

* * * * *

总统继续让记者和政治家们憋足好奇心差不多一年的时间，期间，他时而暗示新的总统接班人候选人，时而完全否认接班人的想法。与此同时，他列举未来总统的品质，这些品质就是他在飞机上说的那些品质。

不但如此，人们很快知道，总理也应当具备这些品质。在 2007 年 9 月中旬与西方政治家和记者们（“瓦尔代”国际辩论俱乐部成员）会晤后，弗拉基米尔·普京向他们讲述了新总理维克托·祖布科夫是一个怎样正派、具有丰富职业经验和睿智的人。当时他认为，种种迹象表明，这个人将会成为总统选举之后的政府总理。我深信，维克托·祖布科夫先生肯定会出现在政府名单中了。然而，在维克托·祖布科夫工作刚刚几周之后，总统的心思变了。普京先生好像很快明白了，看来这个差事只能自己来干。

记者们未必能赶上弗拉基米尔·普京敏捷的思维，况且有些东西一直在干扰他们做出正确的结论。比方说，普京先生关于已经“至少有五名”可以实际角逐总统职位的人的声明。

“组织这种活动可能会给我带来好处。”在会见开始时，俄罗斯总统普京说道，“不过我认为，美国的大众媒体和西欧的大众媒体的纪律是很严格的，所以我不认为我们的会晤能带来什么国际影响。”

这件事是在弗拉基米尔·普京与每一位与会者握手寒暄，甚至努力向他们中的每位送去微笑之后马上发生的（不过，结果表明，在最好的情况下能笑上一次）。如果弗拉基米尔·普京在开始交谈时想博得交谈者的好感的话，那么这样的开场可能也没能带来所希望的结果。

第一个问题是 BBC 女记者布里基特·肯德尔提出的，从她这儿开始了另外一个话题。

“非常高兴，”她说，“在这里——在索契，与您见面。”

布里基特·肯德尔最近一次与俄罗斯总统在新奥加廖沃见面，是

2006 年在波罗的海海滨城市海利根达姆举行的“八国集团峰会”召开前夕。那次会面有 8 位记者参加——根据峰会参加国的数量确定，而布里基特·肯德尔女士是活动最积极的参与者之一。就是她提出了有关亚历山大·瓦尔杰罗维奇·利特维年科案件和所有类似案件的问题。

“为什么正好现在发生米哈伊尔·弗拉德科夫辞职的情况呢?”这次她问弗拉基米尔·普京，“没有比较民主地等到俄罗斯公民在总统选举时将发表自己的意见呢?”

她指的是，应当给新总统组建新政府的机会。要知道，这里所有的人都清楚，随着批准任命维克托·祖布科夫为总理，新总统将不会有这种机会了。

“为什么是维克托·祖布列夫呢?”布里基特·肯德尔女士继续发问，“因为政府总理的职位对总统竞争来说是一个良好的开端吗?”

“这与民主也好①，还是与反民主也罢②，毫无任何关系。”普京斩钉截铁地声称，“民主与遵守法律是不可分割的。我所做的一切完全符合法律，因此在这方面没有任何违法的行为。”

那么搞不明白，为什么这与民主毫无关系。弗拉基米尔·普京自己大概明白，他所说的东西无论是与民主还是与反民主都没有关系。

“在 2004 年我也是这样做的。”他已经不是第一次提醒说。

总统突然承认说，在国家总统选举前不更换政府的方案的确有。

“我本人也非常希望事情的发展能按照这样的方案进行。但遗憾的是，内阁成员们——首先是人，”他伤心地补充道，如果他们是，比方说，治理国家的小型机器的话，好像是最好了。“他们已经开始在自己的工作中磨洋工，谋划自己在大选后的出路了。我希望在莫斯科的政府、地方政府和联邦权力机关，从选举前到选举之后，是一个没有任何停顿和等待的全天候的工作机构……”

也就是说，正如已经搞清楚的那样，小型机器的想法并不是非常夸张的说法。

弗拉基米尔·普京讲述说，他需要的是那些想继续留在内阁的部长，

---

① 坐在桌旁的人不高兴理解的微笑。——作者注

② 高兴理解的微笑。——作者注

应该认清自己的责任并全力以赴；而那些打算离开或者跳槽的，最好现在就走人。

“我没有催促过总理。”总统继续说，“这个决定是他本人作出的。他是一位负责任的人，并非常好地履行了自己的职责，任总理三年多来所做的工作，积极而具有实质性的成果。他向我提出了辞呈，我同意了他的要求。”

这样一来，弗拉基米尔·普京便对自己原来的解释稍稍作了些修改。原来的解释是：他，弗拉基米尔·普京，完全独立自主地作出了这个决定；根据现在的说法是米哈伊尔·弗拉德科夫本人向总统提出了辞呈，这两种说法有所不同，孰真孰假，使人一头雾水。现在好像一切都很正常。

在这之后，总统介绍了维克托·祖布科夫的个人情况。我们当中的每个人，在平时很少有机会遇到这样的人。我们不记得，弗拉基米尔·普京什么时候在长达5分钟的时间里，像赞扬祖布科夫先生那样用热情洋溢的语言来赞美一个人品质。比方说，无论是谢尔盖·伊万诺夫，还是德米特里·梅德韦杰夫，好像都没有获得过这样的机会。

维克托·祖布科夫是一位出色的管理者和真正的专家。他为人正派、思维敏捷、聪明能干、性格刚强，具有丰富的工作经验和高度的工作责任心。

“他是否能成为总统呢？”弗拉基米尔·普京自问自答，“是的，可以……如同任何一位俄罗斯普通公民一样！”他很兴奋地结束了自己的谈话。他当然不是一位普通的俄罗斯联邦公民……

弗拉基米尔·普京此时此刻若有所思地推论说：

“但祖布科夫没有说，他将参加竞选；但他说，可以被选为候选人。这是一个值得斟酌的回答，还应当工作一些时候，通过选举……”

弗拉基米尔·普京几乎原封不动地向与会人员复述了维克托·祖布科夫对在总统选举时是否会提出自己作为候选人问题的答案，由此表明，他也可能投他一票。

而且，这纯粹是一种充满激情的复述。弗拉基米尔·普京在各个方面都喜欢维克托·祖布科夫。

弗拉基米尔·普京对维克托·祖布科夫履历进行的复述也值得关注，甚至值得给予更多的关注。在复述这个人的履历时，介绍了他加入苏联共产党的情况，认为这个人无愧于这种崇高的称号。

“当时他被调到已经倒闭的最差的国营农场工作，而他使这个企业起死回生，一跃成为苏联最优秀的企业……他为人谦恭。”总统讲述说，“他没谈论这方面的情况。后来他被派到了国营农场联合企业工作，这个企业的情况也十分糟糕，但他将它变成了一个最优秀的企业……”

“一年半以前有人说，俄罗斯政坛无人崭露头角，没有可选的人。现在至少有五人可能竞选总统职位，也可能当选。还出现了一个人（维克托·祖布科夫），这很好。俄罗斯公民当中可以推选出一位总统。”弗拉基米尔·普京进行了总结，并最终使自己接班人的形势变得更加扑朔迷离，难以琢磨。

在回答下任总统执政时将实行怎样的民主制度的问题时，弗拉基米尔·普京发表看法称，主权民主是一个有争议的口号（众所周知，这个口号是俄罗斯总统办公厅副主任弗拉季斯拉夫·苏尔科夫首先提出来的）。

“主权，”俄罗斯总统普京补充道，“这是我们与外部世界构建相互关系的基石……那些坚决主张这一点的人拥有明确的逻辑，因此如果您注意到了的话，我没有进行干预；人们在思考这个问题，这是一件好事……”

这之后，会晤对我们来说变成非公开的了，于是我有了记录下一位参与会见的人讲述情况的时间。这个人是美国华盛顿国际安全研究所俄罗斯和亚洲项目主任尼古拉·兹洛宾，他讲述了“瓦尔代”国际辩论俱乐部成员与弗拉基米尔·普京和俄罗斯官员相互关系的历史。

前一天，“瓦尔代”国际辩论俱乐部成员会见了第一副总理谢尔盖·伊万诺夫。尼古拉·兹洛宾觉得，与内阁成员米哈伊尔·弗拉德科夫辞职有关，特别是与维克托·祖布科夫的任命有关的事情，给谢尔盖·伊万诺夫留下了强烈的印象。因为这些变故，谢尔盖·伊万诺夫迟到了大约20分钟（首先是由于米哈伊尔·弗拉德科夫召集自己过去的内阁成员，与他们一一分手告别），没有像以前那样马上开始回答问题，而是说首先要宣读声明，接着便用异常激动的声音完成了这项工作。

大约过了20分钟，他已经镇静下来，并恢复了兹洛宾在以前会晤时所看到的那种状态，也就是他觉得自己非常轻松自在。

两年前兹洛宾曾问过谢尔盖·伊万诺夫，他是否会成为弗拉基米尔·

普京的接班人。这位国防部长摆了摆手说，不，他无论如何也不会的，他根本就没有去想。兹洛宾觉得，他说得非常坦率。

就在那一次，在与弗拉基米尔·普京会晤时，尼古拉·兹洛宾从总统那里得到了证据，证明弗拉基米尔·普京不会修改宪法、不会谋求第三个任期。这是一个人所共知的历史。按英文字母顺序排列，尼古拉·兹洛宾是最后一个，因此他被安排到了克里姆林宫的叶卡捷里宁斯基大厅入座，坐在了俄罗斯总统旁边。弗拉基米尔·普京谈了俄罗斯宪法的优点及其不可侵犯性，然后看到了坐在他旁边的人向他那边拉手，好像不是为了触摸，而是为了请求允许他提问题。总统同意倾听兹洛宾先生提问题，于是那个人问：弗拉基米尔·普京将会还是不会谋求第三次连任。

“怎么，有什么建议吗？”俄罗斯总统询问了一句，正如尼古拉·兹洛宾所说的那样，并想转过身去，听一听有什么比较令人高兴的问题。

但这个时候，尼古拉·兹洛宾用拳头捶了一下桌子，并大声叫喊道：“在这里，我要提问题！”

正如兹洛宾先生所想的那样，总统非常喜欢这个动作，因为这使他想起克格勃侦察员与自己的当事人谈话的情景。不过，普京先生不明白所发生过的事情的深刻内涵。他慢慢地把脸转向尼古拉·兹洛宾，于是尼古拉·兹洛宾在俄罗斯总统的眼睛里捕捉到了激动的神情。

“您想从我这里知道些什么？”俄罗斯总统普京问道。

“我想知道下面问题的答案：您会谋求第三期连任吗？会还是不会？只有‘会’或者‘不会’？”

“不会。”弗拉基米尔·普京说，“就这些？”

“不。您将会修改宪法吗？会还是不会？”

“不会。”

“谢谢。”尼古拉·兹洛宾道谢。

当会晤结束，与会者与总统道别的时候，兹洛宾先生告诉总统，谈话给他留下了强烈的印象。

“说说看，你对我留下了什么样的强烈印象啊？”弗拉基米尔·普京问道。

“您不敢写下您不会谋求连任的凭据吧？”

弗拉基米尔·普京说，我敢。他写了收据并将写收据的笔赠送给了兹洛宾先生。也就是说，他意识到了这一历史性时刻。

当尼古拉·兹洛宾飞往华盛顿的时候，在机场有几家西方媒体的电视摄像机对他进行追踪报道。像兹洛宾先生一样，新闻记者们也深信，兹洛宾的凭据在边境将会被千方百计地夺去，他们准备记录下这一历史性时刻。然而，在边境上结果谁都不需要凭据。

尼古拉·兹洛宾最喜欢的是接下来的会谈。总统在兹洛宾先生坐着的桌旁坐下，给他斟了一杯葡萄酒。这位政治家承认，他“因为俄罗斯总统脑子里到底装着多少信息，多少数字”而困惑不解。在上一次会晤中弗拉基米尔·普京滔滔不绝地说出这些数字的时候，尼古拉·兹洛宾明白，在这一职位上的人是必须要对它们负责的。

“但布什做不到这一点。”尼古拉·兹洛宾奉承总统道。

“布什能做到。”普京先生保护美国总统，防止兹洛宾先生进行攻击，“他非常聪明。他有助手们的问题。”

兹洛宾先生笑了起来。

“您为什么笑啊？”俄罗斯总统心存不安地问道。

“因为几天前布什先生同样也谈到过您和您的助手。莫非这一切都移到您脑子来了？您是政治家，您知道，必须要对每一个数字、每一句话负责任吗？”

“我不是政治家。”普京先生声称，“从事政治工作的人是政治家。而我不从事这样的工作。”

“那么，您是什么人呢？”

“我是一个当了总统的俄罗斯公民。”

接下来，他又给兹洛宾先生斟了一杯葡萄酒。

然后，尼古拉·兹洛宾的俱乐部同事愤怒了，因为他们什么都没听见，谈话中断了。后来，与总统的这部分谈话内容没有进入会谈后过了几天发表的速记记录。

俱乐部成员对与弗拉基米尔·普京第一次会晤的情况记忆犹新。他们中有一个人告诉我说，那一次，普京先生起初不太想会见西方记者：第一，他对他们没有抱任何幻想；第二，这是2004年在别斯兰学校人质事件之后马上进行的。

但他还是会见了他们。会见开始进行得不顺利，但后来普京先生谈得很投入。大约在半夜时分，助手们向他暗示了一下——“该结束了”，因为部分俱乐部成员非常疲惫——从美国长途飞行后，有些人甚至睡着了。

总统说，马上会送来伏尔加酒，疲劳会顿时消失。但是这个建议没有唤起热情。据说，弗拉基米尔·普京明显感到心绪不佳，甚至令他有些恼火。他想再谈一会儿。

打那以后，弗拉基米尔·普京再没有拒绝会见俱乐部成员。

还有一个与会者对我说，在这样的会晤之前他的同事彼此间根本不进行交谈，不向任何人透露要提什么样的问题。每个人都为自己保留着要向总统提的问题。这一次也是一样。

大约经过一个半小时，俱乐部成员与弗拉基米尔·普京一起走进了准备开饭的房间，正如一个与会人员顺便解释的那样，去吃自助餐了。

同时，我搞清楚了在关着的门外所发生的事情的某些细节。

弗拉基米尔·普京向外国人通报的每日主要新闻如下。总统说：

“当时，在进行行政机关改革时，我们借鉴了几个国家的做法：出现了代办处、监督机构……推广过这种理念的几位部长①，当这种理念实现的时候，开始对这些机关发号施令。”

弗拉基米尔·普京对此感到不满意。

“我们将进行政府机构改革，”他重申道，“但不是改革权力机构。”

就在这时，不知疲倦的尼古拉·兹洛宾向他提出了一个问题：2012年后他是否会以俄罗斯总统的身份回来工作。

“我不知道，我还没有离开呢……12 加 4……”俄罗斯总统瞧着天花板计算着。“这就是说，16 年……②我不知道，我内心里没有拿定主意。很难预测和设想……”

弗拉基米尔·普京不想回答这个问题。他避而不答，这一点是显而易见的。

当时，兹洛宾先生开始给他写字条——最终等到了机会：

“我希望，”弗拉基米尔·普京说，“在 2012 年前能找到什么更加有趣的事情做。”

---

① 弗拉基米尔·普京没有公开地说出他们当中任何一个人的名字。——作者注

② 也就是他将到 61 岁。——作者注

也就是说，如果他找不到的话（而在他担任的那个职务卸任后，找到某种更有趣工作的机会总的说来非常渺茫），那么他就回来。当然，这需要进行证实。

普京先生对如何看待“弗拉季斯拉夫·苏尔科夫的见解”，以及“统一俄罗斯党”给我们至少还有10年的时间的问题作了谨慎的回答：

“有趣的是，这一点他说了。总之，他在我这里工作，而不是在他那儿……是的，我将支持‘统一俄罗斯党’，如果它能够为数以百万计的人执行政策的话，那么它会获得数百万人的支持。”

按照他的见解，“统一俄罗斯党”有很多的问题，所以他不想与这些问题联系起来。

有意思的是，普京先生对俄罗斯与外部世界的关系问题作出了回答。

“俄罗斯不应该硬充强国和铤而走险。”

也就是说，俄罗斯的外交政策在最近也可能发生非常重要的变化。

在官邸客房露台上吃完自助餐后（普京先生向所有的人敬了一杯香槟酒，但客人们有点无精打采地共同干了一杯），我获得了搞清楚这次自助餐细节情况的机会。

“我老实告诉你们，时至今日，我不知道在2012年之后我会何去何从。”弗拉基米尔·普京说服他周围的“瓦尔代”国际辩论俱乐部成员。

美国资深俄罗斯问题专家、哈佛大学苏联经济学院教授马歇尔·戈尔德曼向总统提出了有关在俄罗斯贪污受贿的问题，以及众所周知的联邦安全局局长尼古拉·帕特鲁舍夫的儿子突然当上了俄罗斯国有石油公司俄罗斯石油公司总裁谢尔盖·博格丹奇科夫顾问的问题。

在回答问题时，普京先生想起了一则笑话。有人问一位将军：“您的孩子能成为将军吗？”“是的，能够成为将军。”“能成为元帅吗？”“不能。”“为什么？”“因为元帅有自己的孩子。”接着他补充说，他将与贪污受贿作斗争。

他们又回到了下任总统的话题。弗拉基米尔·普京说，他无意在他之后出现一个弱势总统。他希望，他的继任者是一个自制、有效率的人，并合乎公众的期待。

“我耕耘这么多年，”他说，“不是为了交给俄罗斯一个弱势总统……在俄罗斯胜利不属于有势力的人，而是属于有真理的人。”他援引电影

《兄弟—2》主人公的话说①。

最后，尼古拉·兹洛宾问弗拉基米尔·普京，明年他是否会会见“瓦尔代”国际辩论俱乐部成员。

这个问题使俄罗斯总统感到惊讶。

“也许，你们最好还是去会见新总统吧?”他重新问了一句。

他确信，他们也会与他会晤的。

“我会会见你们的，”当时普京先生说，“但只有一个条件：你们要给我报个名加入你们的俱乐部。届时我将坐在你们一方，向新总统提问题。”

在会谈结束的时候，总统与兹洛宾先生话别并再次提醒道：“尼古拉，您可别忘记给我报上名啊，好吗?”

尼古拉答应为俄罗斯总统做一切力所能及的事情。

* * * * *

最后，做了不止一次选择，而是两次。所以第三次，2008 年 3 月的总统选举在弗拉基米尔·普京的意识中确定了最初两次选择的正确性。大概也需要这一点。

其实，在弗拉基米尔·普京 2007 年 12 月 12 日会见俄罗斯联邦工商会成员的时候，他们还不晓得，国家总统作为总理会见过商界人士。

“我们大家是一伙什么样的年轻人啊!”俄罗斯联邦工商会成员沙米利·阿格耶夫环视着同事们，痛苦地摇着头说，“简直是共青团员……”

他的同事们——其中最小的一个当时正好 50 周岁了，听到这话，腼腆地垂下眼睑，将视线转向桌子。

他们中最年轻的是最后一个进入大厅的俄罗斯总统助理伊戈尔·舒瓦洛夫。弗拉基米尔·普京此时此刻正在隔壁大厅里接收国书（每次接收都好像新的一次）。而第一副总理德米特里·梅德韦杰夫作了一个声明，如果他被推举为俄罗斯总统候选人的话，将提名弗拉基米尔·普京担任政府总理。

在新闻记者们等候总统的时候，这则消息完完全全地控制了他们的头

① 没有援引原著。——作者注

脑。我再重复一遍，俄罗斯联邦工商会的成员对有关这则消息的情况一概不知。即使他们知道了这则消息，这在他们的生活中也未必会改变点什么。然而，这在弗拉基米尔·普京的生活中有可能会改变点什么。

当时记者们议论弗拉基米尔·普京将会如何愤怒地拒绝引以为荣的建议，并怀疑只有一点：今天俄罗斯联邦工商会的成员将会推选马上也会到这里来的第一副总理谢尔盖·伊万诺夫担任什么样的职务。究竟是推举他为总统候选人还是总理呢？不过我听到一种意见说，总理的宝座根本不符合谢尔盖·伊万诺夫的奢望。

只有这个时候我才恍然大悟，总理宝座符合谁的奢望。这突然给人一种一切都各就各位了的感觉。弗拉基米尔·普京的位置就是总理职位。所以，他不会对有利于他的权力的任何事情重新分配。他将执掌总理权柄。实际上什么都不再需要了，也将无需等待的时间。

可以看出，他在选择接班人的同时，实际上也在给自己选择上司。人们早晚会明白，一些政治家所提出的主流方案对他来说没有任何意义，这些政治家设身处地地替他着想和从他自己处境的高度发表意见说，他不可能担任要求他听命于任何人的职务，因此，只有民族领袖的名分才适合他。

他将会担任总理职务。这也是他在团队中的位置。他通过选择接班人只是为保障自己免受一种危险：就像他本人某个时候解除米哈伊尔·卡西亚诺夫和米哈伊尔·弗拉德科夫职务那样，自己的职务也被解除了。

他将出任总理是因为，在这个职位上的任何一个人，其中也包括8年前的他本人，没有谁让他心满意足。人们可以看到，在整个这段时间，在整个这段时间里，他是如何真正想替他们当中的每一个人——其中包括现在替维克托·祖布科夫——完成一切任务。

显而易见，目前他觉得，他知道应该如何做。他准备向世人表明这些事情如何做。

他正是在如此一步一步地实现着尚未完成的计划，即：如果在国家杜马选举中他获得信任投票的话，他一定会找到验证现在所做（就是他所做的）决定的方法。

实际上，这也是人们猜测的主要意外情况。任何人都设想过这种事件发展的方案。他同意归某人指挥的想法使这种说法成了无稽之谈。结果表明，他可以同意当总理，只是如果他要稍微修改一下宪法，或者如果俄罗斯将不实行总统制而是实行议会制的话。

不过，种种迹象表明，他仍然没有修改宪法和改变政体的想法。对他来说，现在实行的宪法对比所有其他的宪法更合适。该宪法对他更为有利。

如果所有这一切都会这样的话，那么弗拉基米尔·普京将会实现自己最大的心愿。两年前在一次多少有点私人性质的谈话中，他在谈到美国总统布什时说：

"很多人对这个人估计过低，而实际上都说这样的人是'With balls'。"

如果弗拉基米尔·普京要这样做的话，可以说，这些话恰好是讲他本人的，正好在做出这个决定之后，而不是比方说在车臣战争之后。他会这样做的。

不是为了过两年之后，或者稍微早一些的时候，或者稍微晚一些的时候，德米特里·梅德韦杰夫突然辞了职。他不会过早地取得这个位置。最终，经过四年之后，他就会像别人获得这个位置一样获得它的，这些人希望作为关心很体面的人来关心他们。

他将担任总理职务，是为了证明自己，在自己的岗位上经过这么多年之后，在他身上仍然有比大家想要的或者他本人想要的更多的人性的东西。

如今，我们见证了数月或者数年以来错综复杂的情节的终场。

在开始与俄罗斯工商会成员会晤的时候，我在想，如果在我们面前的不是国家总统，而是未来的总理的话，那么他所说的一切具有更加重要的意义。

在弗拉基米尔·普京面前放着开幕式讲话稿，他几乎没有脱离开这个文稿。文稿上有以下内容的表述：那些在科学上有新发明的人应当在这里获得报酬，"为此应当以从来没有过的付费方式付给他们劳动所得"。俄罗斯联邦工商会应当协助遏止不正当竞争……开幕式文稿是为总统写的，而不是为总理写的，所以弗拉基米尔·普京没有兴趣看它。

然后，俄罗斯联邦工商会会长叶夫根尼·普里马科夫作了发言。他认为"俄罗斯在普京总统时代推行的大政方针是最佳方针"。想必，当着弗拉基米尔·普京的面，叶夫根尼·普里马科夫不可能不这样说。

“这并不意味着，”俄罗斯联邦工商会会长叶夫根尼·普里马科夫继续说，“我们认为这个方针没有战术缺陷。而在战略计划中，这是一个我们将要捍卫的方针。”

很想为他补充一句：我们要不惜一切代价。

叶夫根尼·普里马科夫表示相信，使国内生产总值增加一倍，尽管“政府经济集团”好像打算强调其他东西。

俄罗斯联邦工商会会长宣称，“新自由主义分子的结束——市场决定一切——国家什么都不应当进行干预”。的确，不太清楚，在这里如何抉择。

普里马科夫先生认为，国家转到了微观经济控制下的现实经济方面。这位俄罗斯联邦工商会会长指出，重要的是使“国家控股公司”有效地工作：

“因为，如果‘国家控股公司’工作做得不好，那么社会舆论将会不利于它们。情况不应当是这个样子的。”

他话锋一转，又回到了“新自由主义分子们”的话题上来（这个词他说得如此富有表现力，以至于能够引起对这些人强烈的同情感）：

“他们的根据是，竞争会导致科学研究和实验设计工作投资的增加。而这种情况却没有出现。”

普里马科夫先生提醒俄罗斯总统，那个人不久前建议免征从国外进口的高新技术设备税。在谈到不是在俄罗斯制造的设备时，这位俄罗斯联邦工商会会长说，政府就这个议题准备了半年的时间，但现在是连同这种产品的增值税一起取消的时候了。

“花出售原料资源得来的钱去做什么，是您的大政方针政策的试金石。在一定的时候之前，一切都进入了钱罐子。然后发生变化，将稳定基金分成货币发行基金（准备金）和发展基金。现在我想要问的是：货币发行基金（准备金）的钱岂不是太多了吗？”

新自由主义分子们仍然不让普里马科夫先生安静。当时他遭受了很多来自这些人的痛苦，大概认为，报复的时刻到来了。他谈到了暗中发现的国家存在着的两种危险：

“这是一些与寡头们勾结到一起的新自由主义分子，以及国家机关与商界部分结合在一起（官商勾结）。他们想建立市场管理协会！”在谈话结束时，叶夫根尼·普里马科夫心绪不佳地说。

弗拉基米尔以自己的方式对他的这份报告作了回应。在普里马科夫先生发言的时候，他在便条本上用铅笔写上了他的名字。这就是未来政府总理的演讲。这是一份再过半年我们也听不到的演讲，因为弗拉基米尔·普京非常繁忙，直截了当地谈了他由俄罗斯联邦工商会会长的发言而想起的情况。

他认为，“在国家杜马辩论前夕，对国内总产值增长速度过低的预测是一场不可避免的灾难。这是众所周知的花招：旨在——如果有事的话——不被指责为过分的乐观”。

“我赞同，”他声称，“国家应当把更多的注意力放在现实经济成分上来，而我们不去直接干预。我们应当集中精力建立基础设施：发展银行，经济特区……我们要向这个方向发展。”

我没有说，俄罗斯联邦工商会成员认真倾听了弗拉基米尔·普京谈话。叶夫根尼·普里马科夫显得极度疲劳：他在自己发言时，好像以为会议主题已经结束了。

“也与税收情况一样，”普京先生继续说，“我晓得，您知道：政府在调整税收政策，依靠石油引擎为经济实际成分工作创造最好的条件方面采取了措施……谢尔盖·米哈伊洛维奇[①]不会撒谎……”

巴格达奇科夫先生故作苦恼地叹了一口气。对这种政策调整的回忆引发了他脸上难为情的、但仍然是最感动的微笑。

这种微笑内涵的某种东西迫使弗拉基米尔·普京补充道：

“但我们不应当杀死下金蛋的鸡。”

这个时候看上去，巴格达奇科夫先生似乎没有勇气请求宽恕。

普京先生说，他现在正在考虑取消高新技术设备增值税问题：

“这一切都很好。不过再认真想一想：如果取消了增值税，那么我们就永远不会开始在我国生产这种设备了。”

他还就国家团体问题发表了自己的意见，并作为一个打算一心一意从事国家团体事业的人说道：

---

① 巴格达奇科夫先生，俄罗斯石油公司总裁。——作者注

“我认为，我们正确地履行了使命，把我们的大政方针集中在了一些工作方向上：航空制造业、造船业……但我们也必须对这方面的工作进行调整。我们不打算永远使这些国家团体保持在那种业已形成的状态。他们早晚要在透明的、普通公民都了解的市场条件下工作……我们应当为他们专门在市场环境中工作创造条件……只不过是，在今天，一些领域的工作没有国家的参与无法恢复。”

这时，普京先生看上去更像是俄罗斯联邦工商会会长在自己的报告中怒斥的那种新自由主义分子。差不多8年前，弗拉基米尔·普京就是以那种新自由主义分子的形象来到克里姆林宫的。

“我们不打算建立国家资本主义，”他补充道，“这不是我们要走的道路。”

他对在发行基金中货币为什么要继续积累作了说明：

“我们的确在把部分资源储存起来，准备（生活）困难时使用。无论石油价格增长动态如何，我们都不能允许盗窃居民的财物，即使是价格动态突然发生变化。我们不能减少人们的退休金和工资。因此，最好是从自己的储备中提取资金应对这种情况。”

至此，国家总统结束了政府总理的演讲。

第二章

被任命的“大内总管”

普京和梅德韦杰夫是亲密战友

2002年8月中旬，就俄罗斯总统弗拉基米尔·普京签署的关于批准《国家公务员职务行为总则》命令的问题，我第一次与德米特里·梅德韦杰夫进行了谈话。

不过，梅德韦杰夫先生比较引人注目，当然以前也是如此。比方说，就是这一年的5月底，在弗拉基米尔·普京与俄罗斯实业家和企业家联合会代表会谈时就很有意思。

谈话通常在克里姆林宫的叶卡捷里宁斯基大厅进行。首先，实业家和企业家们首先在巨大的圆桌前各自就座。然后，总统办公厅主任亚历山大·沃洛申步入大厅并开始与他们打招呼；他的副职德米特里·梅德韦杰夫紧随其后，进行寒暄问候。寡头们轰隆一声挪开椅子并欢迎沃洛申先生，后者很快就停住脚步与米列尔先生全神贯注地攀谈起来。德米特里·梅德韦杰夫没有放慢速度。他不住地绕着周围向前行走，彬彬有礼地欢迎客人们。他拍了拍某个人的后背，与某个人——好像就是与亚历山大·米列尔，互相吻了吻。

与此同时，在对面，政府总理米哈伊尔·卡西亚诺夫面带微笑，开始迎着他逆时针行进。最后他应当不可避免地与德米特里·梅德韦杰夫相遇。这种情况发生了。不过，他们俩装作彼此都没有看到，继续前进。

总统签署命令批准《国家公务员行为准则》旨在“增强社会对国家机关的信任”，正如德米特里·梅德韦杰夫解释的那样，是建设文明社会进程中的过渡性文件。接着又拟定了几个文件，首先是《关于俄罗斯联邦国家公务制度法》。由德米特里·梅德韦杰夫领导的工作小组应当于2002年底将《关于俄罗斯联邦国家公务制度法》提交政府讨论。

看来，可以不必太着急。在差不多拟定好法律的时候，为什么要签署命令呢？正如梅德韦杰夫先生解释的那样，国家公务员本身首先对此有需求。可见，他们早就感到载有他们在工作中行为规范内容的文件的缺陷了，由于这个原因，在他们的行为中有时会发生无法解释的盲区。

按照德米特里·梅德韦杰夫的话说，命令——这是一种共产主义建设者道德准则和私营公司小团体荣誉准则的类似物。

“可以长时间地藐视共产主义建设者道德准则，但要知道其中是有理由的！”梅德韦杰夫先生高声道。

不过，从今以后，官员不可能是共产主义或者某些其他政治思想的代表，因为他“应当保持政治上的中立性，排除政党或其他社会联合组织的决定对自己公务活动产生任何影响的可能性”。也就是说，官员不应当是任何一个政党的成员，或者应当服务于所有政党。

“在发生利益冲突危险时，当个人利益影响或者可能影响公正履行职责的时候，要向直接领导报告这种情况，并完成他旨在防止或调整这种利益冲突的决定。”命令中的这个条款对工作小组成员具有特殊意义。据德米特里·梅德韦杰夫说，利益冲突在命令没有出现前根本不是我们法律所特有的很重要的结构。梅德韦杰夫先生解释说，他指的是在利益冲突下：

“比方说，我们就拿大家都知道的情况说吧。有个来自商界的人来到政府工作，并开始检查他工作过的那个领域。他开始配置限额……很快有了明显的利益冲突。一切处于紧张状态。他该怎么办？免职？但他不想。而且他做的事情并不是犯法行为。”

“工作情况？”我更准确地补充说。

“恰恰如此!”梅德韦杰夫先生证实道，“任何别的事情也没有。在这种情况下怎么办?”

他认为，这方面也需要在总统命令中叙述的准则汇编。在执行准则时，官员可以不必担心什么。

“或者是一种相反的情况，”梅德韦杰夫先生补充道，“一个人在某个政府商业部门工作过，然后进入了这个部门。这也是一种利益冲突!”

如果一个人已经进入私人公司，并在那里以私人身份利用自己与政府中其他国家公务员的关系的话，这种冲突如何能够根据国家公务员行为命令制定细则呢?在回答我的这个问题时，德米特里·梅德韦杰夫指出，这涉及纯道德层面的问题。

“有理由想一想：从他这方面讲没有道德滥用吗?”

“而如果有的话呢?”

“一切都将根据当事人的情况进行处置。”德米特里·梅德韦杰夫结束了这个并不轻松的话题。

后来他补充说，无论如何都不能在商界与国家公务之间设置一堵墙。

“否则，如果设置一堵墙的话，那么谁都不会到我们这里来工作了。”他开诚布公地说道。

同时，该命令的几项条款是为官员与大众媒体之间的关系制定的。一方面，国家公务员“不准对国家机关及其领导人的活动公开发表意见，如果这不属于他的职责范围的话”；另一方面，“尊重信息社会大众媒体代表们的辛勤工作”。同时，要“遵守国家机关中规定的公开发表意见的准则”……

“也就是说，公开发表意见是可以的，”德米特里·梅德韦杰夫评论命令的这些条款说，“当然，如果得到批准的话。”

按照他的话说，要知道公开发表意见是代表个人观点：“有人能够公开发表意见，而有的人不让公开发表意见：他的脑子开始飞速运转，他说的不是想说的东西。”

他几次强调指出，命令在塑造国家公务员行为文明的形象，当然，也具有推荐性质。

“但作为国家进程的自觉的参与者，公务员应当遵守这项命令。”

同时，命令具有完全实用的意义。长时间回避正面回答某些问题的梅德韦杰夫先生最后发表了自己对局势的看法：

“如果公务员经常粗暴地违反命令中的规定，那么上司想必要观察一下：你看，他经常违反道德准则。怎么能这样？应当更加认真地对待他的活动。”

“也就是说，要进行职务调查？”

“是的，要进行职务调查！然后重新作出结论！”

当时，总统办公厅宣布，他们明白：未必能够妥善地完成命令的所有规定，如果不迅速提升国家公务员们的薪资的话。按照制定命令工作的小组成员的话说，为俄罗斯联邦官员提高薪资没有任何问题。其实，这项工作甚至明天就可以做（工作小组的官员本身透露了到2002年底的期限）。不过，除了他们之外，还有各联邦区的国家公务员。目前尚未决定他们该怎么办。但是，这种含糊不清的表述也没有免除他们执行被分别送到各地的命令的义务。

应当承认，俄罗斯总统的命令根本上不是独一无二的。比方说，在欧盟有欧洲官员行为准则。他们也奉命要表现出异乎寻常的严谨的工作姿态、职业道德精神；始终牢记，个别公民和一些公司喜欢引诱官员并对他们施加压力；接收礼品要得到上级首长的批准。

德米特里·梅德韦杰夫的确注意到，工作小组在制定命令时研究了这些准则。但是，看来研究得不够，因为在这些准则中有一项在俄罗斯总统命令中根本没有。这一项的内容是禁止国家公务员在办公场所吸烟和饮酒。

从另一方面讲，这项内容显然有些过分。

* * * * *

不敢肯定，总统的命令使国家公务员的生活负担减轻了，但也没有给生活带来什么麻烦。这项命令显然没有给部长们增加自信。而且自信从何谈起啊？犹如在2004年的总统竞选运动之后或者在2008年3月总统选举之后和到2008年5月总统就职之前一样，人们在“手提箱”上工作，整装待发。

比方说，2003年4月10日，政府成员们最后一个知道了有关内阁彻底重组的消息。在来参加会议时，他们发现，在习惯的座位上没有带有他们的姓名座位牌了。（这样的牌子通常由负责礼仪的工作人员摆放，目的是防止把座位搞混了。）

这一次，正是这种情况把一切都搞乱了。国防部长谢尔盖·伊万诺夫像经常那样很长时间没有找到自己的座位。他像往常那样走到桌子的右半边，但那里没有他的座位。在国防部长轻松坐上自己的宝座之前，几分钟的时间过去了。

没有任何可以解释这种彻底调整内阁座位的逻辑上的原因。所有人的神经在那些天都极度紧张。任何一件小事都可能导致不可预测的后果。

此外，大家注意到，总统办公厅副主任伊戈尔·谢钦缺席。此前他从来没有缺席过会议。他的缺席特别引人注目，因为只有他至今总认为依次走到所有与会者跟前与他们每个人打声招呼是自己应尽的职责。大家有点习以为常了。而现在谢欣先生与任何人都没有打招呼。原因很简单，他没有来。

他为什么没有来呢？办公厅主任德米特里·梅德韦杰夫来了。他的新任命的第一副职科扎克来了（顺便说一下，这是第一次）。大家都来了。而唯独伊戈尔·谢钦没有来。

的确，后来查明，谢欣先生辞职了。随之便产生一个问题："现在是提出辞职的时机吗？"

在如此神经过敏的状态中，任何东西都无法解释的希望，一切都得想法对付过去，于是这次会议召开了。

* * * * *

总而言之，在弗拉基米尔·普京第一任期结束前，在政府工作中神经过敏现象十分突出。大家都无一例外地对有人占着的位置（特别是没有被占的位置）感兴趣。

2004 年 2 月 6 日，在大克里姆林宫弗拉基米尔·普京与阿塞拜疆总统伊尔哈姆·阿利耶夫的谈判结束后，两位总统会见了记者。在这样的情况下，通常做法是：在第一排观众席上就座的不是新闻记者，而是两国的头面人物。谁能料想到，围绕着这些位置转眼间会展开一场非同儿戏的较量呢？

在第一排有一个位置空着无人坐。俄罗斯文化与电影署署长米哈伊尔·什维德科伊颇关注这个位置。他走到外交部部长伊戈尔·伊万诺夫跟前，请他改坐到第一排的空位上去。

“我坐您的座位。”他对伊万诺夫先生说。

“人家让我坐到哪里，我就坐哪里。”经过短暂的忸怩不安之后，伊戈尔·伊万诺夫自信而坚定地回答道。

米哈伊尔·什维德科伊以疑问的目光看了他一眼。在这种目光中，除了颇具斯文的惊讶之外没有别的什么。

“我的座位牌放在这里，”伊戈尔·伊万诺夫补充道，“在这把椅子上。我就坐到它上面了。”

什维德科伊先生以更加惊讶的神情瞧着这位外交部部长。看来，他似乎不理解在如此微不足道的小事上这样的激动。

“当然，当然，不必担心。”文化署署长甚至安抚地向伊万诺夫先生挥了挥手，然后便离开了。

“这就是空座，”外交部部长耸了耸肩，“我坐下了，再没有可说的了。”

米哈伊尔·什维德科伊听了这番话后，从过道上嘟囔了一句：

“我不坐在国家强力部门领导人之间。凶多吉少。”

* * * * *

座位经常被这样划分。2003 年 10 月 30 日，在继亚历山大·沃洛申辞职后，荣升为俄罗斯联邦总统办公厅主任的德米特里·梅德韦杰夫也参与到这个行列中来。

2004 年 2 月 24 日晚上，旨在研究创新政策的俄罗斯联邦会议和安全委员会主席团联席会议在克里姆林宫举行。会议邀请了几乎所有政府成员。在会议开始前几分钟，总统通过电视宣布了内阁辞职的消息。

在会议开始前大约 40 分钟，我听说马上要发生某种可怕的事件。在会议召开前半小时，大家知道了要发生的事情。全俄罗斯国家电视和无线电广播公司演播室收到了一盘引人注目的盒式录音带，该演播室从某个时候起在克里姆林宫 1 号大楼情况中心办公。

必须指出的是，情况中心早在俄罗斯第一任总统鲍里斯·叶利钦执政时即已建成，但实际上没有工作。连弗拉基米尔·普京也很少使用——基本上用于他与宇宙联络，比方说，在他与国际空间站联系时。而前不久，情况中心配备的过于饱和的技术装备获得了应有的使用。有关瞬息即逝的克里姆林宫生活栏目，目前正在被从全俄罗斯国家电视和无线电广播公司演播室清理出去。

第一频道的工作人员将俄罗斯总统普京的声明录制到了盒式录音带上。第一频道正在播放政府内阁辞职的讲话。根据我掌握的信息，这项声明就是在一周的第一个工作日为内阁会议指定的那个时间录制的。这次会议没有举行。

然而，谁都没想到会取消旨在研究创新政策的会议。科学家们已经聚集在了克里姆林宫格奥尔基大厅。我等待着内阁成员的到来。难道观察刚才议论政府内阁辞职的人们的反应不会使您感到愉快吗？

第一个步入克里姆林宫格奥尔基大厅的，是俄罗斯联邦教育部部长弗拉基米尔·菲利波夫。我请他对所发生的情况做一下评论。因为正是在这几分钟，总统在通过电视发表自己的声明。

“那我应当评论什么呢？”这位教育部部长兴致勃勃地问道。

“你们的辞职。”

“是吗？”菲利波夫先生脸上流露出一种表情。

这种表情很难用我现有的语言表达。在这种表情中，含有对我善意的关注，有人的求知欲，有绝对的同意和确认，有驳斥。

“您指的是什么？”菲利波夫先生继续问道。

“总统的声明。”

“这个声明是什么时候发表的？”

弗拉基米尔·菲利波夫有些特意表现出不感兴趣地问，在示意，他当然知道，很久以来人们是如何议论这类事情的，不过只是不知道准确的日期和时间。但在这里向他提出了一个他的个人启发性问题。

“声明是有关整个政府的？”他问道。

弗拉基米尔·菲利波夫几乎肯定地问了一句。几乎，但并不是完全肯定。在自己的生活中，在人们眼中，我很少遇到如此真诚的关心。不，他什么都不晓得。一概不知。我用自己的话简明扼要地向他转述了弗拉基米尔·普京的声明。比方说，我提到了，总统想更换团队，因为俄罗斯公民有权力——按照他的话说——知道接下来的四年他准备与谁一起工作。

“说得很正确，”弗拉基米尔·菲利波夫称赞道，“正中要害。就是要更换团队。问题在于，此前我们也在团队工作过。因此我想说的是，政府成员——总统团队的人马。这是不言而喻的！”

“那么为什么要换人呢？他们本来就是团队。”

“不，您不是这样理解我的意思的。团队与团队不同。”

“也许政府总理的团队与总统的团队是两个不同的团队吧？或者换言之，米哈伊尔·卡西亚诺夫与弗拉基米尔·普京从某个时候起就在不同的团队里了吧？”

“那哪儿能啊！”菲利波夫先生没有让我把话全部说完，“这是一个完全不可分开的概念。这是一个团队。”

也许，搞清楚不只是把我弄糊涂了，而首先是他本人也说不清了。这位教育部部长鼓励地点了点头，并离开去找电视摄像机了。对他进一步观察表明，每一秒钟他都在越来越坚强地经受着打击。过了大约10分钟，他几乎完全成功地摆脱了“团队”的综合征。他最后不再重复这个词了，他希望在新团队里工作一段时间，而对我的问题，战栗了一下，回答说，他不想再讨论这个话题。

在离教育部部长只有几步之遥的地方站着的，是俄罗斯实业家和企业家联合会主席阿尔卡季·沃尔斯基。他说，前天（实际上是三天之前）他碰见了政府总理。这事发生在由俄罗斯政府主持的一次经营会议上。

“什么也没有预示着……”

阿尔卡季·沃尔斯基显然想继续谈“不幸”的事，但马上改变了主意。取而代之的是，他回忆说，在俄罗斯历史上这种事情已经发生过。

“您记得，斯捷帕申是从大众媒体上得知他已经不是总理的消息的”

“也就是您想说，这是俄罗斯第一任总统的风格？”马上有人问他。

“我什么都不想说。”沃尔斯基先生抱怨道，“为什么您这样马上……不过这正是我想告诉您的。一切来得太突然了。我个人对什么都不相信。我们看看再说。”

沃尔斯基先生在各个方面尽量表现出一副饱经风霜者的形象。

“不过，要知道总统已经通过电视发表了声明。”我提醒说。

“我们看看再说，”阿尔卡季·沃尔斯基，“一切还不明了。我没见过这份发言稿。”

“您需要考虑多长时间呢？”

"在某个地方考虑一周的时间。"想了一下，沃尔斯基先生回答道，"瞧，部长们走来了。赶紧冲过去！"

果然，税收和收费部部长根纳基·伊万诺维奇·布卡耶夫走进了克里姆林宫格奥尔基大厅。我猛冲过去说：

"您早就知道了吧？"

"这不，"他耸了耸肩，"向您跟前走的过程中，我才知道的。"

"您准备评论一下这个决定吗？"

"说真的，我准备了俄罗斯联邦委员会的材料。不过我不可以。这是一个非常及时的决定。"

"何以见得？"我感到吃惊地问道。

我觉得，无论这是个什么样的决定，都不是适时的，好像连布卡耶夫先生也感到，这是在作重新选择。

"是吗？也许与其说是适时的决定，不如说是正确的决定。"他更准确地补充说。

紧随其后走过来的是卫生部部长舍甫琴科先生。

"您也是刚刚知道的吗？"

"半小时前知道的。"部长面带微笑地说。

"也就是说，大概是最早知道的吧？"

"是吗？这倒未必。"

"您有何反应啊？"

"很好。"卫生部部长评价自己的反应时说，"这是一个正确的、有用的决定。"

我一直在期待，他们中有谁最终会说：

"对！早就该罢免我们大家了！这种不成体统的事可以忍受到什么程度？！"

在联邦警卫局的几个助手的陪同下，国防部部长谢尔盖·伊万诺夫顺着大克里姆林宫台阶走了上来。平时对新闻记者态度和蔼可亲的他，这一次对我提出的关于总统声明的问题根本没有反应。

据我掌握的情况表明，他与其他一些强力部门的部长得知这个决定，比总统通过电视宣布这个决定要早得多。这个决定只是"人文科学工作者们"和政府总理米哈伊尔·卡西亚诺夫没有想到的。

当时，所有的人都被邀请到了会议大厅。通常情况下，在这样的活动之前会向记者们发放与会者名单。但这次名单只有一份，而且是在开会前几分钟才出炉的。很快就搞清楚了其中的原因：在俄罗斯联邦全委员会常委中出现了俄罗斯政府代总理维克托·鲍里索维奇·赫里斯坚科。赫里斯坚科先生不是俄罗斯联邦全委员会常委。这是在忙乱中——在重新制作带有米哈伊尔·卡西亚诺夫名字的组成名单时——发生的一个错误。

在总统和往常一样步入大厅的时候，所有的人都已各就各位，除了一个人外。办公厅主任德米特里·梅德韦杰夫坐到了总统的椅子上了，靠近当天的主要新闻人物之一——赫里斯坚科先生，并与之亲切交流了两句。但后来有人向德米特里·梅德韦杰夫暗示，他坐的不是自己的位置。

会议以常规的方式开始举行。没有涉及非常事件。弗拉基米尔·普京就创新发展的长期预测问题闷闷不乐地讲了几分钟。尽管大家很想知道的全然是另外的一种预测——非常短期的预测。最近几天应当知道弗拉基米尔·普京将向国家杜马提交他批准的新政府总理候选人的情况。从克里姆林宫消息灵通人士那里我知道，候选人不一定会是维克托·鲍里索维奇·赫里斯坚科。在一周的时间内，弗拉基米尔·普京将说出他准备与之走到底的人的名字。

* * * * *

也许，当给政治家们带来快乐的时候，值得思考一下，为什么德米特里·梅德韦杰夫坐到了这把椅子上？说真的，他知道自己做了什么。在任何情况下，克里姆林宫当局的改革在他执掌权柄期间都进行得井然有序。

在海边“达戈梅斯”保健设施里，恭顺地期待好天气的克里姆林宫联盟记者们的2003年3月25日早晨是从戏剧般的消息开始的。消息称，在“罗斯”膳宿旅馆，在今天列入计划的与南方联邦区领导人双边会谈和地区问题会议之前，将在“巴恰罗夫小溪”总统官邸举行某种会晤。任何人都不想说，这是什么会晤。试图弄清楚点什么，但都碰了壁，谁都不了解情况。也许连总统新闻处的同事们本身也不知道总统决定会见何人吧。在“巴恰罗夫小溪”沐浴着寒冷三月的阳光等候了三个小时后，任何一种推测都不是不可思议的。

下午5点半，我们应邀来到了总统办公室。几分钟过后，弗拉基米尔·普京在那里出现了。又过了大约10秒钟，总统办公厅主任德米特里·梅德韦杰夫走进了办公室。就这样，其中一位记者在保健设施酒吧间赢得了一顿丰盛的晚餐。

普京和梅德韦杰夫交谈甚欢

“根据我的理解，您准备好了?”弗拉基米尔·普京问德米特里·梅德韦杰夫。

德米特里·梅德韦杰夫绝对准备好了。他手里拿着的好几种颜色的公文夹便是个很好的证明。俄罗斯总统办公厅志同道合集体的命运就在这些文件夹的字里行间里。德米特里·梅德韦杰夫的确总共说了两句话：减少行政管理环节，办公厅结构与政府新结构将实现更好衔接。办公厅将逐渐成为更加紧凑的行政管理机关。

最后，在走出办公室时，我看到了德米特里·梅德韦杰夫是如何从一个公文夹里取出一张纸来的，纸上面赫然写着：“俄罗斯联邦总统命令”。总统全身心地投入到阅读自己的命令中去了。

所有这一切至少不像政府改组的架势。甚至可以说，目前一切结果都恰恰相反。

同时，在“罗斯”膳宿旅馆，州长会议一切准备工作就绪。由于时间不够，决定将四次双边会谈改为两次双边会谈。

总统办公厅副主任亚历山大·阿布拉莫夫站在“罗斯”膳宿旅馆入口处。他以毫不掩饰的兴趣询问刚才有关德米特里·梅德韦杰夫与弗拉基米尔·普京相互讲了些什么内容。因其对工作的责任感，阿布拉莫夫先生在这次会议上是除俄罗斯总统新闻秘书阿列克谢·格罗莫夫之外总统办公厅改组后唯一留任的高官。

在回答他觉得他的行政机关工作人员将会发生什么情况的问题时，他耸了耸肩道：“好像您目前比我知道得多。”

然后他推测说，在俄罗斯的最新历史上已经发生过一次类似的情况。鲍里斯·叶利钦曾改组过一次自己的办公厅，于是在办公厅里出现了众多希望得到很多东西的助手，而有可能得到一切。但是，结果演变成了他们彼此之间和与办公厅这样的行政管理机关上司的一场战争。不过，阿布拉莫夫先生表示坚信，这一次无论如何也不会发生这样的情况。

走上俄罗斯总统应当与印古什共和国总统穆拉特·贾济科夫进行工作会晤的二层楼后，我看到了总统办公厅主任。德米特里·梅德韦杰夫站在走廊里，一副轻松自在的神态。他手里拿着那个载有总统命令的文件夹。看来，命令已经签署。走过来的亚历山大·阿布拉莫夫谦恭而又十分坚定地把小公文夹拉到自己的跟前。德米特里·梅德韦杰夫兴致勃勃地看了他一眼，不过没有马上把文件夹交给他。亚历山大·阿布拉莫夫埋头看文件去了。

这时，穆拉特·贾济科夫开始向总统讲述，他所负责的缺少耕地的印古什共和国是如何转入集体经营模式的，去年玉米和土豆获得了什么样的创纪录的好收成。总统全神贯注地听着贾济科夫先生的工作汇报。

离开办公室时，在走廊里我又看到了德米特里·梅德韦杰夫。他显然没有回避记者的意思。显而易见，在这里应该写上，这是他的功劳，但做不了决定。

我问办公厅主任，他第一副职的问题解决了没有。

“我没有第一副职，”梅德韦杰夫有点伤心地说，“只有副主任。”

“有几个?”

“只有两个。”他又叹了一口气。

“那其余的人呢?”

“什么其余的人啊?”

“嘿，以前您的那些副职们?”

“他们现在是助理。”

“谁的?”

“不是我的，”德米特里·梅德韦杰夫有些魂不守舍地说，“是总统的。”

“那谁担任您的副职了？”

“谁是幸运儿？”德米特里·梅德韦杰夫自问自答，“弗拉季斯拉夫·苏尔科夫和伊戈尔·谢钦。”

“副职们领导的是哪些局呢？”

“内政总局和国土总局合并为内政局。”梅德韦杰夫先生兴高采烈地看了一眼前任办公厅副主任阿布拉莫夫先生，阿布拉莫夫先生还在这里，在梅德韦杰夫先生旁边看命令。

“局长将会担任助理吗？”

令我感到惊讶的是，梅德韦杰夫先生深思起来。显而易见，他，这位唯一的，似乎在这里充满自信的人，知道并非所有问题的答案。

“局长可能是助理，”他慢腾腾地说，“也许，不是助理。喂，我这样回答行吗？”他用疑惑的目光看了我们一眼。

“原新闻出版和广播电视部部长米哈伊尔·列辛将会在办公厅工作吗？”末了，我向他问了一个问题。

要知道，原新闻出版和广播电视部部长毕竟曾是唯一的米哈伊尔·卡西亚诺夫政府的人，他拒绝在米哈伊尔·弗拉德科夫政府负责通讯社工作。

德米特里·梅德韦杰夫摇了摇头。显而易见，开始他想回答“不”。

“我们会给他安排一份合适的工作的。”他偷梁换柱地回答道。

这可能意味着随便一个什么差事。与米哈伊尔·列辛有关联的错综复杂的纠葛因此而保存下来。的确，后来我搞清楚了，列辛先生多半会被任命为俄罗斯总统顾问。当然，这种估计也许过高，但是不管怎么说也不会低于过去的地位。此外，这可能只不过意味着总统助理位置的数量是有限的。

德米特里·梅德韦杰夫最后成功地中止了我们的谈话。亚历山大·阿布拉莫夫正好在这个时候看完了命令。

“命令上写的是什么？”我问道，“您将担任总统助理吧？”

“是的，”亚历山大·阿布拉莫夫满意地回答道，“也是国务秘书。”

“亚历山大·谢尔盖耶维奇，”再次走过来的德米特里·梅德韦杰夫突然越过记者们的头，将一只手伸向他，"请归还那个文件夹!"

"啊，我想把它交给记者们。"阿布拉莫夫先生似乎开了一句玩笑。

"其余的助理是谁?"我问他。

"我不关心其他人的位置。"他耸了耸肩。

当然，很快全世界都知道了所有这些人的情况。所有的副职都当了总统助理。他们的行列中还增添了一位女士，她就是此前任国家法制总局局长的拉里莎·布雷切娃。

经过5分钟的忙乱之后，德米特里·梅德韦杰夫再次出现在了走廊的新闻中心。现在他的确无处可忙了。我只好从他这里搞清楚几个世界关注的问题。

"为什么将所有的副职改成总统助理了呢?"我问道，"难道这就是改组吗?"

"这样做要完美得多!"德米特里·梅德韦杰夫说，"请听我说，我出国，这是有时发生的事情，但不经常。因此，作为办公厅副主任，比方说，来到美国——在那里不会对那些，比方说，可以签字的人产生任何印象。他们明白，什么是助理。他们有白宫办公厅主任（也称白宫幕僚长）安德鲁·卡德——总统助理。我们现在一切正常。"

当时有人问道，是否知道弗拉季斯拉夫·苏尔科夫与伊戈尔·谢钦之间的职责是如何划分的。

"目前正在明确职责，"德米特里·梅德韦杰夫毫无兴趣地答道。

"不过，大概能推测出来，每个人大致都会从事原来干过的一摊工作吧?"我更准确地补充说。

"当然。"办公厅主任有把握地回答道，"假如谢钦先生突然改行搞内政，而阿布拉莫夫先生开始负责总统详细而具体的工作计划的话，那才会令人觉得奇怪呢。"

"德米特里·科扎克作为第一副职，您觉得够用吗?"

"足够用的!"办公厅主任高声地说，"非常够用!当德米特里·尼古拉耶维奇担任普京竞选班子总负责人的时候，我在疲于签署文件。如今，在弗拉季斯拉夫·苏尔科夫与伊戈尔·谢钦之间，好像将会为签署这些文件的重大责任展开非同小可的较量。"

"很同情科扎克，"德米特里·梅德韦杰夫又重复了一遍。

他显然想回到这个话题上来。

“因为他要做某种情绪不高涨的事情，或者办公厅失去他很可怜？”

“本来，本来，”梅德韦杰夫先生老实承认道，“可怜科扎克，他是这样的……”

接着，德米特里·梅德韦杰夫用力地握紧了拳头。

“残酷无情的人？”我推测说。

“不，”他摇了摇头，“他是个意志坚定的人。”

梅德韦杰夫先生再次说道：办公厅的人员超编，将与他们签订新的劳动合同。

“这意味着什么？办公厅将大力裁减或者裁减力度不大？”

“实际上将会裁减。”办公厅主任说，“我们的人太多了。该是清洗队伍的时候了。顺便说一下，所有的全权代表都将重新委任，我忘记说了。”

“他们不是该清洗的时候吗？”

“不。顾问没有被任命。局长……喂，我们又不是第一年工作。我们会胜任工作的。走，萨沙，我们分发文件夹去！”德米特里·梅德韦杰夫向亚历山大·阿布拉莫夫挥了一下手。

“我们走！”那个人轻快地同意道。

每个人都可以藐视新闻记者。当然，如果他是总统办公厅主任或者总统助理的话。

第三章

被委以重任的副总理

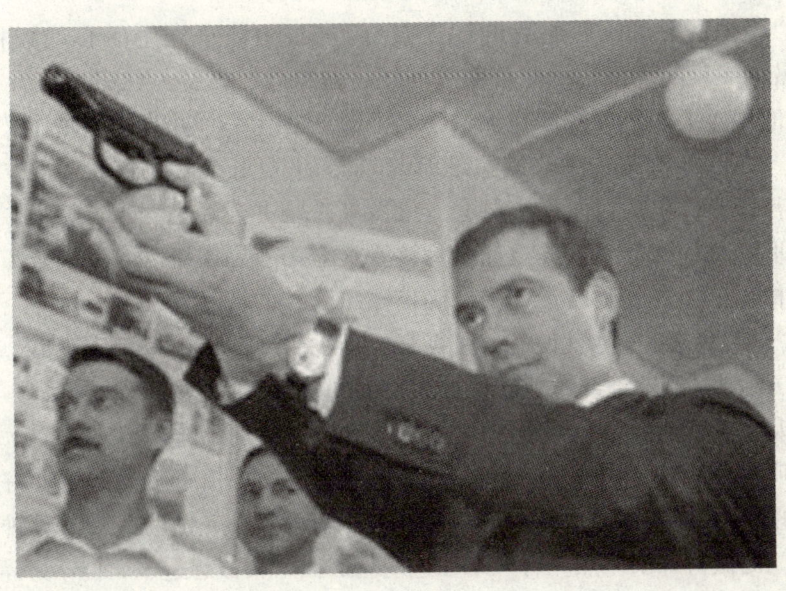

不能排除，2005 年 11 月 14 日，在德米特里·梅德韦杰夫面前出现了一条通向接班人的康庄大道。恰好在当时，弗拉基米尔·普京总统在政府和自己的办公厅进行了一系列革命性的重组活动。

政府成员参加了这次会议。当记者们走进办公室的时候，在桌子后面就座的有副总理亚历山大·茹科夫，财政部部长亚历山大·库德林，卫生与社会发展部部长米哈伊尔·祖拉波夫，国防部部长谢尔盖·伊万诺夫，外交部部长谢尔盖·拉夫罗夫……离总统座位比大家远一些的是总统经济顾问安德列·伊拉里奥诺夫。他好像有意用手遮挡着，在看某些重要的（从伊拉里奥诺夫先生本人无精打采的样子断定）材料。大家都委靡不振地相互窃窃私语。然后，跟往常一样，总统助理伊戈尔·谢钦登场了；过了半分钟，政府总理米哈伊尔·弗拉德科夫和办公厅主任德米特里·梅德韦杰夫来到会场；弗拉基米尔·普京紧随其后，也走进了会场。

刚一坐下，总统就说，他希望从组织问题开始：

“现在，我和你们研究经济、社会领域的优先发展方向问题。”他说，“我们这些问题中的部分问题都放到所谓的国家重点项目当中了。我想强调的正是这一部分。”

而他可能强调的正是所谓的国家重点项目。

“因为这不是我们所有的优先发展方向，”普京先生耐心地解释说，“而最为尖锐的，目前亟待解决的问题，是医疗、教育、住房……”

他稍停了一下，好像在加快，剩下的还有什么，并且想起来了。

“农业，”普京先生心满意足地说，“为了更好地解决这些问题，组建俄联邦国家优先项目发展委员会。俄罗斯总统办公厅主任德米特里·阿纳托利耶维奇·梅德韦杰夫被任命为该委员会第一副主席。”

梅德韦杰夫先生点了点头，确信国家元首的话是正确的。

“同时我从一开始就说过，这项工作应当集中于政府。因此我建议，德米特里·阿纳托利耶维奇·梅德韦杰夫作为政府第一副总理转入政府工作。”

从一开始他讲的一番话中不难看出，他实在是别无选择。

听完总统这番话后，德米特里·梅德韦杰夫从椅子上站起来，好像表明他现在准备空出自己的座位。就在这一瞬间，普京先生本人两分钟前进来的门略微打开了一点。有人站在这扇门后面，大概想进来，但不好意思。

同时，普京先生用几乎觉察不出来的手势建议德米特里·梅德韦杰夫坐下。在这一时刻，门也小心翼翼地关上了。

“第二，”普京总统继续说，“正如你们知道的那样，在上周的国防部会议上，与会人员因国防部在实施自己未来发展计划时对碰到的问题表示担忧。这些问题与各个部门和机关的行动不一致有关。”

显而易见，轮到谢尔盖·伊万诺夫出场了。真是咄咄怪事，只有米哈伊尔·弗拉德科夫既没看平常吸引他所有注意力的总统，也没看谢尔盖·伊万诺夫，更没看政府其他成员。他用眼睛紧紧地盯着获得这些消息的记者们。在这一瞬间，对米哈伊尔·弗拉基米尔·弗拉德科夫来说，最重要的好像是普通人会对整个事件持什么态度。

我突然发现我无法忍住发笑（最可能是歇斯底里的笑），可是我还是试图抑制住它，因为我明白，这完全不是试验者期待魔术小组的东西。但是，唉，我对自己简直毫无办法。

“政府总理，”总统继续说，“带着相应的建议走了：为了更好地协调解决国防部在实施发展计划过程中遇到的问题，将任命谢尔盖·鲍里索维奇·伊万诺夫为政府副总理，保留国防部长职务。这意味着……”

大家又看了一眼谢尔盖·伊万诺夫，这一次甚至包括米哈伊尔·弗拉德科夫。不过，伊万诺夫先生没有站起来。老实说，基于这些任命，他没有把自己的位置让给任何人。

现在到了该宣布克里姆林宫政治新角色的时候了。普京先生没有让人久等：

“当然，我和你们都非常清楚，有效的工作可以在政府与办公厅之间有效的相互配合过程中实现……”国家总统说。想必他本人明白，这句话对他接下来打算宣布的内容而言是多余的。

“因此……”他大概想说“办公厅主任的职位”，但当时所说与刚才说的话没有任何因果关系。

“你们都知道，”普京先生猝然停止了讲话，“……常言说得好……俄罗斯的富强离不开西伯利亚……”

似乎大家只习惯了圣彼得堡人。

“我想西伯利亚人自己比谁都清楚该怎么做……因此我任命秋明州州长谢尔盖·谢苗诺维奇·索比亚宁担任俄罗斯总统办公厅主任职务。请他到场。”

现在，普京先生进来的那扇门敞开了，接着索比亚宁先生出现了。可以看出，他面色苍白。当然，他试图提前两分钟进门。

进门时，索比亚宁先生犹豫不决地停了下来。这是因为，办公室里没有他的位置。梅德韦杰夫显然不再打算从自己的座位上起来。

弗拉基米尔·普京突然从自己的沙发椅上站了起来。

“谢尔盖·谢苗诺维奇，您好！”他非常高兴地大声说道，好像久别之后第一次见到这位州长似的[①]。他整个的样子如此这般地在告诉我们："你从哪里抵达这里的?"

现在，谢尔盖·索比亚宁应该做点什么。不排除，受宠若惊的他可能坐到普京先生本人的椅子上的可能性。也许国家总统感觉到了这一点，于是很快说道：

"对，请拿把椅子直接坐到这里来。"

接着，他指了指在自己与德米特里·梅德韦杰夫之间的空地方。

不过这个空地方很小。

谢尔盖·索比亚宁拿了一把立在墙边的备用椅子（天啊，自己的位置他等了多长时间啊！我指的是椅子），并将它放到了总统指的地界儿。现在，谢尔盖·索比亚宁显然，受到了桌子腿的妨碍，他坐在椅子上，既与总统分开，也与德米特里·梅德韦杰夫分开。不过，毕竟是坐下了。

"谢尔盖·谢苗诺维奇在俄罗斯联邦委员会工作过，曾任俄罗斯联邦委员会宪法立法会主席。你们大家对他都很熟悉，因此最近你们与办公厅之间所形成的事务上的，同志式的结构关系要继续保持下去。"总统说。好像出色地完成了一项工作似的，他立刻感到了一身轻松。

我认为，这项工作完成得仍然存在一些问题。

"为了充分展示美景，"好像欣赏作品效果一样，普京先生继续说，"我可以向你们透露一些情况[②]，谢尔盖·基里延科[③]和远东联邦区总统全权代表普里科夫斯基转到另一项工作上去[④]。任命其他人相应地担任他们的职位：任命此前担任巴什基尔共和国检察长的亚历山大·科诺瓦洛夫为伏尔加河沿岸联邦区总统全权代表[⑤]，任命伊斯哈科夫·卡米勒为远东地区全权代表。这就是我最初想说的一切。"

此后，总统向陈述自己"对高科技医疗中心配置"问题意见的俄罗

---

① 其实大家都知道，普京先生和索比亚宁先生是昨天早晨乘坐同一架飞机从索契飞抵莫斯科的。——作者注

② 可能不是提供消息。——作者注

③ 伏尔加河沿岸联邦区总统全权代表。——作者注

④ 后来得以搞清楚，他们将在政府任职。——作者注

⑤ 有关他个人不同凡响的详细情况，我暂时只知道：他身高两米，而且我觉得，这能说明很多问题。——作者注

斯联邦卫生与社会发展部部长米哈伊尔·祖拉波夫做出了承诺。我认为，这个设想是积极的：一个这样的中心现在好像不影响在座的大多数人（包括记者们）吧。

普京个人网站问世

至少弄清楚了，为什么俄罗斯总统突然去了索契。正如大家所知道的那样，在那里他既会见了索比亚宁先生（根据总统网站的解释，从国家重点项目角度讨论了州的工作，秋明各个镇的教育和采用新的采奶办法问题，谢尔盖·索比亚宁认为，采用新的采奶办法的最终目的是生产者购买货真价实的母牛），也会见了伊斯哈科夫先生（简单地说，他们谈了有关地区自治法的实施问题）。

不过，只能猜想到，如此匆忙是由什么引起的。（显而易见，他们匆匆忙忙：早在星期五晚上，这个计划的大多数参与者甚至料想不到，星期一在他们的生活中会发生什么。比方说，梅德韦杰夫先生作为当之无愧的办公厅主任定出了会晤周的开始计划。休假日他没有在莫斯科。可能会形成这样一种印象，他飞往在索契的俄罗斯总统官邸“博恰罗沃小溪”了。但是他没有在那里。有情报显示，德米特里·梅德韦杰夫在莫斯科近郊的休养地度过了休息日。）

不能排除德米特里·梅德韦杰夫被紧急调到政府工作是由于米哈伊尔·弗拉德科夫几天前身体急剧恶化的可能性。对中国的访问结束后，米哈伊尔·弗拉德科夫的飞机降落在了阿穆尔河畔的共青城，然后这位政府总理乘坐另外一架飞机被送往哈巴罗夫斯克糖尿病专科治疗中心。米哈伊尔·弗拉德科夫访问葡萄牙的计划被取消了。

不过，很快获得一则不胫而走、当然也是持续时间比较长的说法。据这种说法称，德米特里·梅德韦杰夫是被选定（弗拉基米尔·普京选定）的接班人（弗拉基米尔·普京的接班人）。当时这种说法合情合理，因为他在政府担任关键职务，这种职务是俄罗斯非常关注的人民。但是好像有点太合逻辑思维模式了，像真的一样。

克里姆林宫走廊里的官员们并不是马上知道这则消息的。在一个走廊里，我遇到的总统助理谢尔盖·普里霍季科对祝贺他现在有了新首长持极大的不信任态度（大概就像不习惯于，“总统助理—记者”俩人中，记者可能是新闻人物）。

确认德米特里·梅德韦杰夫进入政府后，谢尔盖·普里霍季科认为有必要更准确地了解情况：

“他仍然担任办公厅主任？”

也就是说，普里霍季科不认为事件的这种发展方案是完全没有可能的。

因为这种方案也许比较接近真实情况。据可靠消息灵通人士掌握的情况得知，梅德韦杰夫先生打算保留在办公厅主任职位上实施的基本方案：独联体问题的汇集，准备在中国举行的夏季奥林匹克运动会……——想必作为社会工作。

结果，索比亚宁先生负责总统办公厅日常事务的业务管理——至少在刚开始的时候。不过，被任命了新职务的索比亚宁先生马上就飞往秋明去移交州里的工作了。到周末，总统办公厅主任的职责一直由弗拉季斯拉夫·苏尔科夫执行。这样一来，在星期六之前，总统办公厅有三位首长（主任）。

最终确信索比亚宁先生的确是现在的办公厅主任之一后，普里霍季科马上弯曲右手的四个手指：

“瓦连京·尤马舍夫，尼古拉·搏尔久扎，德米特里·梅德韦杰夫……现在，就是说，谢尔盖·索比亚宁？哪个州？秋明州？嗬，意味着，这是一个相当好的人。”完全弄清楚情况后，普里霍季科先生结束了对话。

会晤政府成员之后过了大约两个小时，俄罗斯总统弗拉基米尔·普京与乌兹别克斯坦共和国总统伊斯拉姆·卡里莫夫的谈判在大克里姆林宫也结束了，我问副总理谢尔盖·伊万诺夫：

“现在看来，在国防工业（国防部将以国防工业为龙头）中建立垂直体系不会有任何问题了吧[①]?”

“大概是吧。”部长耸了耸肩，“我本人什么都还没有理出个头绪来呢！我还没有上班!”

“那如今您在哪儿上班?”

“在国防部!”部长因他可以坚定地回答的问题而感到高兴，“我希望这一点是明确的!”

嗯，这一点最好搞清楚了。

* * * * *

在德米特里·梅德韦杰夫被任命为副总理之后过了两周，在例行性的

普京与梅德韦杰夫十分默契

---

① 部分政府成员反对这一举措。——作者注

普京总统与政府成员星期一见面会上，总统办公室桌子后面的座位换得如此混乱不堪，以至于在第一时间使我感到非常惊讶。但结果，听谢尔盖·伊万诺夫讲，他在克里姆林宫的一个早晨就为俄军军官挣了10亿美元，解开了最复杂的政治谜底。

长期以来形成了一种固定的传统模式：星期一，每一位政府成员都要坐在桌子后面会见总统。外交部部长谢尔盖·拉夫罗夫和内务部长拉希德·努尔加里耶夫坐在一面，副总理亚历山座大·茹科夫和经济发展部部长戈尔曼·格列夫坐在另一面。离总统不远就座的是：右手边——政府总理，左手边——办公厅主任。开始会见前，首先进来的是总统助理伊戈尔·伊万诺维奇·谢钦，他与所有坐在桌子后面或者站在他身边的人——其中也包括电视台摄像师，都一一握手问候。在他之后，办公厅主任和政府总理一定会同时出现。然后进来的便是总统的新闻秘书，随他之后稍过片刻，当与会者的紧张达到难以想象的程度时，俄罗斯总统弗拉基米尔·普京步入会场。

这个顺序年复一年，一直没有受到破坏。但是2005年11月28日，这个顺序被打乱了，走样了。

当记者们走进办公室的时候，发现一切都物是人非了。在习惯的位置上，除了总统经济顾问安德烈·伊拉里昂诺夫（我认为，他由于性格特点而拒绝调换座位）和卫生与社会发展部部长米哈伊尔·祖拉波夫（最好根本不要去惹他）外，我没有看见任何人。

在其他方面，办公室的政治景观变得让人认不出来了。在习惯的位置上，没有了谢尔盖·拉夫罗夫，没有了亚历山大·茹科夫，没有了谢尔盖伊万诺夫，没有了戈尔曼·格列夫——谁都没有了。他们都调换了位置，桌子两边……甚至连这些人的总数也发生了变化。他们的行列中，增加了第一副总理德米特里·梅德韦杰夫。

对我来说，这些人调换座位的理由和一周前的换位一样，仍然是不可思议的。也许分析家们将会为自己找到可供研究的巨大空间。我在寻找，痛苦地寻找，但没有找到答案。

完成自己平时的办公室早朝，并在位于边上的、安德烈·伊拉里昂诺夫对面的习惯位置坐定后，谢钦先生对明天的生活甚至增加了某些信心。

我非常兴奋地思考着。比方说，假如国家强力部门领导人决定集中在桌子的一条线上，与伊戈尔·谢钦连起来的话，那我就都明白了。但为什么当时需要平衡器，即米哈伊尔·祖拉波夫呢？还是那些想要运转这个“多功能发动机”的人没有完全控制桌子后面的局势呢？

而这些人……戈尔曼·格列夫和亚历山大·茹科夫……最近几天的悲剧事件将他们队伍中的一位战友赶了出去，这个人就是财政部长阿列克谢·库德林（躺在医院里）。没有他，他们算什么？撑得住吗？为什么谢尔盖·索比亚宁坐上了他们一帮人的头把交椅？

不，毕竟是不相似的……在某个地方不相似。任何地方都不相似。但这个难题的答案应当是有的！答案在哪里呢？在哪里?！安德烈[①]，你思考吧！你的时间越来越少，时间对他们有利，通常情况下你与你猜想到一切的同事们很快就会被从这间明亮的办公室中赶出去。

突然，我一下子全明白了。噢，天哪！不可能！这件事只是没有想到。除了索比亚宁和弗拉德科夫先生外，他们所有的人只不过是按俄文字母顺序安排座位的！沿圆周逆时针方向顺序排列，他们是：格列夫先生，茹科夫先生，祖拉波夫先生，在他们后面的是伊万诺夫先生，拉夫罗夫先生，雅科夫列夫先生……

坐在桌子两边末尾部的是谢钦和伊拉里奥诺夫先生（他们不是部长，因此如同过去那样就坐）。

这样，我破解了这个政治谜底。对现在这张桌子后面发生的一切，我持对我本人来讲难以置信的冷静态度。我找到了算法——破解任何难题的钥匙。算法是这样的：一切都比想象得要简单。现在借助这把钥匙，可以打开任何一扇门。

我心平气和地听着弗拉基米尔·普京讲述车臣公民投票的情况，共和国公民是如何展示性格魅力和惊人的组织性的，作出了自己的选择，为了使选举工作安全顺利进行，护法机关采取了一切必要的措施。现在我明白了，正是在这次会晤中没有为自己和国际社会确定公民投票初步结果的最高任务，目的是让任何人都来不及怀疑结果。总统只是对所有这些勇敢的人给予了应有的评价。

弗拉基米尔·普京意味深长地说，他与德国新总理安格拉·默克尔谈

---

① 安德烈·伊拉里昂诺夫。——译者注

了谈“有关实现以前拟定的方案的一些措施”。早在1小时前我就推测，安格拉·默克尔不想实现这些方案，弗拉基米尔·普京不得不采取一定的措施，以便迫使她照旧做这件事情。但是现在我明白了，事情并非如此。这仅仅意味着北欧天然气管道将如期建成，很可能提前建成。

米哈伊尔·弗拉德科夫说，自从政府出现新职位那一秒钟起，他马上就感到轻松一些了。因此我明白，在这里没有任何迹象表明，因健康原因他可能很快离开自己的岗位。只不过是政府终于轻松下来，可以全力以赴地投入工作了。

因此，当弗拉基米尔·普京说起军人住房问题时，我也没有留神。他解释说，军官需要48万套住宅，现在有20.5万套，而且要求将以每年大约3万套的速度增加。谢尔盖·伊万诺夫报告称，按照军官住房权利保证书，只有5%的军官同意在莫斯科和莫斯科近郊获得住房，因为从结算中每平方米发给11600卢布的款额，而实际上价格每平方米要贵1—3倍。

普京先生将军人分成了三类：来到新服役地点，按照抵押制度将获得住房的人；离开服役地点，将获得住房的人；按照住房权利保证书应当获得住房的人。

“如果以这样的速度彻底解决问题的话，那么至少需要12—15年的时间。”普京先生解释说，“如果按照住房权利保证书获得住房的话，这些人处于什么样的境地呢？建议他们租赁，愿意租赁什么样的，就租赁什么样的！怎么能这样呢？为什么我们要牵着人们的鼻子走呢?！你愿意租赁，就租赁！……你别想了，到此为止吧。”

俄罗斯总统建议立即修改2006年预算，并从中为军官住房权利保证书再划拨150亿卢布。即使是一年，这些钱在国防部部长看来也不能满足住房权利保证书的实际需求。而到2007年还要至少划拨150亿卢布。

格尔曼·格列夫忧郁地看着所发生的事情。他知道的东西太多了，也猜想到了其余的情况。

但他是否知道，现在我知道的东西呢？要知道，一切比很多人可能以为的和一定以为的要简单得多。只不过是普京先生从访问朝鲜和日本返回时，顺便去了马加丹一趟，视察了一下边防部队，并与军人们交谈了起来，而且谈得热火朝天。

而在艰难困苦的平衡预算中寻找数十亿卢布——不，这不是总统干的事情。

* * * * *

正如很快搞清楚的那样，尤其是国家重点项目应该足够大家用的。因此，在次日——2005 年 11 月 29 日——举行的国家重点项目委员会会议上，一个大胆的设想得到了证实，即尽管划拨给这些项目的资金可能会被盗用，但这些国家重点项目将会完成。

实施国家重点项目委员会成员包括政府成员，主要政党领袖，总统驻各联邦区全权代表，总统办公厅高级官员，部分州长（正如一位高官对我解释的那样，他们来自那些“至少要弄明白些什么”的人当中），以及其他一些专家学者。

会议在克里姆林宫亚历山大大厅召开。国务委员会会议通常在这个大厅约 60 米长的椭圆形桌子后面举行。这一次则完全不同。桌子被摆成了正方形。根据组织者的构想，这样的布局似乎显得更为紧凑一些。但在我看来，这样的布局仅仅是为了从技术角度上更便于俄罗斯总统凝视所有对能够和必须实现他的宏伟计划持怀疑态度的人。

在克里姆林宫格奥尔基大厅，与会者们一边吃东西，一边与记者们交谈起来。很难说，他们在非常愉快地谈些什么。

“早就应当搞所有这些项目了！”俄罗斯联邦共产党中央委员会主席根纳季·久加诺夫不无遗憾地说道。

“早多少年呢?”

“早在七年前就可以开始搞了，八……”

“也许，甚至 80 年代就可以开始搞啦?”我追问道。

“也许吧。”这位共产党领袖意外轻松地赞同道，“行啊，毕竟开始搞啦。不过，反正一切都做得不对劲。这些项目对有的人来说能够提高生活水平，而对有的人来说不会提高。”

有的人不能提高生活水平这种情况，好像使他感到非常愉快。

应当承认，国家重点项目如果马上启动的话，那么这些项目将使他的政治生命和他的政党的生命能否长寿受到怀疑。

“不可能使所有人的生活水平都有所提高，”有人指出，“因为有通货膨胀的问题。”

“胡说八道!”根纳季·久加诺夫声称，“如果投入稳定基金的话，任何通货膨胀都不会发生!”

“向哪里投资呢?”我小心翼翼地问，以免在这方面激怒这位经济学家，“涨工资?”

“不，为什么? 应当加大生产资金的投资力度!”根纳季·久加诺夫解释说。

好像在这方面我还是激怒了这位经济学家。

“这样的话，发生通货膨胀怎么办?”我又问了一句。

“如果理性地发放工资的话，不会发生任何通货膨胀的。”他十分有把握地说。

“理性地发放工资，怎么发?”

“这意味着，如何做，”根纳季·久加诺夫解释说，“要因人而异。”

这样，我们在半分钟的时间里回到了这次谈话的起点。旁边站着的是俄罗斯自由民主党领袖弗拉基米尔·日里诺夫斯基。他唾沫四溅地证明，四个国家重点项目（住房、教育、卫生、农业）对国家来说是不够的，它至少需要第五个项目——道路!

“那么第六个项目——傻瓜，”我认为，“必须战胜它们。届时所有其他的项目会自然而然地得以实现。”

“不!”弗拉基米尔·日里诺夫斯基声嘶力竭地吼道，“一切恰恰相反! 如果得到第一批五个项目，人们就会像傻瓜一样惭愧地生活，不会再自动出现傻瓜了!”

不过，关于国家重点项目的先后顺序问题可能没完没了地争论下去。

最引人关注的与会者之一，——农业部部长阿列克谢·戈尔杰耶夫回答了这样一个问题：在农业最近一次庆祝大丰收的时候，为什么农业生产者们要在政府大楼的拱桥上举行群众大会呢?

“这一举动，”阿列克谢·戈尔杰耶夫说，“是工会组织的，旨在支持今年9月份政府交给的任务……”

“请等一下，”我说，“但那里有一句最无可非议的口号——‘农业部压制农业!’这是我从旁边经过时亲眼所见。”

“可当时我不晓得。”他耸了耸肩说。

过了1个小时，会议开始了。最后出现在大厅的人之一，是俄罗斯能源巨头俄罗斯天然气工业股份公司首席执行官阿列克谢·米勒。在弗拉基米尔·普京没有进来之前，类似于国家重点项目主赞助商的米勒先生主动地与这些项目的主要执行者——政府第一副总理德米特里·梅德韦杰夫交换意见。

弗拉基米尔·普京在会议开始时宣布，将从预算中为实施国家重点项目增拨约1380亿卢布，而考虑到预算外基金和国家担保金，总计将达约1800亿卢布。

“我再次强调指出的是：这些拨款没有替代，而是补充相关领域的计划性拨款。这样，2006年教育和农业的联邦预算总支出增加了三分之一以上，在卫生方面的支出增加了60%，在住房方面的支出增加了3倍。”普京先生继续说，“显而易见，早在两年前这样的拨款规模可能只是一种设想。”

当然，所有的部长甚至连幻想都没有幻想过。

普京先生认为，委员会的主要任务是合理使用这些资金和监督这些资金的使用情况。也就是说，他明白，个别设计方案的参与者试图盗用至少是其中的部分资金。否则，委员会就无须组建了。

“此外，”国家元首指出，“甚至并非所有地区领导人都能非常清楚，需要做什么以及具体如何做。至于这个进程的普通参与者——校长、医院主治医生，就更不必说了。”

不过，他们当然会很快辨明是非的。

普京先生与委员会成员谈了所有国家重点项目，特别详细地谈到了住房问题。在这方面，的确要防止一切官僚主义思想。

“不可能获得任何结果！”俄罗斯总统痛苦地承认道，“如果大家停留在宗派层面上的话，我不得不这样说。”

在弗拉基米尔·普京之后发言的，是政府第一副总理德米特里·梅德韦杰夫。他谈了同一个问题，但是比较具体一些。比如说，已经搞清楚，在2—3年国内将建成几个高科技医疗中心。

梅德韦杰夫先生畅谈了有关将如何组织好这项工作的激动人心的详情细节。将建成若干由政府代表和成员组成的新的委员会，加大对社会舆论和权力机关情况的监督力度。德米特里·梅德韦杰夫在简短的能源报告中有意展示了解决问题的一些举措。

他的确具备解决这些问题所需要的一切条件，其中甚至包括在克里姆林宫的办公室。不是他原来担任办公厅主任时用过的那间办公室。这间办公室目前由谢尔盖·索比亚宁这位新办公厅主任使用。为德米特里·梅德韦杰夫安排了另外一间办公室。我的问题是，为什么配给政府副总理的办公室，总统办公厅的高官毫不犹豫地，好像准备毕生回答这样一个问题，那就是："在实施新计划方案的事业中构建与总统及其办公厅成员之间最密切的关系。"

这样一来，梅德韦杰夫先生获得了马上从两个高度指挥国家重点项目"阅兵式"的独一无二的机会。现在，如果说他坐的不是两把椅子，那么可以准确地说是坐在两间办公室里了。

此外，会议在没有记者参加的情况下继续进行。所有坐在侧面的部长都发言了。随后，愿意发言的人都发表了自己的意见。不言而喻，这些愿意发言的人都是各党派的领袖人物。日里诺夫斯基先生一直坐在会议室里开会，还拟定了一个项目，现在正在为这个项目寻找名副其实的执行者。

会上谈到了与种群退化作斗争的问题。不久前在伊万诺沃市疗养院疗养时，弗拉基米尔·日里诺夫斯基对种群正以不可思议的速度退化的情况表示了严重担忧。这是因为，他在这家疗养院里遇到的所有人都是清一色的女性。无论是服务人员，还是疗养人员，均为女人。日里诺夫斯基先生发现，这种情况弊大于利。

"是啊，"总统对来自现场的消息非常关心，并说道，"不过，在这个大厅里，目前我们在座的是只有五位女性，而其余的都是男性。"

弗拉基米尔·日里诺夫斯基承认，在最高机构国家权力层面上，男性目前还占多数，但是越往下层，情况就越糟糕。

会议持续了三个小时。

会议结束后，地区发展部部长弗拉基米尔·雅科夫列夫讲述说，住房方面的建设规模，2010 年前将从 4000 万平方米增加到 8000 万平方米，而抵押贷款利率则相反，将从 18% 下降到 7%。教育与科学部部长安德烈·弗尔先科说，2 月份教师们将获得为班主任支付的新标准工资。彼得堡市市长瓦莲京娜·马特维延科决定在实施所有这些计划中加强协作精神：

“应当不只是使这项工作推向何方的问题，而是使我们取得具体成果的问题。”

此外，总统办公厅的一位不愿意透露姓名的高官解读了庞大的总统计划，他是应办公厅其他高官的请求做出这一举动的。他向记者们匿名透露的信息值得特别的信任——由于它的特殊机密性。

已经查明，很多地区希望得到实施诸多项目，首先是建设高科技医疗中心的机会。在鞑靼、汉特—曼西斯克和秋明州，已经准备为建筑—安装工程拨款。其他地区同意参与设备供应工作。

这位办公厅高官十分乐观：

“我们从部长们的报告中可以看出，”他说，“高质量完成实施这些项目的工作是可能的。”

接着他列举了几个例子。比方说，已经决定长期租赁良种牲畜，确定了它的畜位（农业部部长阿列克谢·戈尔杰耶夫的术语），明确了解了公种牛供应到俄罗斯具体地区的途径。在这方面已经做了一些事情。

在大克里姆林宫出口处，我问总统办公厅鉴定局局长阿尔卡季·德沃尔科维奇，他是否相信所有这些项目真的可以实现，哪怕只有片刻相信。

“我相信。”他缓了口气说，“尽管某种东西很可能会被侵吞，但我们反正要实现这些项目。”

也就是说，国家有足够的钱为所有的俄罗斯人谋福祉。

* * * * *

到2005年底，所有州长无一例外地深切体会到了国家重点项目必然的重要性。为了再一次促进他们，12月27日，弗拉基米尔·普京总统与政府成员一起参加了国家实施重点项目委员会的工作，并宣布由他领导的国家必须作为一个统一的团队开展工作。

州长们显然对这次会议做了充分的准备。会上要讨论各地区对实施国家重点项目的准备情况。总的来说，一些地区准备了不只一年的时间。比方说，斯塔夫罗波尔边疆区行政长官亚历山大·列昂尼多维奇·切尔诺戈罗夫声称，他实际上做了应该做的一切。

“你们应当比我看得更清楚。”他站在大克里姆林宫休息室里，不时得意地搓着手说，“我们就从农业说起吧。今年我们的粮食获得了大丰收，42 万吨葵花子！”

接下来切尔诺戈罗夫先生抓住了从旁边经过的农业部部长阿列克谢·戈尔杰耶夫的手。

“喂，怎么样，精神正常吧？”州长问道。

“超人！”部长回答着，并用力从州长手里挣脱出来，快速向前走去。

“喂！我已经说过了！他认为，我们边疆地区的所有人都是超人！”亚历山大·切尔诺戈罗夫高兴地说，“而且不只是在农业方面！”

接着，他讲述了在他的边疆区，医疗卫生问题也正在得到解决。

“我们正在致力于病史，而不是疾病的工作。”他解释说，“为此需要做大量的工作。谢天谢地，政府更换了。”

“是的，只剩下从法律上组阁了。”我小心翼翼地说，“看来，离春天更近了。”

“啊，您说的是联邦政府吧？”亚历山大·列昂尼多维奇·切尔诺戈罗夫笑了起来，“我说的是自己的，边疆区政府！不过，您说的也对。正如伟大的亚历山大·卢卡申科说的那样，必须重整旗鼓，重整旗鼓！”

“也就是说，有三分之二的国家项目您在实施。”我使他重新回到了国家实施重点项目委员会的话题上来。

“教育方面的情况也是如此！”亚历山大·列昂尼多维奇·切尔诺戈罗夫更加高兴地说，“所有学生都得到了保护。在电子计算机化方面，获得了国际货币基金组织的奖学金。明年，边疆区的所有学校将完全实现电子计算机化。所有学校！”

“四分之三的项目。”我记录下来了。

“住房方面的情况比较复杂。”他坦白地说，“在俄罗斯行政主体内，在实施住房方面，我们名列第八位。不过，2009 年，边疆区国内生产总值将增加一倍。”

“您是带夫人来参加国家实施重点项目委员会会议的吗？”我忍不住发问道，“据说，所有州长的夫人都受到了邀请。”

“是的，夫人们受到了邀请。”他承认道，“不过，我是只身一人来的。我今天就要返回。我需要工作。”

“您的羊现在怎么样了？”一位已过中年的《农业生活》杂志记者略施小计地问州长，“我非常想知道母牛的情况。”

“您问的是母牛的情况吗?”亚历山大·列昂尼多维奇·切尔诺戈罗夫重新问了一遍,“总头数当然是减少了。但明年我们将会拥有俄罗斯最好的饲养场。一昼夜可以提供9万吨牛奶。”

“能提供吗?”记者心存怀疑地又问了一遍。

“当然能提供!”亚历山大·列昂尼多维奇·切尔诺戈罗夫高声说道,“饲养场是美国人建的!”

过了几分钟,在克里姆林宫格奥尔基大厅休息室里,车臣总统阿鲁·阿尔哈诺夫讲述说:

“就国家重点项目而言,所有的一切在我们那里实际上还处于初始阶段。对我们来说,所有这些好像只是一句口号。这需要很多的钱!很多!”

我想了想,联邦中心更喜欢的无疑是哥萨克人亚历山大·列昂尼多维奇·切尔诺戈罗夫,而应当把钱给阿卢·阿尔汉诺夫。也就是说,大家各得其所,两全其美。

站在一旁的莫斯科市市长尤里·卢日科夫讲述了在为庆祝即将到来的节日而被化装成圣诞老人的尤里·多尔格鲁基纪念碑旁边举行城市庆典活动时,在他身上发生的事情。

“昨天我遭遇了不测……”他摇头说。

他的头上有明显的、目前尚未愈合的伤口。

“是因为多尔格鲁基吗?”有人同情地问道。

“可以说,不是,”他回答道,“没有爆炸的炸药包坠落下来了,好像……”

市长刚一回忆起这件事,腿都有点软了。显而易见,他所指的是,炸药包毕竟还是爆炸了,而且就是在他头上炸的。

站在教育与科学部部长安德烈·弗尔先科旁边的一位州长请求他把高等学校的情况讲完。据我的理解,应当是解决高等学校财产的问题。

“那么,您本人至少要做些什么,”弗尔先科先生反驳道,“要准备好文件。”

“那算是谁的财产呢?”州长问道。

“国家的财产。”部长耐心地回答他的问题。

“那么国家又是谁呢?”州长高兴地说,“是您!”

“我怎能不喜欢州长们呢！”弗尔先科先生皱着眉头说。

当所有的州长都聚集了在亚历山大大厅的时候，总统没有让大家久等（大家都准备就绪了）。他说，为国家重点项目拨付的每一戈比都不允许随意花掉。两周前，他称这些项目是“所谓的项目”。前一天，他在自己篇幅不长的发言中先后几次使用了“国家项目”这个词组——一次也没有把它们看作是所谓的“项目”。事情越来越重大。现在这个概念与另外一个词组有关。

“所谓广义上的政府——政府和州长们——必须作为一个统一的团队开展工作。”总统说。

弗拉基米尔·普京第一次召请国家官员和各州州长，他们当中并非所有的人都是由他亲自或者说由他的团队任命的。很明显，这个团队中谁是受雇的工作人员。就是俄罗斯人民。那谁是团队的股东呢？谁有股票控制额呢？是否能确信，国家拥有股票控制额呢？或者也许顶级经理们拥有股票控制额？从来没有这样需要过详情细节。

有意思的是，刚刚辞去总统经济顾问职务的安德烈·伊拉里奥诺夫第一次使用了关于俄罗斯在建立国家“团队”的术语。这个术语是从他口里说出的，说得缓和些，带有谴责的意味。而国家总统也使用了这一术语，旨在向世人展示，应当渴望达到什么目标。

我听到统一团队这个术语后，想起了政府成员安德烈·弗尔先科在说团队同事“我怎能不喜欢州长们呢！”时的面部表情。

第一副总理德米特里·梅德韦杰夫谈的不是为国家重点项目拨付的资金的使用战略，而是战术：

“为这些项目拨付的钱，请原谅我用这样的词，这是神圣不可侵犯的钱！”

也就是说，他恳求州长们按指定的用途花钱（专款专用）。显而易见，德米特里·梅德韦杰夫明白，除了这种十分强烈的请求之外，他没有其他的理由。他的确说过，在联邦主体中应当有诸如俄罗斯联邦拼成版的网状图表。

“当然，将实施有效的监督。但不应当出现这样的一种结果：我们的监督员比其他项目参与者多。”梅德韦杰夫先生宣称。

弗拉基米尔·普京让鞑靼斯坦共和国总统明季梅尔·沙里帕维奇·沙

伊米耶夫发言。

“去年 12 月份与今年 12 月份有什么不同?”他问与会者们,“去年,我们滔滔不绝地大谈(福利)货币化,令大家烦恼极了,双膝打哆嗦;现在,几乎所有的人真的腰杆子硬了,自强自立了。现在我们正兴高采烈地迎接新年。”

明季梅尔·沙伊米耶夫讲述说,好像早在一年半前他就告诉国家总统说,在鞑靼斯坦共和国,居民社会援助计划将会被弃置不管。而如今,明年将有 6000 套住宅会住上人!问题解决了!

如果计算一下,就整个共和国来说,这 30 栋 6000 套住宅的房子不算多。但鞑靼斯坦共和国善于与数字打交道。在沙伊米耶夫总统执政期间,6000 这个数字赫赫有名,简直好极了。

“我们在实施住房计划时遇到的主要问题是地段挑选问题。”鞑靼斯坦共和国总统说,“人们会把费用算到平方米价格上去,但他们不会有土地所有权!”

鞑靼斯坦共和国总统明季梅尔·沙里帕维奇·沙伊米耶夫讲了很长时间。大家认真地听他的发言,并耐心地等待他的发言结束。他谈到了人口问题,他认为,这个问题必须“从两头”解决,也就是应当提高出生率和延长人的寿命。这个观点至少与一个国家项目相抵触:如果这个观点付诸实施的话,那么就会产生一系列实施“住房”计划方面的连带问题。

萨马拉州州长康斯坦丁·季托夫讲述说,“农村一直是城市的人力资源库”。他认为,大概农村的主要作用就在于此。他也谈了在他们州住房问题是如何解决的:

“当一个普通实习医生的工资为 1.5 万卢布时,每个月可以付 7000 卢布的抵押借款,还剩下的 7000—8000 卢布用于家庭生活开销。”他坚决主张。

接下来,季托夫州长有关如何用 7000—8000 卢布养家的详细叙述十分引人入胜。

他向大家透露了有关萨马拉州 45% 的家庭是如何不接受社会福利包政策,他们决定以津贴取代优惠,以及他现在如何惋惜这一点的消息。

“接受社会福利包政策的那些人可以得到药品,的确不是他们希望得到的那些药。而那些不接受社会福利包政策的人去找医生看病,医生把他们送入医院住院。难道这正常吗?”

“完全自相矛盾!”坐在离我不远处的圣彼得堡市市长瓦连京娜·马特维延科表示同情地大声说。

“他们为什么不接受呢?”尤里·卢日科夫试图弄明白，季托夫说的是什么。

“在他们的社会福利包里没有需要的药品。”季托夫先生似乎听到了他们的呼声，解释说，“他们来找医生并说：‘你哪里也别让我去了啦，让我住院吧!’”

萨马拉州州长康斯坦丁·季托夫找到了一剂能够解决这个问题的十分奇怪的药方。他建议给予那些不接受社会福利包的公民重新接受福利包的机会。显而易见，是为了使自己彻底失去住院的机会。

在萨马拉州实施医疗卫生国家重点项目时，我本人预感到了附带的困难。

最后，季托夫先生讲述说，“有标准项目——无论在教育方面，还是在住房方面”，并建议尽可能积极地使用它们。而我想了想，也许应当开始使用新术语——“标准国家重点项目”。

在鄂木斯克州州长列昂尼德·波列扎耶夫发言时，有几个州长已经进入了梦乡。醒来后搞明白列昂尼德·波列扎耶夫还未离开讲台时，他们开始伸懒腰，任性地郁闷起来。

建议“关闭边境偏僻地方和取消所有经济贸易区”的别尔哥罗德州州长叶夫根尼·萨夫琴科唤醒了部分听众。抵押借款使他绝对不满意，他认为，这种抵押借款只适用于那些通货膨胀每年不超过1%的国家。应当建立相互帮助的贷款机构，他认为，这种贷款机构正如众所周知的那样，在苏联时期的日常生活中广泛存在过。叶夫根尼·萨夫琴科认为，有必要根据一年的结果为普通老百姓颁发他们在银行储蓄的国家奖。

听到这番话，普京和弗拉德科夫互使眼色，哈哈大笑起来。而叶夫根尼·萨夫琴科说，应当紧急改变城市建设体系：它应该具有庄园特点。

“每年应当建造100万栋庄园，”叶夫根尼·萨夫琴科说出了自己的主要数字，“尽管这样还是比美国少100万……不过，届时，至少每个住在这种庄园里的家庭，很多家庭生活问题将会得到解决……”

有关庄园式生活方式相对于其他生活方式的优越性，这位州长也谈了很长时间，然后宣称：

"命运最后一次为我们提供了历史机遇。如果不利用这个机遇，那就太不应该了。"

我不知道其他人的情况怎样，但好像命运的确为叶夫根尼·萨夫琴科提供了最后一次历史性机遇，因为他在这次会议结束后没有再次担任新一届州长职务的机会了，如果我一切都没有搞错的话。

大家凝神倾听了雅罗斯拉夫尔州州长阿纳托里·利西岑的发言。在发言中，他引用德米特里·梅德韦杰夫的话比引用弗拉基米尔·普京的话要多得多。

我觉得，由于这个国家实施重项目委员会的缘故，州长们应当明白最要紧的是：为了实施国家重点项目，他们必须尊重《圣经》"十诫"（最主要的是其中一条——"不偷窃"）——一切会成功的。如果我没有搞错的话，到目前为止没有谁能确实绝对做到这一点。

国家重点项目委员会会议结束后，与会人员们显得疲惫不堪。州长萎靡不振地试图在统一团队框架内与部长们搞好合作。经过一次这样的尝试之后，在更衣室里，卫生与社会保障部部长米哈伊尔·祖拉波夫痛苦地说：

"我是一个多么令人厌恶的部长……"

"您早就明白这一点了？"我问道。

"我吗，一开始就晓得。每天都有人对我说。尤其是州长先生们。他们说呀，说呀……"

团队眼看着在崩溃。

* * * * *

而事实上，弗拉基米尔·普京总统打算向世人表明，这条道路他准备一直走到头。2006年4月7日，在国家实施重点项目委员会会议上，他以拟定没收效率低下的所有者的土地的机制使倡导者感到窘困。在会议进行到一半讨论教育问题时，他进入了班主任角色。

在俄罗斯自由民主党领袖弗拉基米尔·日里诺夫斯基是受邀者中第一个来到大克里姆林宫的。他向记者们发放了自己政党成立16周年纪念庆祝晚会请柬。这场晚会过几天也将在大克里姆林宫举行（"怎么回事？"

日里诺夫斯基先生耸了耸肩，“是的，在大克里姆林宫举行。只是要向他们付钱。我付钱了——因而你就来庆祝吧”）。俄罗斯自由民主党第18次代表大会是在大克里姆林宫举行的节日庆典活动的一部分。

我问，对克里姆林宫提出的国家重点项目，是否所有的项目都令日里诺夫斯基先生满意。

“第五个项目应当是‘道路’!”他立刻回答道。

“到那个时候第六个项目……”日里诺夫斯基先生声称，“好建议，不是吗?”

他像一名优秀的商品推销员那样，试图向我们兜售这种思想：

“我建议：增加‘道路’项目。”他向我发起进攻，“而久加诺夫①什么建议都没有提。他能建议什么呢? 您在农村生活过吗?”

农业部长阿列克谢·戈尔杰耶夫非常凑巧正好出现在了这里。对如何推动实施“农业”项目的问题，他解释说，“农业生产者强烈要求实施项目”。

“在很多地区，工作开展得有声有色，非常顺利!”他使我感到苦恼。

我之所以感到苦恼，是因为在其他地区工作可见进行得不好。

“什么样的工作呢?”有人问他。

“鼓动宣传工作。”他解释道，“我们正在解释清楚，什么是国家重点项目。其实有些地方信息场非常弱。”

也就是说，应当为它施肥，再施肥，然后再在它上面进行耕种。不过，根据阿列克谢·戈尔杰耶夫的外表可以看出，他对收成有很好的展望。

弗拉基米尔·普京打心眼里高兴。他差不多按时来到了会场。整个这一周，他参加克里姆林宫活动迟到的次数不是以分计的，而是以小时计的。因此，总统在克里姆林宫亚历山大大厅地出现在天黑以前不可能不令人产生印象。

总统的发言非常简短，他始终强调的只有一点：国家重点项目——一定要实施（说实在的，这个结论正如后来搞清楚的那样，非常宝贵）。

相反，负责国家重点项目的第一副总理德米特里·梅德韦杰夫的发

① 根纳季·久加诺夫，俄共中央委员会主席。——作者注

言，非常的具体。

德米特里·梅德韦杰夫在发言中列举了很多数字，这些数字说明那国家重点项目在副总理所说的那一刹的状况。这是因为项目实施的速度如此之快，以至于数字经常不断地在发生变化。依我看，以每小时数千万美元的速度在花钱。向居民发放贷款，种类繁多的公债券，为居民购买"急救车"和校车，为他们提高工资，给他们分地（这里使用的不是这个词的令人伤感之意，而是取其乐观向上之意）。

"的确，从2005年10月1日起，90%的地段在没有进行土地拍卖的情况下就划分了。"德米特里·梅德韦杰夫说，"大部分被划分的地段没有进行开发，而它们的所有者只不过是在等待这些地段的涨价。"

普京先生抬起了头，并看一眼德米特里·梅德韦杰夫。这位副总理用肩和头做了一个勉强可以觉察到的动作，表达的大概是下面的意思："怎么回事？不能说，还是怎么的？"

总统一直等到副总理讲话结束，然后说：

"这涉及了没有办理必要的法律手续或规避现行法律而分配土地的问题。我想请我们的杜马同事们思考一下，该如何解决没收这些土地的问题。"

当两次未听清这些词的视听记录时，我很长时间以为，我听错了。总统建议议员们借助于为这种情况制定的某种专门法律，研究没收人们购买土地的机制。到目前为止，普京先生在不停地重申，任何此类问题都应当通过法院解决。不过已经查明，存在着没有法院也行的情况。归根结底，法院的负担的确过重。

当时，前来参加国家实施重点项目委员会会议的各党团领袖，一点也没有觉得他们似乎听错了。他们非常关心总统的话，并用赞许的手势向他示意，问题成熟了，应当最终解决它。对他的讲话给予的赞同手势，赋予了总统另外的一种热情。

"我和你们都非常清楚，"他继续说，"所谈的是什么。就是那些被收买的官员本人分了这些土地，期望为他们霸占的土地取消地租。"

大厅里出现了排他性的寂静。已经弄清楚了，尽管去瑟克特夫卡尔旅行非常疲劳（总统深夜返回了莫斯科），但看上去弗拉基米尔·普京的状态很好（身体状态）。

“而没有效率的土地所有者是谁?”他继续说，“这是他们的帮凶。我们明白所谈的是什么：钻法律的漏洞，如何从他们占据的土地上捞取不义之财。再没有别的了。因此，需要详细拟定没收违法获得的，尤其是从效率低下的所有者那里获得的这些土地的机制。”

也就是说，违法获得的土地必须单独地没收，而没有违法获得的土地——只是没收。

总统建议，做所有的这一切必须公开进行：

“旨在让大家明白，首先是人们清楚，正在发生什么情况。”

在这些寓意深刻的即兴插话后，负责实施国家重点项目的部长们发了言。第一个发表意见的是地区发展部部长弗拉基米尔·雅科夫列夫。如果说大家甚至很认真地听了他一会儿发言的话，那么尽管愿意，但完全不能明白，他领导的部在实施国家重点项目部分还是在整个国家重点项目中都在做什么工作。可能正是因为这一点，弗拉基米尔·普京对弗拉基米尔·雅科夫列夫一个问题也没有提。

之后，教育与科学部长安德烈·弗尔先科讲述了在教育方面国家重点项目的状况。

在谈到普通教育学校教师从 2006 年 1 月 1 日起补发数目可观的班主任费时，他解释说，这次增资没有涉及教师的某些范畴：夜校、矫正学校和士官武备学校。

“那他们的问题解决了吗?”普京先生疑惑地问道。

“解决了。”弗尔先科先生证实说。

“他们的问题在哪里解决的?”

“在我们呈交的申请方案中。”

“申请报告呈交到哪里去啦?”总统又问了一句。

在这个问题上是有缘由的：教育与科学部的方案征得了主管级的同意，但现在好像这些部门找不到了。

“呈交到国家杜马了。”安德烈·弗尔先科解释说。

我认为，这种承认要求他有一些勇气。他也许可以更简单地说，这是教育与科学部的错误。他当时至少不会马上树敌过多。

“它们被置于脑后了?”普京先生追问道。

“没有，不过偷梁换柱了，一种定义被另一种定义取代了。”安德烈·弗尔先科再次证实说。

后来，我搞清楚发生了什么。在弗尔先科先生的计划中有“普通教育机构”的意见。他们的教师有获得班主任津贴的权利。得到国家杜马同意后，定义变了：“普通教育学校”。无论是矫正学校还是士官武备学校都不属于这个定义的范畴。

“我从来不相信，”总统宣布，“议员们是这样做的！……”

“我也不推卸自己的责任。”弗尔先科先生说。

他这样再次证实了自己的话：是的，经过杜马之后定义变了。

“总共会有多少人蒙受损失啊？”普京先生问道。

“这些人占7%……8万人。”部长计算着说。

“还好！”普京先生完全怒不可遏了，“那您认为这个问题什么时候可以解决啊？”

部长说，秋天，在修改预算时。

“德米特里·阿纳托利耶维奇（梅德韦杰夫），我想让您报告一下，”总统转向德米特里·梅德韦杰夫，“为什么所有这些主管级都消失不见了？希望您分析一下，补发从1月1日起向人们少发的钱。”

“请坐。”他对安德烈·弗尔先科说。

在继续进行这种对话时，普京先生俨然像一位班主任。

*****

面对记者们设计的圈套，德米特里·梅德韦杰夫像弗拉基米尔·普京一样镇定自若，绝对没有受那些试图逼迫国家领导人说出有关接班人哪怕是只言片语来的记者们的挑衅。甚至2006年6月8日在克里姆林宫举行的由俄罗斯总统普京、监督实施国家重点项目的主管部长和俄罗斯四大城市的很多同事参加的视频会议上也是如此。只是在视频会议结束后，在没有摄像机的情况下，他讲述了有关他作为俄罗斯总统弗拉基米尔·普京的接班人在考虑自己的问题。

弗拉基米尔·普京在中午时分从俄罗斯大学校长联盟会议来到了克里姆林宫。在克里姆林宫情况中心（通常在这里与宇航员举行通信联络会议），这次做了一件非常具有现实意义的事情——举行国家重点项目视频会议。项目实施者们分散在俄罗斯的四个城市。这些项目实施者是农业部长、卫生部长、教育部长和地区发展部长，以及那些实施这些项目将被惠及的人。在电视演播厅有几位专家：两位国家杜马议员，一位企业家，一位社会团体成员……不要去考虑，在那一天，为什么正好是这些人与弗拉基米尔·普京和德米特里·梅德韦杰夫一起坐在一张桌子后面。这一点简直不可思议。然而事情就这样发生了。

普京先生首先讲了几句话，就似乎很轻松地让德米特里·梅德韦杰夫发言了。第一副总理简略地讲述了所有四个项目的概况（每个项目他都讲得很快，而且非常有把握，就像是说已经完成的事情一样）。他讲完后，给人一种真的是精疲力竭的感觉：好像一切都做得很好，而且很正确，不可能比这更好的了（尽管不无某些缺点）。德米特里·梅德韦杰夫说，农村"能够保持大家庭的传统"，"解决人口问题将依赖于农村"。

为了讲述向农业企业家发放贷款的速度急剧提高的问题，农业部长阿列克谢·戈尔杰耶夫不得不从莫斯科赶往下诺夫哥罗德。在那里，他毫无顾虑地畅谈起来，谈得如醉如痴，以至于在某个时刻自己也醒悟了过来："好像我的话太多了……我想让……发言。""我们自己决定让谁发言。"普京先生舒了一口气。

"假如国家重点项目没有开始的话，我们就不会知道明天会是什么情况了!"阿列克谢·戈尔杰耶夫在下诺夫哥罗德的同事们说。

"也许，还有人要说点什么吗?"总统转向他们。

"我想感谢您，弗拉基米尔·弗拉基米洛维奇，提出这项计划。"一位积极参与讨论的女性说，"不过，存在着一些实施'农业'项目的问题。在获取贷款时，不准雇用银行退休人员担任担保人，结果很麻烦——是的，有……"

"而对购买国外粮食的依存性，使俄罗斯濒于粮食安全的边缘。"一位专家——国家杜马议员艾拉特·海鲁林激动地说。

戈尔杰耶夫先生委屈地回应说，情况不是这样的；而梅德韦杰夫先生一言未发，只是同情地瞧着这位专家（也许，他为省力吧）。

丘布州州长从（顿河畔）罗斯托夫（州首府）向总统报告说，一个可存栏生猪 6.4 万头的大型养猪场马上就将交付使用。车臣共和国总统阿鲁·阿尔哈诺夫报告说，在实施"经济实用房"框架内，格罗兹尼市已经划出（只不过没有解释是谁）14 块土地，首当其冲的用地是米努特卡广场和茹科夫斯基大街……

梅德韦杰夫先生有时认为谈话是自己的职责，并面带微笑地向交谈者（当然，首先是向其中一个人）讲述如何复杂地获得建设许可证，因为“一切都要营私舞弊，行贿受贿，毫不夸张地说，需要几个月的时间和数十万卢布”。不过，实事求是说，普京先生本人也想到了所有这一切，而普京讲过有关其他人也想到了的情况：他不喜欢抵押贷款的高额利率。其实，我觉得，关于这一点他在准备发表一些重要的观点。为此他进行了一切必要的准备工作，但决定关头，他将这种光荣的权利给了梅德韦杰夫先生。是的，他更需要说这些话：这是他——而不是弗拉基米尔·普京，从其他接班人候选人当中脱颖而出，处于统计误差范围之内。

“分析情况后，”梅德韦杰夫先生说，“我们计划，住房抵押贷款机构制定的再融资率从今年7月1日起达11.5%……而以前我们仅希望在2008年达到这个数字！”

当然，听完这番意见之后，人们对住房抵押贷款机构制定这个再融资率没有了信心。

对外贸易银行行长安德烈·科斯京解释说，有一种提高抵押贷款数额的非常简单的方法：“就是应当建造更多和更便宜的住房。”

卫生和社会保障部部长祖拉波夫先生——他是彼尔姆——不能不指出，“在防治所看病的妇女的数量”急剧增加了。他坚定地认为，正如他亲眼所见到的那样，这种情况带来的结果是：“平均围产期死亡率减少了301个孩子”。

“其实，俄罗斯人的健康状况还远没有达到理想的水平。”祖拉波夫先生仍然确切地提出。

“您是说，您在3号分科诊所？”俄罗斯总统转向祖拉波夫先生，困惑不解地说，“而在我这里写的是，您是在2号分科诊所。也许他们试图使我误解，也许……”

“您现在是位于其他地区的某个地方。”他指出。

不过，要知道最重要的是不在6号病房。

他们谈到了新学校校车，穿行于农村公路上的最新式的急救车（“必须解决，我们用这些不寻常的汽车把我们的病人运往何处去的问题。”乌拉尔地区医院的主治医生焦急不安地说道）。

教育与科学部长安德烈·弗尔先科在大学校长会议之后，从位于沃罗比约夫山的国立莫斯科大学大楼赶到了泽廖诺格勒，并如同在大学校长会议上一样讲述了在180所属于自愿创新的大学选拔17所大学的竞赛中最优秀的学校获得了胜利（“您要知道，这可是真正的竞赛。”他在国立莫斯科大学礼堂开会之前向我讲述道）。

弗拉基米尔·普京没有对弗尔先科先生的话进行评论。普京先生他对在国立莫斯科大学的讲话进行过评论就已经足够了。在国立莫斯科大学，弗尔先科先生向学校的学者们宣布，他们的工资从2000年开始增长了四倍。大学校长们开始茫然不知所措，然后用嘘唏声（喧哗声）和不满的埋怨声回应了总统。我想不起来是哪间教室对普京先生的话做出如此反应的了。普京先生首先对这种不满的埋怨声作出了反应：“我知道，我知道通货膨胀……但是实际工资也在增长。”

总统只是感谢弗尔先科先生，他“没有忘记关于补发班主任费的委托”。一个半月前查明，5万多名教师没有收到从今年年初普京先生向所有普通教育机构教师允诺的这部分津贴。在视频会议上，弗尔先科先生报告的是现在获得的内容。

“让我们结束我们的工作吧。”在视频会议开始后，经过3个多小时，总统终于舒了口气。

所有的人都与他一起舒了口气，感到非常轻松。

“没有睡着吧?”在与普京先生告辞时，梅德韦杰夫先生问记者。

“睡着了两次。”我老实地说。

“应当做这个动作，就不会睡着了。”梅德韦杰夫先生猛然伸了一个懒腰，向人们展示了想必经过实验的、在这种会议上保持充沛精力不睡觉的方法。

* * * * *

这个经验稍微晚些时候——2006年7月，在莫斯科举行的宗教领袖高峰会议上——对他起了非常大的作用。俄罗斯总统参加了这次峰会，并向与会人员表示了热情的问候。他指出，最近一次举行这种级别的代表大会是25年前的事了，也是在莫斯科举行的。

“这是一次捍卫和平的代表大会。”弗拉基米尔·普京解释说，如果谁突然忘了的话。

从他的话语中可以明白，世界现在面临的危险，至少不比四分之一世纪以前少。按照俄罗斯总统的话说，文明冲突强加于世界，目前还不太清楚，这该怎么办。但是，普京先生对“恐怖手段的理想是建立在普通百姓宗教无知基础上的”这句话深信不疑，因为任何一种宗教信仰，如果弄清本质的话，都不鼓励搞恐怖活动。

普京先生在说这些话时，用疑问的目光环顾了一下坐在圆桌后面的宗教领袖们。但他们听俄罗斯总统讲话时，好像陷入了——据我判断——轻而易举地能够结束文明冲突的迷睡状态。他们像一个人一样，眯缝着眼睛坐着。其中一些人的嘴唇在微微颤动。拉夫罗夫和梅德韦杰夫先生也眯缝着眼睛坐在这张桌子后面，不过，好像他们另有原因。大厅的重力好像同他们开了一个恶毒的玩笑，在我看来，他们在徒劳地克制睡意。

“重要的是搞好接近我们彼此间立场的建设性工作。”同时普京先生宣称（由于可以理解的原因，他能够比较轻松地克制睡意：他毕竟在这个时候可以说点什么），“目标不可能是机械的，完全的统一，对不起，有时是愚笨的！”

普京先生好像想让大家恢复知觉——这一点他做到了。在说“愚笨”这个词时，梅德韦杰夫和拉夫罗夫先生大大地睁开了双眼。

不过，我要回到2006年6月。

* * * * *

当时，2006年6月，记者们没有跟德米特里·梅德韦杰夫失去过联系。为了某种目的，他又被问到了有关实施国家重点项目的事情。记者当中大概有人参加这次视频会议迟到了。

“项目？”德米特里·梅德韦杰夫又问了一遍，并心不在焉地看了记者们一眼，“我们整个一生就是一个大项目。它可以划分成几个较小的项目。”

他舒了口气。我突然很同情德米特里·梅德韦杰夫。起初，我甚至搞不明白，为什么这种情感会直接刺痛了我的心。只是后来我才搞清楚：当然是因为同情一个甚至把自己的生命变成了一个项目的人。

德米特里·梅德韦杰夫讲述了，“为什么选择解决国家重点项目的设计方案”。我觉得，尽管这已经完全不重要了：因为设计方案已经被选用了。

德米特里·梅德韦杰夫表示相信，“这些项目我们能胜任……”

并做了一个神奇而富于创造力的停顿。似乎在暗示：他知道这句话人所共知的后续内容，但他不会在这种场合公开地讲出来的。

关于2008年之后国家重点项目是否继续的问题，梅德韦杰夫先生兴致索然地指出：“我们所做的一切如此的重要，却处于一种无人关注的状态，以至于我们未必能在两年的时间里完成这些任务。”

当时有人问梅德韦杰夫先生，国家重点项目将来是否可能比现在多。

“这是一个很复杂的问题。”第一副总理回答说，“我通常是用以下方式回答这个问题的：项目不应当太多。”

他决定以不同寻常的方式回避回答这个问题。显然，德米特里·梅德韦杰夫能随时作出很多决定。

“应当搞清楚在哪里需要做什么，然后再着手搞新项目。”他出人意料地坦言道。关于贪赃受贿和极端官僚主义问题，竟然也没有使他措手不及：

“所有的官员应当努力按照某些规则生活，不要把自己的积极性变成谋取非法收入的机会。这也是贪赃受贿。”

显而易见，梅德韦杰夫先生没有想错，即使官员们非常努力，他们也可能搞不出什么名堂来。不过，他认为无论是贪赃受贿还是极端官僚主义，都是“被克服的困难”。

关于他对俄罗斯地区发展部的工作是否满意的问题，梅德韦杰夫先生认真地思考了一下回答说，不应该由他对“部长们的工作做出评价”。

“俄罗斯地区发展部遇到了原来遗留下来的很沉重的麻烦问题。”他耸了耸肩。

显而易见，作为部长雅科夫列夫先生肩上的担子有多重。

梅德韦杰夫先生最后从俄新社记者那里收到一个问题：他是如何看待社会调查结果的，而在这个结果中，作为弗拉基米尔·普京可能的接班人他处于领先地位。

“这个调查能说明什么呢？”梅德韦杰夫先生追问道。

任何一种可能性都不存在，因为他不知道这个调查能说明什么。德米特里·梅德韦杰夫想为回答赢得时间。这种操作技巧是人所共知的。

“喂，您是这次竞赛的领先者。”

“啊?”梅德韦杰夫先生有些轻蔑地重问道，“在什么地方我领先3%—5%呢?”

显然，他认为回答了这个问题。

“您是想说，您对这些数字不感兴趣吧?”我进一步明确地说，“对您来说这不是结果?”

“不，我不想。”梅德韦杰夫先生于心无愧地看了一下，“我是想说，我没有从阅读相应的指标开始工作日。”

“那你到底感兴趣还是不感兴趣?”我追问道。

“我说的是我认为正确的东西。”德米特里·梅德韦杰夫回答道，“我的任务是搞国家重点项目。”

“再没有可说的啦?”

“那是一件很可怕的事情。”德米特里·梅德韦杰夫终于好像开始激动了，“假如当局不思考未来的话。”

嗬，好容易才激动了，我想了想。现在他会说出一切的。

“国家重点项目，军队改革……如果这些举措带来效果的话，对当局来说，这是一件好事。”他继续说。

也就是说，他已经开始回答问题的本质，但当回答的时候，马上又改变了这样做的主意。

“请您讲一讲，”我问道，“这次视频会议结束之后，您认为，作为接班人您的地位得到了巩固，还是变弱了?”我以为，也许还有希望。

“您还是想在这次交谈中把我推出来。”他摇了摇头，“总之，我要这样说的。今天总统基本上谈了，而在我这里仍然存在着一个大的未挖掘完的交谈潜力，如果您在3个小时里没搞清楚这一点的话——那好……”

这时，我终于不再以无法解决（或者多半尚未解决）的问题使梅德韦杰夫先生难受了，并问道：在俄罗斯不应当实行奢华税吗（这种税好像在撒丁岛刚刚实行了）?

“奢华税?”德米特里·梅德韦杰夫似乎根本没有感到惊奇，谈完接班人问题之后，任何问题对他来说大概都是非常简单和令人喜欢的问题，“依我看，没有原则性的反证。我认为，准备购买贵重物品的人也做好为所购买物品付钱的准备了。总的来说，这是我们普通人的本性！这就是俄罗斯人！我们会想起，我们的人最初把他的5万美元花到哪里去了。把钱用到购买奔驰牌汽车上了，是吗？对了，还有相应的附件！”

他指的是为奔驰牌汽车购买相应的附件。

“可真是把钱花到还能符合俄罗斯人发生变化的地位的一切事情上去了。当然啦，承认合法化的问题也很重要，”德米特里·梅德韦杰夫继续说，“所以不能没有奢华税。”

为了歇口气，有人向他提出一个问题：在世界足球锦标赛上他会为谁助威加油。

最后，德米特里·梅德韦杰夫收到了一个令他措手不及的问题。不过，他对此没有感到难为情；相反，给人这样一种印象：他甚至还夸耀这一点，好像在暗示，只有这样的问题才能使他措手不及。

不但如此，而且在稍晚一些时候，他向大家表明，他本人是如何用自己的回答令记者措手不及的。2007年11月28日，俄罗斯总统弗拉基米尔·普京在大克里姆林宫格奥尔基耶夫大厅为工作在莫斯科的外交使节举行了招待会。以维克托·祖布科夫总理为首的几乎所有俄罗斯政府成员参加了会见。第一副总理德米特里·梅德韦杰夫回答如果邀请各国大使的话，他以什么身份参加招待会的问题时说：

“我也是大使。”

我不相信自己的耳朵，并以为在离选举还有四天的时间里第一副总理的命运发生了不可逆转的改变；而谁也不晓得，他的确是大使。手里掌握有特大新闻。剩下的是细节问题了：搞清楚他目前在哪个国家就任大使。大概可以选择任何一个国家。

“我是一个随心所欲的大使。”德米特里·梅德韦杰夫说完，就向桌子方向走去了。

但毕竟足球——这个话题对很多人来说，比国家重点项目或者甚至是未来的俄罗斯总统候选人的问题，要具有现实意义得多。

“我，您要知道，”他迟疑了一下说，“今天早晨真的想过这个问题。您知道，我想说……”

就在这个时候，梅德韦杰夫先生好像还在考虑什么事情。经过深思熟虑后，他说：

“不，我不为巴西足球联队加油助威！我不是很喜欢拉美足球风格。因此请您自己做结论吧！”

你看，在茶余饭后的闲暇时间人们在干些什么。

不过，现在我决定直接试一试：

“想必是为英国人加油啦？”

俄罗斯总统梅德韦杰夫在莫斯科郊外的扎维多夫乡间别墅会见俄罗斯议会领导人后参加了钓鱼活动

梅德韦杰夫先生赞同地看了我一眼：

“当然啦！或者为德国人加油。”

“您不要想这些。”我说，“反正比赛将在工作时间时举行，因此您不可能看比赛，因为您会致力于国家重点项目的实施。”

“那我就先把它录下来，”他不同意地说，“然后再看。”

“反正比赛结果会在广播和电视上播报的。”

“那我就用棉花塞住耳朵。”他预告说。

* * * * *

“卫生”项目是当时被讨论的国家重点项目之一。2007 年 2 月 26 日，弗拉基米尔·普京与政府成员的会晤同星期一例会（每周第一天召集总理、总统办公厅主任及主要部门的部长参加的会议）的记录在强烈的情感方面有很大不同。仅仅三个月前，在米哈伊尔·祖拉波夫最困难的时刻（隶属部长管辖的强制医疗保险基金会受到了搜查和查封），为其辩护的总统指责卫生与社会发展部部长没有远见，并责成第一副总理德米特里·梅德韦杰夫帮助该部搞好工作。这次谈话之后，留给人们的只有一个问题：难道现在有让祖拉波夫先生留在自己职位上的理由吗？

弗拉基米尔·普京与部长们星期一的会议是在莫斯科郊外的新奥加廖沃官邸办公室举行的。这个地方的环境比克里姆林宫要隐秘得多，一切都有点小圈子的味道。可以把弗拉基米尔·普京与米哈伊尔·祖拉波夫之间所进行的谈话大胆地称为内部小圈子的丑事。

首先，弗拉基米尔·普京与同事们讨论了春天田间工作的进展情况。这是即将来临的春天的第一项工作。

“我与俄罗斯联邦气象和环境监测局一起在进行观察，”农业部部长也证实说，“目前情况还是令人满意的……”

然后，总统听取了经济发展与贸易部部长戈尔曼·格列夫关于2007年1月份的经济发展总结报告。这是一个令人感到快慰的总结报告。第一副总理谢尔盖·伊万诺夫汇报了联合航空制造公司和军事工业委员会的工作情况。

“明天我们将聚会于并入‘金刚石—安泰’公司①的‘金刚石’科学生产联合企业，在那里将分析研究防空和反导问题……我想提醒大家的是，去年年底我们列装了新型C—400防空导弹系统。”谢尔盖·伊万诺夫用十分冷淡的语气说。

尤里·列维坦通报苏军攻克柏林时大致用过同样的语气。

“老实说，今年部队列装新型C—400防空导弹系统并投入战斗值勤……（然而还能拿它干什么呢？——好像他想说。）这种导弹是独一无二的，它非常有效，世界上没有类似的武器。不过，主要的是，这是明天要分析研究的事情……”谢尔盖·伊万诺夫用同样的语气说，“这是我们的长远规划。特别是建造第五代防空和反导系统，这种系统应当既能防空，也能反导，还能进行空间防御……”

① 俄罗斯著名的防空武器设计生产企业，也是俄罗斯最大的军工企业之一。——译者注

“谢谢。”依我看，这是弗拉基米尔·普京对他发自肺腑的感谢。

不过，总统承认，有令他甚至比第五代防空武器还更加担心的问题，那就是公民优惠类药品的保障。

可能觉得总统好像在高瞻远瞩，展望未来，并已经在思考第五代防空武器使用结果的问题。但他指的是比较近的未来。

“我与您看到，”弗拉基米尔·普京说，“尽管开始进行了努力……尽管在去年之初好像一切都发展得不好……去年年底我们又查出了问题。这里到底发生什么问题了?”

米哈伊尔·祖拉波夫作好了回答的准备。我想了想，这是一个我们应当提出的简单问题和应当获得的答案。星期一的会议大多有这样的问题和答案。

“的确是这样，”部长说，“在去年成功地调整好了各地药品供应网络……总而言之，去年按照开出的处方售出了1.33亿卢布的药品制剂。这比2005年稍微少了一些。但应当指出的是，在‘药品保险’纲要中2006年剩下870万名公民，而这意味着，一半的公民选择了货币形式，而一半的公民保留自己的补充药品保障的权利。”

米哈伊尔·祖拉波夫认为，显而易见的是，部长们和总统当然有权知道在他管辖的领域发生的情况；但真的，那里没有发生任何那种他们的确应该知道的情况。

“总的来说，”他补充道，“我们会把今年头两个月售出的药品制剂与去年售出的药品制剂数额进行对比。去年售出52亿卢布的药品制剂，而今年向公民售出了47亿卢布的药品制剂……”

“有人对我说，各地区亏损为30%—70%。”普京先生突然打断了他的讲话，“这是真的吗?或者说这个数字不准确?”

谈话突然来了一个180度大转弯。总统示意，部长所说的情况不符合实际情况，也与他掌握的其他数据材料不符，表示愿意驳斥他所说的话。米哈伊尔·祖拉波夫面临着一个难题。

“您指的是今年还是明年?”他若有所思地问了一遍。

“是今年。”普京先生快速说道。

“今年……”祖拉波夫先生若有所思地说道，“至于说到今年，那么资金分配是严格按照联邦主体申请实施的……不过，我们可以预料，很多情况下，在联邦主体中，正是由于规定的限额而使得订购量开始减少。如果把这种情况与去年第四季度的指标作一比较的话，那么减少约 18%—20%……”

也就是说，米哈伊尔·祖拉波夫并不是不赞同总统的说法，而只不过是不与他争论罢了。他合理地利用了在补充问题上赢得的时间。

“米哈伊尔·尤里耶维奇（祖拉波夫），”普京先生说，“大批人员在去年底退出了系统，决定转为货币形式，而没有转入本身的药品保障系统。不过，大家可以思考一下，可以在年中，甚至年初，在某个地方搞一些宣传和教育方面的活动……需要大概地设想一下，财力将如何分配。这种没有及时做的事情令人失望。”

这一次，米哈伊尔·祖拉波夫一声不吭了。这种沉默不语的状态使整个会议室窒息了。我甚至看了一眼内务部部长拉希德·努尔加利耶夫，在他的内务部应当认为，这一瞬间诞生了一位新职员。

“我请您特别关注药品订购的程序，因为您本人向我报告称，在去年12 月份出现了急剧订购的情况。12 月份完成了年订购量的三分之一。”总统补充道。

“3300 万。”米哈伊尔·祖拉波夫证实道。

“这就是说，您没有与各地区搞好关系。”普京先生继续说，“既需要，也可以预见到这一点。因此，既需要建立正常的秩序，也需要与各地区就匹配资金问题达成一致。看一看药品目录，减少制药公司的贪心……我说的你明白吗?”

“按照宽泛的目录，贵重药品对他们来说也是有利可图的，”普京先生为其他人解释说，“需要人们所需要的东西。拨款应当得到保障。而且我在关注财政部：如果不够用的话……必须提供资金保障。答应的事情，就应当完成。”

在这之后，总统与外交部长谢尔盖·拉夫罗夫就美国副总统在伊朗问题上的不负责任行为（切尼先生再次设想对兄弟般的伊朗人民实施军事打击的可能性）谈了很多，并由于这种情况可能会在没有联合国安理会授权的情况下发生而感到气愤。总统突然转向第一副总理德米特里·梅德韦杰夫：

“我请您介入药品保障情况，并帮助部长同各地区开展工作。原则上要搞清楚需要做什么，但在任何情况下都必须努力构建一种人们不会受苦受难的环境。”

也就是说，普京先生示意，已经不指望米哈伊尔·祖拉波夫本人能够克服自己的问题了。

不过，这并不意味着祖拉波夫先生会在最近离开自己的职位。

“当然，在这方面总统面临很多的压力①。”克里姆林宫的一位高官解释说，“而他不会接受的也正是这种压力。”

普京先生首先选定给祖拉波夫先生施加压力。

* * * * *

国家“卫生”重点项目的第一批牺牲品不是疾病，而是医务官员。弗拉基米尔·普京2007年3月5日与政府成员的会议结束，在会上，政府总理米哈伊尔·弗拉德科夫报告称，他已经决定解除俄罗斯联邦卫生监督局局长拉米尔·哈布利耶夫的职务。会议结束后，米哈伊尔·祖拉波夫头上布满了乌云。

开会之前，政府成员们个个精神饱满，心旷神怡。在那一天，他们几乎所有的人都很风光。第一副总理德米特里·梅德韦杰夫在《消息报》编辑部召开了国家重点项目全国互联网会议。外交部长谢尔盖·拉夫罗夫会见了“我们”和“青年近卫军”运动积极分子。卫生与社会发展部部长米哈伊尔·祖拉波夫因什么事情而面露恬静和羞涩的微笑，看上去，好像他有什么东西可讲并打算立即做这件事情似的。

其实，那一天真正风光的是政府总理米哈伊尔·弗拉德科夫。

听完有关与亚洲市场几乎一样的速度下滑的俄罗斯通货膨胀的报告后，普京先生向米哈伊尔·祖拉波夫询问了一下外国劳动移民的情况如何。祖拉波夫先生开始讲述俄罗斯移民政策的主张，正如我从他的解读中理解的那样，这种主张首先在于长期监控业已形成的、通常是令人忐忑不安的局势。不过，按照他的说法，最近在俄罗斯正式登记注册的外国工人的数量增加了数倍：达到了一年140万。因此，这个数字不能不令祖拉波夫先生高兴，如同任何其他增长的数字一样，它也令俄罗斯总统高兴

---

① 显而易见，首先是错综复杂情况的压力。——作者注

不已。

米哈伊尔·祖拉波夫向世人表明他身兼两个部门领导于一身并不是没有道理的：他领导的这个部开始“实行外国公民医疗保险，而且那些患有诸如艾滋病、肝炎等许多社会重症的人（也就是那些外国工人可能原则上甚至感到自豪的人）占了很大的比重。”

米哈伊尔·祖拉波夫向总统保证说，他不会选择提高市场上日用必需品的价格，他认为，在这些市场上要对差不多20%的俄罗斯人自己的消费篮实施采购监督。

看来，总统给了米哈伊尔·祖拉波夫对其有利的话题发表高见的机会，这个话题是专门使所有还对某些东西持怀疑态度的人不再怀疑的：他，米哈伊尔·祖拉波夫，这里的一切都很好，因为俄罗斯总统信任米哈伊尔·祖拉波夫。

“在劳务市场上有我们公民代替非俄罗斯公民的情况发生吗?”弗拉基米尔表示关切地问道。

他多半指的是，有没有非俄罗斯公民被从劳务市场挤走的情况发生。也许，弗拉基米尔·普京从一开始想听到的就是关于这些外国移民政策的原则，但是一直没有等到这位部长令人满意的答案，于是便决定直截了当地询问这方面的情况。

“开始了!”祖拉波夫先生没有让他把话说完，“开始了！当然，这是一支比较宝贵的劳动力……然而，那些从事贸易工作的人干这个……”

米哈伊尔·祖拉波夫的讲话结束了。而令我感到奇怪的是，他开始隔一会儿看一下手表。他不停地拉扯手腕上的表。他好像急着去什么地方，去赶一个什么样的比较重要的会议。或者他只不过是神经高度紧张而已。

普京先生好像想转入了另外一个问题。不过，这时他同样在看祖拉波夫先生。总统在拖延时间，然后在依然从近处凝视部长的时候，转向了第一副总理：

“德米特里·阿纳托利耶维奇，请您查一查居民没有收到药品的情况……”

“是，”梅德韦杰夫先生同意道，“采取过什么措施吗?”

他开始详细回答问题，这看上去带有挑衅色彩。米哈伊尔·祖拉波夫没有参与总统与第一副总理关于治理药品供应非常困难局面的谈话，这次谈话没有考虑他。能够解决这个问题的两个人在彼此谈话。正如后来搞清楚的那样，作为这种品质的人，他们中任何一个都没有仔细端详祖拉波夫先生。这一点也向他做了暗示。

德米特里·梅德韦杰夫说，在普京一周前作出指示后采取的措施为封锁拨款提供了的机会（这意味着拨款被冻结了），从而能够解决所产生的问题。

梅德韦杰夫先生讲述说，他打算直接（也就是没有卫生与社会发展部部长作中介）“与患者协会合作，并致力于具有重病和慢性病性质的疾病治疗工作”。

“在哪个方面开展工作？”普京先生追问了一句。

“在拨款方面。”梅德韦杰夫简明扼要地回答道。

这时，总统把身体转向总理（在类似会议上他不经常向总理许诺），并问他：这些措施对扭转局面足够了吧？

“本来情况没有那么复杂，”弗拉德科夫先生好像不乐意承认，“这些措施具有紧急性质。无论给多少钱，如果这不加强组织性措施的话……交易员们只不过是不理解我们！”

弗拉德科夫说出的这个理由极具杀伤力。

于是米哈伊尔·弗拉德科夫豁然开朗地还提出了一个带有组织特征的紧急措施：

“我决定解除所任职务……”

我担保，我确信，他会说出祖拉波夫先生的名字。以前所说的一切应当以这个人的名字结束。可以说，整个叙述的逻辑是指向米哈伊尔·祖拉波夫的。

但是，这个逻辑却殃及了另外一个人：

“……解除俄罗斯联邦卫生监督局局长拉米尔·哈布利耶夫的职务。”米哈伊尔·弗拉德科夫结束了谈话。

这好像是美国枪战片的经典情节：主人公瞄准了应当好好吓唬一下的坏警察的脑门，手指搭上板机时，却在最后一刹那将枪管指向了在邻桌后面安静地打瞌睡的人。是的，很想向坏警察射出整个弹夹的子弹，但最终还是把他留给了法官去审判。

在俄罗斯最新的历史上，发生过几次类似的情况。一切都这样渐渐地——不过从某个时候非常快地形成了一种观点：人是不可能不离开自己职位的。这一点周围的人突然明白了，记者明白了，甚至连普通公民也明白了（无论是靠药物，还是不用药物生活的人）。这一点所有的人都明白了。因此，在某个时刻，连那个不能不离开的人也终于明白了这一点。

这样的经历，比如说，圣彼得堡前任市长弗拉基米尔·雅科夫列夫就可以详细地讲述。

* * * * *

在为教育质量而斗争的背景下，在有点不知不觉中，政府完成了改组。为了引起社会舆论对“教育”这个国家重点项目的命运的关注，2007年9月，弗拉基米尔·普京飞抵切博克萨雷后，甚至没有开始回答这方面的问题。他以保持沉默的方式也回避了维克托·祖布科夫总理的候选人问题。

在切博克萨雷市中心，耸立着全体楚瓦什人[①]的圣母庇护纪念碑。其中包括可以决定城市内外政策在内的城市居民难以回答的问题：如果说楚瓦什人有母亲的话，为什么他们没有父亲（哪怕是在一眼可以望到的风景中，也就是在随便哪一座小山上，从来没有看到过父亲）。

令楚瓦什人感到欣慰的是，他们在没有父亲的情况下不断地发展壮大。他们向我解释说，他们所有楚瓦什人都有母性祭祀，而不是父性祭祀。他们以某种新的眼光，惶恐不安地观看母亲塑像，其实，可能把她误认作父亲的塑像也并不特别牵强。

此外，楚瓦什人真诚地为政府总理（两个孩子的父亲）的命运担心。

“在莫斯科，在您们那里出什么事了吧?”学校小卖店的服务员问一家联邦报纸的摄影记者，由弗拉基米尔·普京和政府代理第一副总理德米特里·梅德韦杰夫参加国际互联网会议将在这所学校举行。

“这不，”摄影记者回答她说，“弗拉德科夫辞职了。”

我相信，小卖店的服务员现在会问：他是何许人也。

---

① 俄罗斯的一个少数民族，楚瓦什自治共和国的基本居民（88.77万人），使用楚瓦什语。——译者注

“难道米哈伊尔·叶菲莫维奇[①]本人辞职了吗?”她追问了一句，“据说，他的职务是普京先生解除的。”

在这里，离切博克萨雷市40公里，离莫斯科650公里，人们在议论这件事。可以说，一大清早这件事就家喻户晓了。米哈伊尔·弗拉德科夫辞职的消息，甚至连小卖店的服务员都了如指掌。

“可能是他解除的。”摄影记者轻快地同意道，“这不是我们该想的事情。”

“为什么?”小卖店服务员委屈地问。

她怀疑地瞧着摄影记者，她大概觉得，他对她没有说掏心窝子的话。

我们在学校里等总统，等了很长时间。我坐在楚瓦什媒体精英们使用的教室里。有一位手里拿着便条本、并不年轻的妇女突然闯进了教室。她一边跑，一边在便条本上匆匆忙忙地写着什么。

“祖布科夫!”她扯着嗓子大声喊道。

“什么祖布科夫?”同事们关切地问了她一遍。

“维克托·祖布科夫!”她解释着，脸色因了解到了新情况而变得有些难看。

“您不知道，普京已经飞离莫斯科了吗?”一位已过中年的记者又问了一下自己的同事。

显而易见，他认为，不应当把注意力转向跑进来的女记者。任何事情都可能使人们接近国家总统，哪怕是转眼即逝的接近，哪怕是还没有到来的接近。

“这是一位新总理!是我暗中听到的!人们在走廊里用无线电话说的!”

我向她解释说，她只不过是没听全:

“是弗拉德科夫，而不是祖布科夫。有消息称，米哈伊尔·叶菲莫维奇·弗拉德科夫将暂时执行政府总理职务。”

“而我说的是祖布科夫!”女记者固执己见地说，“我听得很清楚!”

同事们难为情地不理睬她了。他们觉得，在我面前，她的行为令他们感到尴尬。

---

① 即弗拉德科夫。——译者注

过了几分钟，各通讯社的简明新闻都报道了一则消息：俄罗斯总统作为政府总理候选人提请国家杜马审议。

教室里一片寂静，持续了很长时间。

“他来圣彼得堡？”一位坐在最后一排课桌后面的当地记者问那位女记者。

她转眼间从城市疯子变成了一个绝对真理的代表。她本人也感受到了这一点，从黑板旁边的座位上无意识地站了起来。她只好拿起指挥棒。

“嗯，当然啦。”她点了点头。

“是年轻人？”有人寻根问底。

“是刚崭露头角的。”她随声附和道（很快查明，祖布科夫先生66岁）。

“大概是祖布科夫大哥吧？”有人推测说。

记者们迟疑不决地笑了起来。马丽娜·祖布科娃——楚瓦什电视台总经理。不过，笑并非没有原因。情况你可以随心所欲地去想象、推测，任何想象、推测都有可能是真理。

弗拉基米尔·普京来到了特连尼卡瑟村，迟到了一个半小时。原因是，他在莫斯科处理情况耽搁了。这种迟到可以认为是微不足道的。

所有这些表明，改组政府的程序都是精心组织完成的，因此不需要很长时间。政府外围的保密工作模式显然与改组米哈伊尔·卡西亚诺夫政府的情况一样。当时，这种模式向弗拉基米尔·普京展示了自己的效力。

人们在学校——首先是在信息技术室，等候弗拉基米尔·普京。几个姑娘和小伙子坐在设有学校网站的电脑前。记者们唆使一个闲着的姑娘关闭学校网站，打开报道米哈伊尔·弗拉德科夫和维克托·祖布科夫艰难命运的“俄新社”网站。她坐在电脑屏幕前，一幅百无聊赖的样子。不过，如果普京先生注视着屏幕的话，她大概就会活跃起来了。希望普京先生也兴奋起来。

不过，在离总统出现前两分钟，挑逗性举动都中止了。这次活动的一位组织者仔细看了看电脑屏幕，叹了一口气，整个教室便愤怒地（“开什么玩笑！请马上关闭学校网站！”）恢复了令人满意的气氛和宪法秩序。

弗拉基米尔·普京出现在了教室，一幅兴致勃勃、精神焕发的样子。一位陪同总统的人称，今天总统心情非常好。

与此同时，教室里一场辩论拉开了序幕。一位教师开始讲述，如何借助电脑快速搞清楚瓦什共和国“哈西”一词的意思。按照他的理解，这个词的意思是“街道”。

“为什么是‘街道’呢?”楚瓦什共和国总统尼古拉·费奥德罗夫感到有些不愉快的诧异。

“某些东西他们比您理解得更好一些。”弗拉基米尔·普京对楚瓦什共和国总统说。

尼古拉·费奥德罗夫面色变得煞白，但仍然坚持认为，他是对的。

“您会认同俄罗斯总统不大准确的解释吗?”普京先生问道。

“让我们翻阅一下档案资料吧。”面带委屈神情的老师简短地顺口随便说道。

“是的，乡下人不相信这些东西。”普京先生补充道。

我觉得，他们说的不是这个意思。因此，在教室门口我问俄罗斯总统：

“为什么您拿弗拉德科夫换弗拉德科夫呢?”

显而易见，弗拉基米尔·普京马上明白了问题的意思（国家似乎将很难搞明白前任总理和新任总理之间的区别），于是他很快重新问了一遍：

“您在什么地方?!”

很明显，他进入了中学老师的角色。

“在学校里。”我回答道。

我想补充说，因此我请他解释一下，甚至准备以家庭作业的形式分析一下答案。但弗拉基米尔·普京打断了我的思路：

“这就是你研究的事情了。”

总而言之，我不是由于无聊而问这个问题的。

不，在与米哈伊尔·弗拉德科夫早晨的会晤中，普京先生说了一切想说的话。看来，现在他只不过是没有什么可补充的了。

在学校发生的一切可以说明，生活在继续，没有发生任何异常情况。在俄罗斯政治生活中，几乎每天都在发生类似的情况，任何事情都无法动摇俄罗斯政治生活的稳定。

我的问题令弗拉基米尔·普京感到非常烦恼。

在另外一间教室里，弗拉基米尔·普京从一盘成熟的苹果旁边走过。这些松脆的苹果具有十分细小的红色纹理……看来，这些苹果可以称为多汁苹果。但是，楚瓦什共和国总统费奥德罗夫先生无法从它们旁边经过。

“对，对，请尝一尝！”当弗拉基米尔·普京与老师们交谈的时候，他劝梅德韦杰夫先生品尝。代理第一副总理职务的梅德韦杰夫先生尝了尝。他很满意。我之所以明白这一点，是因为过了两分钟他耸了耸肩，用一只手抓起了尽可能多的苹果（据我推测，他能抓起三个），并有点不好意思地放进了上衣口袋。

在一间教室里，还有一位女老师听到无论是弗拉基米尔·普京还是德米特里·梅德韦杰夫，都不知道楚瓦什人民伟大的儿子，著名汉学家尼基塔·比丘林时，生气地说：

“来自圣彼得堡的人是应当知道的。”

原来，知恩报恩的同胞们将尼基塔·比丘林安葬在了圣彼得堡。

在一间办公室里，对参加国家重点项目的几所学校的情况进行了电视卫星中转。除了这些学校的校长感谢弗拉基米尔·普京，他们很幸运地参加了国家“教育”项目以外，我认为，任何地方、任何时候都没感谢过弗拉基米尔·普京什么。还有些老师感谢国家统一考试，感谢电脑，感谢“按人头”支付老师工作报酬的尝试……

没有人感谢任命维克托·祖布科夫为政府总理的决定。

* * * * *

好像优先发展的国家重点项目，除了让人头痛外，没有给自己的众多实践者带来任何东西。甚至在2008年2月28日举行的国家重点项目委员会会议上，德米特里·梅德韦杰夫这位主要的总统候选人关于实施国家重点项目的报告也没有给现任总统弗拉基米尔·普京带来乐观主义情绪。

两位总统职位候选人——俄罗斯联邦共产党中央委员会主席根纳季·久加诺夫和俄罗斯自由民主党领袖弗拉基米尔·日里诺夫斯基，没有参加会议，尽管邀请了他们。显而易见，他们不想在对手，也就是国家重点项目监督人德米特里·梅德韦杰夫的场地上玩“兵对兵，将对将”的游戏，也不想在他的竞选活动中对他随声附和。根纳季·久加诺夫和弗拉基米尔·日里诺夫斯基认为，想必在这场竞选活动中，他们事实上对德米特里·梅德韦杰夫形成了实际竞争。

这意味着，当实际候选人不在的时候，他们在竞选辩论时自己说的话可以是和人民开某种恶毒的玩笑。显而易见，双方自己都相信，他们会同生共死。

然而，两位候选人错过了与德米特里·梅德韦杰夫电视辩论的唯一机会。因为，第一，在“新闻－24”电视广播公司直播间进行会议实况直播；第二，国家重点项目委员会成员可以现场向梅德韦杰夫先生提问题。因此，他无法回避所提出的问题。

不过，无论是根纳季·久加诺夫，还是弗拉基米尔·日里诺夫斯基，他们可能明白的也正是这一点。而除此之外，也意识到弗拉基米尔·普京将会坐在大厅里，并清楚地知道，他不会叫自己的得力干将受欺负的；也就是说，他们也应当与他进行辩论，因此，他们决定避免麻烦不接受邀请。

开会前，在克里姆林宫格奥尔基大厅，国家重点项目委员会的成员与记者们的交往多于相互之间的交往。卫生与社会发展部部长塔季扬娜·戈利科娃讲述说，“卫生”——“这是国家重点项目之一，这是我与您的生活”。毫无疑问，这与国家重点项目监督人德米特里·梅德韦杰夫早在2006年6月回答生活意义是什么的问题时所说的话如出一辙：“生活——就是一个计划”。

俄罗斯总统助理伊格尔·伊万诺维奇·舒瓦洛夫解释说，“国家重点项目的第一个发展周期正在进行”，“这个周期应当作为到2012年前（也就是到下一个总统任期结束之前）的下一个周期的驱动器而结束”。

“当时，祖拉波夫①建议集中在一些优先发展项目上：全科医生，女护士……这些工作已经完成。现在是开始另外一项工作的时间了。应当进行那种结构性改革，以便在医学上形成服务水平的实际竞争。”舒瓦洛夫先生津津有味地说道，“不然的话，至今我们还得去走后门找医生看病!”

在“经济实用房”项目上所做的事情，也没有使舒瓦洛夫先生感到鼓舞：

---

① 卫生与社会发展部部长。——作者注

“首先我们拉动了需求[1]，而在提出建议方面做的工作很少。”

总统助理认为，在2008年5月，也就是新当选的俄罗斯总统的就职演说之后，可能公布弗拉基米尔·普京不久前刚刚概括性提出的2020年前俄罗斯的发展构想。

俄罗斯联邦委员会主席谢尔盖·米罗诺夫在旁边进行了评述。他坚持认为，国家重点项目的尝试非常成功。

“国家证明，它能够进行有效的投资！”他高声说道，“各项计划能够完成！”

“房子人人都能买得起了吗？”《消息报》记者问他。

“没有，房子没有达到人人都能买得起的程度。但在农业方面有很大的突破！教育方面出现了很多的优秀人才！不，我的答案是试验获得了成功！”谢尔盖·米罗诺夫缓了一口气说。

然后，谢尔盖·米罗诺夫详细叙述了弗拉基米尔·普京和德米特里·梅德韦杰夫之间的关系：

“一切都水落石出了，当弗拉基米尔·弗拉基米洛维奇（普京）把德米特里·阿纳托里耶维奇（梅德韦杰夫）从总统办公厅调到政府工作的时候。因此，早在总统办公厅的时候，梅德韦杰夫学会了搞外交活动，现在国内没有比他更了解国家重点项目情况的人了！”

对谢尔盖·米罗诺夫来说，正是这一时刻成为了一种信号。的确，谢尔盖·米罗诺夫本人在四个政党的领袖来找弗拉基米尔·普京并向他推荐德米特里·梅德韦杰夫作为俄罗斯总统候选人之后，似乎看清楚了这个信号。否则，谢尔盖·米罗诺夫本人也会不止一次地发出任何一种十分强烈的信号来，他是熟悉这段历史的三个人之一。

弗拉基米尔·普京在会议一开始便宣布：“必须给出最重要问题的答案：国家重点项目将会如何继续发展？刚才我既与德米特里·阿纳托里耶维奇·梅德韦杰夫，也与办公厅的领导讨论了这个问题。我也想听一听国家重点项目委员会委员们的意见。”

看来，好像国家重点项目委员会会议将会获得圆满成功，取得积极成果。更重要的是，这是总统选举前克里姆林宫的最后一次大型活动。实际

---

① 也就是促进了抵押贷款制度的发展。——作者注

上，这是德米特里·梅德韦杰夫竞选活动的壮丽尾声。

而且早在一个月前，正是在这一天，弗拉基米尔·普京本人策划了这个壮丽的尾声。这是他的杰作：在投票表决前三天举行国家重点项目委员会会议。显而易见，就凭这一点会议应当高调结束。

所以，对弗拉基米尔·普京如此意味深长地大谈继续搞国家重点项目没有什么可大惊小怪的。此后，弗拉基米尔·普京非常满意地回忆起了这条康庄大道的各个阶段。和德米特里·梅德韦杰夫一样，他们不是第一次这样做了。

"让我们回忆一下：前不久远非所有的人理解且并非完全理解，有效的社会政策对经济、对整个国家、对社会可能具有怎样的意义。这种社会政策仍然被理解为带有所有其单调本质属性的社会保障，与诸如金融资产、石油、天然气、自然资源输出这些诱人的和很有意思的概念相比，看上去不太引人注意，十分的落后。"弗拉基米尔·普京脱开写好的稿子说，"谁都不愿意干这种事情！这是一项被认为枯燥无味的工作。但是，正如我有一次讲的那样，实际上对于各级政府和管理机关来说，这是一项最主要的工作。"

弗拉基米尔·普京所描述的情形的确令人震惊。很难相信，两年前我们还生活在一个"很多人在大会上发表正确言论和号召积极行动起来，他们在正确的地方为他们鼓掌喝彩"的世界里，但年复一年，人们的生活和社会领域的状况并没有因此而发生改变。"甚至在2000年初，人口死亡率大大地超过了人口出生率，学校和医院继续破烂不堪，而当时良好的医疗卫生和教育只有我们国家的那些高收入的人群才能享受，而收入多的那些人又基本上选定或远或近的国家出国……在学校和医院充实新干部的工作实际上停止了，而计算机尤其是因特网在学校里仍然是超越现实的梦想，尤其对农村而言……"

2005年，一切都发生了改变，如果根据报告判断，那么可以说已经达到无法辨认的程度了。

"我们不但成功地解决了一系列的社会和经济问题，"弗拉基米尔·普京称，"而且根据最基本的观点，我们可以重塑公众对政府的信任了。"

德米特里·梅德韦杰夫在自己的报告中十分全面地报告了所取得的成就。我注意到，弗拉基米尔·普京在一丝不苟地写他的报告要点。据我观察，总统有时写得十分快。

德米特里·梅德韦杰夫当时说："保险单应当成为获得各种水平服务的通行证，相应的，医疗保险费应当成为国家医疗机关或机构获取经费的主要财政来源。"至少我们搞清楚了，伊戈尔·舒瓦洛夫说的是什么。

除此之外，我们已经不是第一次听到，应当放弃60—70年代预制板结构住房的项目，人应该住上自己需要的房子。

不过，梅德韦杰夫先生最后也忍不住回忆起令人高兴的事情：

"我不会掩饰，在工作刚刚起步的时候，经常听到一些怀疑的看法。有人说，这些项目——地地道道的在戏弄人民大众，是使情势暂时停止在某个时间，使社会生活领域维持在正常运行状态的一种方法，不然的话就是当局纯粹的竞选包装。如今情势不同了，从感情角度看，这种情势甚至变成了另一种情势。"

此后，负责各专业国家重点项目的部长们发了一个多小时的言。教育与科学部部长安德烈·弗尔先科的发言有条有理，也就是说，比所有的人都简明扼要。他讲述了在他的主管部门将要做的事情，他的经验是，一切必须从头做起。在报告中，弗尔先科先生引用了技术顾问们的观点。

俄罗斯卫生与社会发展部部长塔季扬娜·戈利科娃主要引用了国家重点项目监督人德米特里·梅德韦杰夫的观点。俄罗斯地区发展部部长德米特里·科扎克同样只引用了弗拉基米尔·普京的观点。

最后，农业部部长阿列克谢·戈尔杰耶夫在他的报告中以完全相等的比例分别引用了德米特里·梅德韦杰夫和弗拉基米尔·普京的观点。

政治游戏高手俄罗斯天然气工业股份公司首席执行官阿列克谢·米列尔在讲述了实现新的国重点项目——全国煤气化的情况后，向与会人员表示：

"尊敬的弗拉基米尔·弗拉基米洛维奇[①]！尊敬的德米特里·阿纳托里耶维奇[②]！尊敬的与会人员！……计划一定会完成！工作将继续下去！"

如果我没有搞错的话，弗拉基米尔·普京有关报告人的记录一个字都

---

① 普京的名和父称，表示尊敬。——译者注

② 梅德韦杰夫的名和父称，表示尊敬。——译者注

没有写，总之，眼看着变得越来越忧郁。他听着，把两手叉在胸前——总起来一句话，很难搞清楚他在想什么。国民经济各个领域国家重点项目所取得的数不胜数的成就，好像使他听得有些厌烦了。也许，他希望只限于他一个人就这个话题发表高见。但是，与会者们兴致勃勃地继续倾诉着这个话题。

谢尔盖·米罗诺夫也从座位上起来发言了。尽管杜马选举早已结束，但他建议考虑一下年轻家庭的无息贷款制度和建设储蓄银行制度问题。

“而主要的是，必须使国家实施家庭有价物资的国家订货。”他指出。

为此要创建公共电视节目理事会（俄罗斯议员的美国梦想）和恢复“英雄母亲”的名称（俄罗斯代表的苏联梦想）。

“我个人不是扩大国家重点项目的拥护者……”圣彼得堡市市长瓦连京娜·马特维延科宣称，“但是，文化！……它真的需要支持！”

最后，弗拉基米尔·普京再次发表了自己的意见。我期望，他最后会说出某种东西来，正是基于这一点，所有人在选举前三天的时间里都云集到了这里。

他说了，但完全不是我所期望的东西：

“我们成功地将根深蒂固的问题大山从死点向前推动了一步。但是，我并不赞同那些说这些问题我们解决了的乐观主义者的看法。这些问题目前我们尚未解决，只是从死点向前推进了一步。我们没有扒开这座大山。”

普京先生出人意料地使自己接班人的庆祝演出蒙上了一层阴影。

各种迹象表明，他打算说些其他事情。但是，整个得意洋洋的情绪不仅没有让他激动，而且迫使他自相矛盾起来：因为一开始他也谈到了成功地重塑公众对政府的信任问题，这种信任主要的是因实施国家重点项目而得到了提升。

普京先生只字未提国家重点项目将被打造成国家计划方面的情况。突然让人觉得，真的，任何这方面的事情都没有做。把资金都投到社会生活领域里去了。总的来说，再没有别的了。

这样一来，普京先生本人认为自己的候选人竞选计划富于创造力的收关阶段已经结束。同时，总统候选人也绝对不会心绪不佳。

给人形成这样一种印象，在选举前三天，他们完全筋疲力尽了，并且可以毫无顾虑地说被认为需要说的事情了。因为他们相信，一切应该在2008年3月2日发生的事情已经发生了。

普京赤膊钓鱼照片显示了时任总统的普京在西伯利亚叶尼塞河钓鱼的情景

第四章

被考察的觊觎者们

2005年8月的最后一天，弗拉基米尔·普京在索契自己的官邸“博恰罗夫溪”接见了国防部长谢尔盖·伊万诺夫，后者向总统描述了现在俄罗斯武装力量的战备水平是何等之高。而他面对记者们讲的却是，用黄瓜和黑鱼子酱做的三明治如何好吃，以及海军总司令库拉耶多夫海军上将的命运如何。

国防部长在索契感觉很好，“博恰罗夫溪”温馨的气息令伊万诺夫先生倍感舒适。

“在俄罗斯、亚美尼亚、白俄罗斯和塔吉克斯坦联合防空系统演习中，给您留下印象最深的是什么?”我直截了当地问部长。

“印象最深的?”伊万诺夫先生想了想，“西瓜——很简单，那正是吃西瓜的季节……还有黍鲱！那里的黍鲱，惊人的好吃，简直难以置信！这味道我从小时候记忆至今！这黍鲱的味道真是太美了……”

他用期待的目光看着我，好像在怀疑我是否能继续与他交谈。

“不是用番茄酱做的，对吗?”我不自信地问了一句，“完全是另一种做法。”

“正确!”部长精神振奋地说，“装在那种，如此大的……”

“圆形罐头罐里!”事实上我想到了。

“就装在那里面！在阿斯特拉罕我再次吃到了黍鲱……太棒了！在阿斯特拉罕太棒了。”

“鱼子，肯定也品尝了吧?”

“只是并非普通的鱼子。您知道鱼子应该怎样吃吗?!”谢尔盖·伊万诺夫激动地问，“拿一小块黑面包，一片薄薄的黄瓜片……但不是温室里生长的那种黄瓜（他皱着眉朝旁边点了点头），太好了！还带着刺儿呢，非常新鲜……薄薄的一层，上面有鱼子……是黑鱼子。”

我一直没有问部长，面对潜在敌人进攻的威胁，俄罗斯防空系统的战备程度如何，因为在这种情况下，很难谈到这个话题。

“然后一口吃下去……”

“喝茶，要喝点茶。”他对我说道。

“茶里要放些什么呢？”有人问道，以此表明希望愿意与部长继续坦诚地交流。

“放‘图兹克’糖。”部长突然大声地回答。

“但是没有这种糖啊。”年轻的索契女记者不相信地说道。

“哎，年轻人，”部长摇了摇头，同情地看了一眼，好像朝我的方向，“现在当然没有人能记得‘土司’糖了。”

不言而喻，现在大家都在谈论瓦季克①。

“总之，现在我们演习很多。”部长开始从童年回忆转到现实中来（很显然，相关的童年记忆已经说完了）。

“甚至有点过多，是这样吗？”我问道。

“不是。”部长严厉地答道，“我只恳请您不要乱说，整个演习都在海上进行”。

“在哪个海？”我问道。

“挪威海。”部长应声说道，“连‘库兹涅佐夫海军上将’号航母也去了。我记得在巴伦支海的演习中，总统和我们一起在‘彼得大帝’号上……我跟你说，那真是令人难忘的时刻！”

“害怕吗？难道对属下不信任吗？”

“是这样，航空母舰毕竟不是音乐学院②，什么事都有可能发生。”

“最危险的是什么时候？”我问。

“当时有一架飞机正要在甲板着陆，而这时另一架飞机正要起飞，飞行员就要起飞了，而甲板上却有一个挡板，幸亏挡板被及时地挪开了……

① 一种迷你马，俄罗斯总统的新宠。——作者注

② 似乎在明显地暗指文化部长亚历山大·索科洛夫，他以前是音乐学院院长。——作者注

所有这些都很危险……”

“据说，那天所有飞机都在‘库兹涅佐夫海军上将’号上起降。请问，现在俄罗斯哪些人能做到这一点？只有4个机组吗？”我感兴趣地问道。

“不是的，”部长不同意我的说法，“我们培训了19个这样的机组。确实这是所有的人了。2002年时只有4个。所以说你的信息太陈旧了”。

“那美国有多少这样的机组呢？”我不禁问道。

“美国有一大批航空母舰，如果我没说错的话，正好有19个这样的机组。”部长回答①。

“关于海军总司令库拉耶多夫海军上将的问题解决了吗？他最终要离开吗？”我问道，“与他的合同不会继续吗？”

“这个问题请再等一等，关于此事我们会正式公布的。”国防部长慢条斯理地回答，“再等一等！”

“要等多久呢？”

“不会太久！”

“到什么时候，9月5日吗？”有人问道。

“5日，为什么5日呢？”部长反问。

“9月5日是他的生日。”

“事情不在于哪天是他的生日，而在于他的合同期限何时结束。”谢尔盖·伊万诺夫解释说。

可见，他在告诉大家，合同（9月5日到期）不会延期。这是俄罗斯国防部长的言外之意。

除此之外，部长还证实，2005年9月7日，他将与自己的同行——中国国防部长一起前往索契。

“他在俄罗斯学习过，在高等炮兵学校，他也在索契疗养过。”俄罗斯国防部长饱含热情地说，“他是我们的……”

很明显，谢尔盖·伊万诺夫没有把以中国国防部长为首的中国武装力量视为俄罗斯潜在的敌人。

国防部长与总司令交谈的内容完全是陆军和海军生活的其他详细

---

① 事实上，美国总共有12个。——作者注

情况。

“在阿斯特拉罕完成演习的过程中，我们首次成功地建立了联合指挥部。”他报告说，“所有 4 个国家——俄罗斯、亚美尼亚、白俄罗斯和塔吉克斯坦，都实施了射击，并都击中了目标……在中国演习过程中，我们成功地组建了包括复杂装备在内的强大编队……北方舰队和波罗的海舰队的舰艇组成了编队，并参加了挪威海的演习……”

除此之外，还成功地组建了由集体安全条约组织成员国和独联体成员国的 800 人组成的团队。该编队将免费在俄罗斯军事院校学习，就像当年类似的团队在苏联学习一样。

“我知道，曾经谈到过，其他国家学员将与我们的学员平等值班的问题，可是我们的法律不允许这么做。”俄罗斯总统回忆说，“这个问题解决了吗？”

“解决了。”部长对总统说，“我们同这些学员所在国家的国防部长讨论了这个问题，他们同意其学员这样做。”

“这些国家的国防部长同意了，而我们的法律呢？”普京先生追问道，“执勤也要参加吗？”

“执勤？”部长似乎心不在焉地确认说，“要参加。我认为，这没什么奇怪的。”

“我也这样认为，这没什么奇怪的，但是我们也要遵守法律！”不知何故普京先生显得非常激动。

“是要遵守的。”部长坚定地说。

最后，他向总统介绍了 2005 年 10—11 月的例行性演习，这次演习是在印度领土上进行的。

“空降兵将在不熟悉地形的条件下，空降到陌生的地段。”国防部长报告说。

他眼中饱含焦虑，同时还有喜悦。

* * * * *

在与记者谈论谁将成为新国家元首的继承者时，弗拉基米尔·普京一会儿说这个国家官员有可能，一会儿又说另一个国家官员有可能，这似乎让他感到特别的愉快。2005 年 6 月 16 日凌晨，弗拉基米尔·普京在中国上海自己下榻的宾馆接见了记者。他首次提及总检察长弗拉基米尔·乌斯季诺夫辞职的事，并称，他的继承者可能不是德米特里·梅德韦杰夫或者谢尔盖·伊万诺夫，而是暂时还不很出名的一个人。弗拉基米尔·普京承诺，将最后的选择权限留给人民……

人民完全被误导了……2006年6月20日，政府总理米哈伊尔·弗拉德科夫在俄罗斯安全委员会会议上所作的关于实现国家方案的报告是必要的。考虑到除他之外，副总理德米特里·梅德韦杰夫和谢尔盖·伊万诺夫也应该在记者面前发表讲话，在很大程度上可以推测，在普京先生可能的继承者名单中又出现了一个（明显缺少的）候选人。这种印象因明显的理由得到了加强，那就是，连小孩子都明白的，那些对于实现国家方案哪怕有一点点想法的人都能够进入总统继承人名单（例如，我的一个熟人接到订单，要求为俄罗斯边远地区生产高科技医疗设备。怎么了？我现在对他另眼相看了！）。

弗拉基米尔·普京在上海住的房间宽敞明亮。他在这里的饮食好像是从莫斯科运来的，有糖果、饼干和馅饼。一切都像在克里姆林宫一样，大杯香槟和白兰地、高脚杯伏特加。我们到那儿时，普京先生正在看中国中央电视台体育频道播放的瑞典和巴拉圭的足球比赛（我们大概谈了20分钟后俄罗斯总统才关掉了电视）。

弗拉基米尔·普京说，他对这次中国之行基本满意：

“主人很周到，我喜欢中国菜，不是很辣，他们的厨师都是艺术家……菜做得形形色色，非常奇妙……”

“您可能不清楚自己吃的是什么菜吧？”有人问。

“很清楚，”普京先生坚定地说，“有上海烤鸭。大家都知道北京烤鸭，鸭子被强制喂得很肥，所以味道很美。这里有上海烤鸭。这里的鸭子是自然生长的，所以完全是另一种味道。我想说，味道非常好。”

他说的“这里”指的是上海。上海的烤鸭。

有人问他，从上海给妻子和孩子带了什么礼物。

“我非常喜欢这里的菜单，”普京先生略带腼腆地说道，“非常有趣，上面有各种菜……还有非常漂亮的印花……真是不同寻常的菜单。”

我不太明白他说的话，便试图问个清楚：

“也就是说，作为礼物，您带回家的是吃饭时的菜单？”

“是的！”普京先生非常高兴我听懂了他的话，大声说道，“菜单上带有印花，我已经说了！”

“您妻子没一起来这儿吗？”

“没有”，他明确地回答，“她本想来这里，但后来怕热。我便向组织者解释说，她怕热。”

“他们相信了吗？”我追问，但他没听见。

他听到了另一个问题：

“您为什么辞退了总检察长呢？”

“辞退？”他诧异地回答，“他是自己离开的。”

“但他不像打算离开的那种人。”

“而他是悄悄离开的！”总统大笑起来。

“那到底为什么呢？”

“他毕竟在这个位置上干了6年”，普京先生叹了口气，“这个时间已经很长了①。这里没有什么特别的，对他没有任何不满，他是自愿离开的。他将继续在这个部门工作。”

“哪个部门。”

“国家部门。”普京先生解释说。

“作用相同的部门吗？”有人追问。

“嗯……是的，差不多。”总统耸了耸肩。

他已经不喜欢这样的交谈了。开始，他回答这些问题只是因为有这样一个唯一的想法，那就是他希望让有关他对付不了的总检察长太疲劳了，自己的愿望以及总统对他没有提出要求的某些传言变得合乎常理。

“那您已经知道下一任总检察长的人选了？”

“嗯……是的。”普京先生示威性地耸着肩回答，他犹豫的样子让大家明白，事实上关于这个问题还没有做任何决定，他以此警告大家不要追问下去。他补充说：“我不会告诉你们的。”

“那个人自己知道吗？”

“他会领悟到的！”普京开着玩笑说完，便大声地笑了起来。

---

① 也就是说，对俄罗斯总统来说这个时间不长，可能还算是短的，而对于总检察长来说这个时间已经是极限了。当然，就像通常所说的，总是看到周围有年轻人……厌倦了。——作者注

“那么，弗拉基米尔·乌斯季诺夫会成为俄罗斯在欧盟的代表吗?”有人进一步问。

“您为什么纠缠不休呢?”总统冷笑着说，但是，仍然平和地低声说道：“您已经看到了，我不想回答了。”

“辞退对于他将是意外吗?”

眼看普京先生就要落入问题陷阱了，但是他已经习惯了从容应付这些问题：

“这是他自愿离开的!”总统又笑了起来，“怎么会感到意外呢?”

“您能讲讲关于家具商案件的详细情况吗？”有人问他。

他不喜欢这样的问法，他甚至摇了摇头：他明白，问题的意思……

“就算知道某些特别的细节，我也不会说的。”这次俄罗斯总统说了真话，“毕竟在俄罗斯又有一些无罪推定。确实，有些人因此被捕了。他们是无罪的，但如果法院做出犯罪判决书，他们将是有罪的。检察院干得不错，”他沉思着，继续说道，“他们有优秀的作者，写出了那么多作品……也有律师，懂得法院的事。确实，我被迫……（长时间的停顿）让来自列宁格勒州的侦查员参与处理此案。这个人应该与执法机构和海关没有联系。”

关于联邦委员会当前模式的前景问题，普京先生回答称，“现在可以考虑对它进行完善”。不过可以让感觉到，这个话题不会触及他本人，也不会触及在场的人（尤其是3个外国记者）。

“不管怎么讲，我是国内最大的民主派，”普京先生突然笑了起来，“所以我将支持人民的观点，其中包括这个问题。”

这就是所谓，话说得太厚颜无耻了。

我们开始谈论足球话题，以便他歇口气。

“我爱看精彩的足球比赛。”总统指出，“如果是很普通的比赛，我想给每个球员机会，以免他们如此激动不安。”

他和政府第一副总理德米特里·梅德韦杰夫几天前一样，没有表达自己支持德国世界杯的哪支球队。

“你想想，如果我说了，而那支球队踢得不好怎么办?!”他有所思量地问。

“世界杯会结束，赛场上的所有策略也会过去。”我本想这么说，但没来得及。总统已经开始回答不可回避的继承人问题了。

“我感谢我的人民”，他说道，“他们认为，我能够留任现在的工作①。但是这样的决定有损于我对所从事事业的信心。不能要求大家遵守规矩，而你自己去违反它。”

他顺便讲到，被认为（已经成为习惯了）可能是总统继承人（普京先生尽量避免谈到这个词）的那两个人是如何成为副总理的。

“任命谢尔盖·伊万诺夫和德米特里·梅德韦杰夫本来是米哈伊尔·叶菲莫维奇·弗拉德科夫的建议！”他接着说，“你们可能不知道（真想不到，我们确实不知道）！当时谈到政府需要能提出国家建设方案的人。而当局，我认为，在这段时间关于这个问题做出了一系列不适当的决定。于是他②说‘既然他们在总统办公厅能够做出这样的决策，我们就让德米特里·阿纳托利耶维奇·梅德韦杰夫进政府吧’。我同意了。后来又提出了关于让谢尔盖·鲍里索维奇·伊万诺夫担任副总理的建议。事情就是这样！”

现在普京先生要做的是，向我们示意：“关于他们什么时候成为副总理，我没向你们做任何暗示！这些都是你们自己想到的。一定要记住噢！”同时，在克里姆林宫是如此热衷于严守保密法则，以至于对于谁要担任何种职务可以做出最不可思议的猜测。

2006 年 3 月 6 日，普京总统在叶卡捷琳娜宫接见第 20 届冬奥会获奖者时，我试图打造某种“梦之队”——当大厅里出现国防部长谢尔盖·伊万诺夫、总统办公厅主任谢尔盖·索比亚宁和政府第一副总理德米特里·梅德韦杰夫时，我的想法实现了。一时间他们找不到自己的位置，但后来米哈伊尔·弗拉德科夫来到了大厅，于是问题解决了。俄罗斯奥林匹克委员会主席列昂尼德·佳加切夫和几个教练离开了自己的位置，坐到了同一排，也就是最后一排的其他位置，坐在过道的右边，而不是左边。上面提到的四个人坐到了空出来的位置上。我看到离他们不远也坐着四人组合，他们是在都灵举行的冬季奥运会比赛中获得第二名的山坡冰道滑橇运

① 问题在于 59% 的民意调查受访者都有一个共同的观点，他们同意普京先生留任第三任期；北奥塞梯的社会活动家也持这种观点，他们建议就这一问题举行全民公决。——作者注

② 米哈伊尔·弗拉德科夫。——作者注

动员。由此我想，腼腆地坐在最后一排的四个人可以组成一个很有趣的团队：弗拉德科夫先生因技术原因（凭借自己明确的外形尺寸）应该成为加速器，谢尔盖·伊万诺夫不得不担当第二个加速器了，德米特里·梅德韦杰夫是掌握方向的舵手，而索比亚宁先生在这四个人中显然要充当制动器了。不要忘了，那些先加速、然后坐在滑橇中间的人被运动员称为“果肉”。如果放到谢尔盖·伊万诺夫身上，考虑到他的工作性质，很明显，应该将其称为“炮灰”。

不过，我感觉弗拉基米尔·普京有点厌倦了谈话，并打算放松一下自己。

“继承者应该具备哪些品质呢?”有人问他。

“我认为，追求这个位置的人应该具备……”总统郑重地说道，我看到，他确实很严肃，“第一，正派和正直；第二，精明强干；第三，敢于承担责任。”

“在两三个继承者的名单中，目前还没有这样的人吧?”

“是的。”从普京先生的声音里可以看出他有些失望，这一点他不仅不想掩饰，而且要全部公开。

“这个人我们有可能不认识吗?”

“完全不认识倒未必。肯定有人认识出。”普京先生继续开心地说着，“我想应该是这样的。”

“现在名单中没有这个人吗?”

“您已经说了，名单中总共才两三个人!”

“您会告诉我们吗?他是什么样的人?什么时候会公布?”

“我不敢确切地说，什么时候公布，”总统耸了耸肩，“这将在启动的计划中确定……”

“那选举之前你会公布吗?”一个恳求的声音问道。

“玩笑归玩笑，但是最终还要看人民的选择。”总统叹了口气，一副似乎这件事令他很苦恼的样子。

看得出，他决定停止和记者捉迷藏，并回到严肃的话题上来。

“勇于承担责任，这确实非常重要。”他继续说道，“在人生中我曾经好几次不得不做出决定：做一件事并得到严重的政治不良后果，或者把一切都压下并尝试解决问题。不，如果我不去承担责任，一切会变得更糟!”

普京先生回忆，当被鲍里斯·叶利钦推荐担任总理时，他必须与国家杜马政党进行座谈：

“投票前一天，我来到了共产党这里（如果您问根纳季·安德烈耶维奇·久加诺夫，他会跟您讲的），他们问我如何看待索布恰克。我说，阿纳托利·亚历山德罗维奇·索布恰克是正直和正派的人，全场哗然。我接着说，这有什么好惊奇的，难道你们希望我像谢尔盖·瓦季莫维奇·斯捷帕申那样回答吗？他到美国后不久有人问他如何看待共产党，他回答说，作为联邦安全局前局长他认为，共产党永远也不会在俄罗斯掌权。或者你们希望我像谢尔盖·瓦季莫维奇·斯捷帕申那样如实的回答，也就是说，希望我说一些别人想听的话吗？”

普京先生开始变得严肃起来，甚至过于严肃。他也很希望我们能像他一样严肃地看待这个问题。

“也就是说，应该勇敢地将自己的路线进行到底。如果一两次躲避到别人背后，你会说是他们的错，就这样了，国家不复存在了。明天国家就会不存在了！应该敢于承认自己的错误，而不只是躲藏。”

“您会承认自己的错误吗？”

“噢，我不认为。”普京先生毫不犹豫地开始回答问题，显然他早就准备好了，“有什么东西是十全十美的？应该否定这种观点，并原则上用另一种方式看待它。不管你是否承认，这样的事没有！任何事物多多少少都可以进一步完善……”

“您离开总统的位置后将做什么？”

“嗯，我将担任一个政党的领导人！”他又变得愉快起来，“什么样的政党呢？当然是反对党。”

“反对谁的政党呢？”

“又有什么区别呢？重要的是我将针对反人民的政策，针对置人民于不顾的做法批评政权机构。我会经常和你们这些记者见面。我对一些事情进行评判的时候，你们会感到更有趣。”

最后一句话还是说出了弗拉基米尔·普京对记者的真正喜爱。

“想在彼得堡转一转，没有警卫跟随，到我住过的房子看看。”总统沉醉了，“您能想象出，警卫和我住在同一个房间的情形吗？！”

“您经常这样去彼得堡吗……”

“知道是什么情形吗?”他问道，“我坐在车里，就像蟑螂被封在装甲罐子里。”

莫斯科凌晨3点时，会晤结束了。我出乎意料地有机会再问普京先生几个问题。我最终又问了一次，他辞退总检察长的原因。

“他厌倦了，这我已经说过了。”总统感到奇怪。

我仍试图弄清楚事情原委，便列出了一些传言，然后问他“是”还是“不是”。普京先生最后失去了耐性，开始莫名其妙地发笑。

“没关系，反正我什么都不会说的。”他沉默不语。

通过这次谈话，我最终明白了一些事情。俄罗斯总检察长被辞退的真正原因，我们现在知道得不多，5年后也不会知道太多，10年后可能也不会知道太多。

* * * * *

很明显，2006年下半年谢尔盖·伊万诺夫更加频繁的公开演讲可以说明，事实上他才是德米特里·梅德韦杰夫的主要竞争对手，而所有其他总统候选人（如果他们存在的话）已经不在考虑之列了。

2006年10月26日，俄罗斯总统弗拉基米尔·普京同时与国防部长谢尔盖·伊万诺夫和北约秘书长夏侯雅伯举行了会谈。这次会谈的主角是俄罗斯国防部长，他向北约秘书长论述了在俄罗斯和北约组成的大家庭里并不是没有缺陷。他证实了这一点。

以最近发生的与俄罗斯总统相关的事情为背景，普京先生和北约秘书长会谈的消息显得寓意更加深刻。国际政治军事领导人正在与普京先生进行会谈，这似乎只是为了向他述说多年来他们积蓄起来的想要对他说的话。普京先生同他们会谈也正是为了这一点。

普京先生来到代表办公室，他对待自己的客人如此的平易近人，以至使人感到受宠若惊。北约秘书长也表现得彬彬有礼。国防部长谢尔盖·伊万诺夫的神情也因此显得局促不安。他似乎在开怀大笑，但又有些犹豫，好像在克制自己并有意咬紧牙关。开始我认为，他可能是牙疼，但后来我明白了：根本不是这样。相反，如果我没说错的话，他并不是牙疼，因为从他的表情看出他正用力地咬紧牙齿。难道这意味着，一个可能的总统候选人的竞选活动开始了吗?

有记者在场的会谈对记者们来说没有特殊的意思（不仅不想听完会谈，而且也不指望听到什么）。普京先生谈了俄罗斯与北约“在可行领域”的合作，这首先是“反恐”领域。我将这个词打上引号强调，是恐怖主义使这个领域的合作成为现实。

北约秘书长夏侯雅伯说：“俄罗斯当然是大国，它在国际事务中担负很多责任。”逻辑上，说完这些之后他下面的句子应该以“但是”开头，然而最后不是这样的。

“当然了，俄罗斯参与解决各类冲突是不可取代的。”北约秘书长补充说。

夏侯雅伯极其谨慎地同弗拉基米尔·普京交谈，这样的事情发生在他身上非常有意思。看来，美国国务卿康多莉扎·赖斯与俄罗斯总统星期六的会谈是西方领导人如此谨慎的最主要原因。据说，会谈过程中，弗拉基米尔·普京警告赖斯女士，如果格鲁吉亚与阿布哈兹和南奥塞梯发生武装冲突，俄罗斯势必将承认它们的主权。之后的会谈内容，不用说就已经很明白了。

交谈持续了大概一小时。之后，外表强硬的谢尔盖·伊万诺夫和夏侯雅伯与记者进行了会谈。

“我可以向你们汇报的是，”北约秘书长与俄罗斯安全委员会秘书、国家杜马代表、国防部长和俄罗斯总统会谈后，说：“俄罗斯与北约的关系非常好。但是所有的关系，包括家庭关系，也会有分歧。应该为这种关系做点贡献，这正是现在我所做的。”

很显然，北约秘书长在暗示，他对于加强俄罗斯与北约内部关系的耐心是没有限度的，也将不会有限度。

“我们和俄罗斯的关系正呈现上升趋势，”他继续说，“我们并不是在所有问题上都观点一致，但在大多数问题上是一致的。”

之后，他只谈了与俄罗斯观点不一致的问题。这首先是俄罗斯与格鲁吉亚关系的问题。

“我对总统说，”夏侯雅伯补充说，“尽管北约没有直接发挥什么作用①，可其他组织参与进来了，我们呼吁各方克制并维护格鲁吉亚领土完

---

① 但是仍然发挥了某些作用。——作者注

整。我们主张和平解决阿布哈兹与南奥赛梯冲突。我重申，北约在这里没发挥任何作用[①]，而重要的是克制。”

北约秘书长的意思是，他建议阿布哈兹和南奥塞梯自愿地回到格鲁吉亚，而这听起来像是最后通牒。夏侯雅伯突然放下了自己所有的谨慎。

而俄罗斯国防部长谢尔盖·伊万诺夫先生也不再谨慎，他说，北约秘书长会见了俄罗斯安全委员会秘书伊戈尔·伊万诺夫，也会见了在下和俄罗斯总统（人民的公仆）。

“希望您别被伊万诺夫们弄昏了头……”他说——我清楚，事实上他希望把人们搞昏，“每一个家庭都有分歧，我们对一系列问题也有不一致的观点，其中包括北约向俄罗斯边界扩张问题……然后是北约成员国美国在东欧部署全球导弹防御系统的第三个阵地计划。”

第三阵地的称呼是如此的寓意深刻，以至于事先没想存在。

“别想造成一种我们害怕什么的印象！”谢尔盖·伊万诺夫继续说道。

不，他可能不担心这一点。

“只是这件事要求，”国防部长又说道，“我们的军事建设有一定的变化，以及俄罗斯采取一定的预防措施……我们关注这些情况的进程……”

他可能指的是那些因被指控从事间谍活动而在格鲁吉亚被捕的俄罗斯小伙子们。

“我们明白，”谢尔盖·伊万诺夫说，“威胁在变化。我们也明白，苏联不存在了，北约不正是为此而建立的吗？而挑战和威胁可能蔓延到世界其他地方，而主要是在欧洲以外。”

也就是说，欧洲仍然存在一些挑战和威胁。

“而至于格鲁吉亚，我们之间没有什么大的问题！”谢尔盖·伊万诺夫挑衅地说道。他自己明白，很明显他的话是带有争议的。

很明显，他想补充说：“难道这也算问题吗？”

但他没说出来，而说的是：“当然也不会有制裁了！”

“我们之间货币在流通，商品也在流通……我们的航空公司没有直航航班，但这是因为格鲁吉亚航空公司的航班太贵了！至于驱逐移民，确实所有国家都这么做！但这里针对俄罗斯公民的做法，说实话，可能是一些

---

① 也就是说，终究不发挥作用。——作者注

活跃官僚的极端做法！这是不能容忍的！”谢尔盖·伊万诺夫强硬地说。

对不久前几百名格鲁吉亚移民被驱逐出美国一事，他感到十分惊讶，他把话题转移到了俄罗斯总统一周之前在芬兰城市拉赫蒂谈到的内容，问题事实上在于格鲁吉亚与前自治地区阿布哈兹和南奥塞梯的关系。

如果我没记错的话，伊万诺夫先生是俄罗斯官员中第一个称这些地区为前自治地区的人。

“根据所有征兆，我们感觉到并可以看到，格鲁吉亚领导人倾向于采用军事手段解决问题。正是这些将给这些民族人民的生命和安全造成不可预测的灾难……而与俄罗斯毫不相干！”

最后一句话谢尔盖·伊万诺夫是带着痛苦的表情高声说出的。这有可能让人们看到他的牙齿。

* * * * *

总之，2006 年底以来总统或政府的任何动作都可以从选择总统继承人的观点来分析。

2006 年 11 月 13 日，弗拉基米尔·普京会见了政府成员并提出了几个具有联邦意义的事情：在亚太经济合作组织峰会之前，是否有可能结束俄美关于世界贸易组织立场的协商；从 2008 年开始俄罗斯的预算将马上采取三年制方式；以及从 2007 年，类似于美国 GPS 的国家全球导航系统将开始发挥作用。

俄罗斯总统穿着黑色衣服，扎着黑色领带，前来会见政府成员。他与一些其他与会人员一样，刚刚告别了前国防部长伊戈尔·谢尔盖耶夫。

“格尔曼·奥斯卡罗维奇，”俄罗斯总统问经济发展和贸易部部长格列夫先生，“你们旨在协调世贸组织立场的那次出差怎么样？后来你们又去亚洲了吗？”

格尔曼·格列夫看起来忧心忡忡，似乎前两次出差之后他还没来得及回家一趟，这又要准备第三次出差了——他来会见总统是最后一个到场的，他不好意思地从静静地聆听和观望的记者中挤了过去。他兴致勃勃地向总统讲述了加入世贸组织谈判的细节。

“弗拉基米尔·弗拉基米洛维奇，我们就所有原则性问题与美国进行了谈判。”他解释说，而这一点已经不是新闻了，因为几天前美国已经声明了这一点。“我们只剩下技术问题和准备签署的文件了。这是内容非常丰富的谈判，内容超过200页。现在正进行技术核对和准备所有必要的国内程序……特别是，我们必须通过一系列的政府决议。”

而这已经不是新闻了。让人形成这样一种印象，格列夫先生正在帮助普京准备，在两天的时间里这项工作无法迅速地完成。当时的结果是，正像2005年在布拉迪斯拉发一样，在河内的亚太经济合作组织峰会上，俄罗斯和美国总统不可能宣布俄美谈判最终成功结束，就让格鲁吉亚领导人尝试着说，他们反对俄罗斯加入世界贸易组织——之后，美国对此表示赞成。

“但是，您对您与美国总统在河内会谈提出的任务是完成所有谈判，以保证签署协议……”格尔曼·格列夫说，“我们有能力在此之前草拟所有文件和完成技术工作。我们将竭尽全力保障您与布什总统会晤时签署协议。”

应该对格尔曼·格列夫的勇敢做出应有的评价，他最终也没有向总统保证，在峰会开始之前，确切地说在弗拉基米尔·普京与乔治·布什会晤之前，完成技术工作。很明显，他确实担心，任何具有天才的人都不可能完成任这项任务。

“好的，谢谢。”普京先生对暂时没有完成的工作表示感谢，他没有给格尔曼·格列夫别的选择，后者只能抓紧工作。

之后，普京先生同财政部长库德林先生进行了对话。现在已经清楚了，2006年预算修正案很快将完成。

“根据现行法律规定，应该在15天内对当年预算修正案进行审核。我相信，杜马会遵守这个期限。这样，12月头几天，法规就将提交您签署。如果法规将马上得以签署，”阿列克谢·库德林用严峻的目光向弗拉基米尔·普京的方向扫视一下，“那么我们就来得及在12月份完成今年需要完成的其他支出。”

“那您什么时候开始下一年，也就是2008年的预算工作呢？”普京先生问道，一些粗鲁的政治讹诈对他似乎不管用。他似笑非笑，所以感觉他在开玩笑。

但已经很清楚了，这根本顾不上开玩笑。

“弗拉基米尔·弗拉基米洛维奇，”库德林先生继续说，“根据您的委托，我们仔细研究了2008年预算的准备和批准期限。根据您的预算咨文，这次预算应该马上实行三年制。”

也就是说，国家至少将制定三年的预算计划。总之，这是令人惊叹的：弗拉基米尔·普京打算留给下任总统拼凑在一起的三年的预算！也就是说，下任总统，第一，没什么需要考虑的；第二，他也不会有这样做的机会。普京先生不愿冒险让下任总统针对任何一个重要或不重要的问题做出决定。

我感觉，正是库德林先生的评论表明，弗拉基米尔·普京不会留任第三个任期，这一点比弗拉基米尔·普京本人对此的说法更加明确。

“为了高质量地完成预算工作，将在4月下半月提交预算并于7月头几天通过。”财政部长声明指出，“我想，这个方案是绝对可行的，也就是说，我们一定会实现的。”

财政部长说出最后一句话，希望能与弗拉基米尔·列宁的名言相提并论：“马克思的理论是万能的科学，因为它是‘放之四海而皆准’的普遍真理。”

政府第一副总理德米特里·梅德韦杰夫就史无前例地购买“带有抚育早产婴儿保温箱”的复苏急救车一事，作了简单明了的汇报，“将向各个地区提供90辆这样的复苏急救车，这比联邦主体的数量还要多，尤其是考虑到地区数量扩大的趋势，这是最近国家政策的特点所在。”

总统转向国防部长说：

“谢尔盖·鲍利索维奇，年初我布置了加快实现建立全球卫星导航系统的计划，工作进展得怎么样?”

“是的，弗拉基米尔·弗拉基米洛维奇，”谢尔盖·伊万诺夫很清楚，总统确实布置了这个任务，“已经制定了整个建立全球卫星导航系统（简称格洛纳斯系统）的方案……我们是这样安排的，按照工作计划，到2007年底我们应该在全国领土上启动整个系统。为此，我们需要有18个航天器在轨道上。而到2009年底该系统将成为全球规模的。那时我们将需要24个航天器。现在我们有14个航天器在轨道上，也就是说，我们还剩4个覆盖本国领土的航天器和10个……”他很郑重地放慢了语速，“覆盖全世界的航天器。”

谢尔盖·伊万诺夫解释说，任命了全球卫星导航系统的总设计师，这个人是乌尔利奇奇·尤里·马泰维奇。很明显，对于如此复杂的系统，应该邀请一位主管。从这一点看这个选择是无可非议的。

“弗拉基米尔·弗拉基米洛维奇，他不仅负责轨道部署工作，”谢尔盖·伊万诺夫继续说道，“还负责地面工作，也就是地面设备工作……2007 年 1 月 1 日前总指挥部撤销所有允许坐标精确度的限制，以此保证整个系统为经济服务，为发展交通服务。”

“谁负责卫星部署工作已经清楚了，谁负责地面工作也清楚了，”总统点了点头，“而谁负责服务市场开发工作呢?”

普京先生指的是，总得有人说服民众使用国防部史无前例的恩惠，即为民众开发的国内 GPS 系统。

“服务市场开发工作由我们和俄罗斯经济发展部共同负责。”伊万诺夫先生说着，最后通牒式地看了一眼格尔曼·格列夫。

“共同负责意味着没人负责!”总统甚至似乎高兴起来了，“需要一个具体的人负责！这个专门的人事先——现在就要开始仔细研究这些与用户有关的问题。”

为了在该系统将来开始工作时，用户甚至没有他可能会拒绝使用该系统而希望使用，比方说，美国全球定位系统的幻想。

* * * * *

到 2007 年，关于选择总统候选人问题错综复杂的情节似乎接近了壮丽的尾声，但这并不是自己壮丽的尾声。

2007 年 3 月 7 日，俄罗斯总统接见了一些女士，这些人恳请总统恢复卫生教育和宣传健康生活方式的制度。作为回答，弗拉基米尔·普京建议恢复男士免费观看足球比赛的制度。这下可以为某些人高兴了。

女士们在克里姆林宫的亚历山大厅等了几分钟，就见到了总统。在这之前，没允许记者与她们谈话，以尽量保证她们不受记者影响，这是女士们特别要求的。她们想把自己的真实想法说给总统听。

圆桌周围坐着社会组织领导人，学龄前机构领导人……以及监护教育家塔季扬娜·沙雷波娃、社会组织“孩子多——很好!”的主席塔季扬娜·博罗维科娃。在会谈中，伊琳娜·波列扎耶娃举例说明了这一点：她是作为多个孩子的母亲被邀请的。然而，从她平淡而又略带不安的表情可以看出，她并不十分相信这句口号。

弗拉基米尔·普京与妇女们谈论了她们感兴趣的话题，即母亲基金。“我不知道，”总统说，“你们对此持什么观点，也不知道，在你们看来这有多大效果，但是我的第一印象是支付母亲基金是应该的。”

总统的意思是，妇女们用母亲基金购买生活用品。

普京先生建议女士们说出自己的观点和建议，不要让他等得太久。俄联邦社会院社会发展委员会成员亚历山德拉·奥奇罗娃表示，非常感谢弗拉基米尔·普京，因为他给俄罗斯的内外政策带来了战略性原则，而且在致俄罗斯人民的咨文中阐述其内容。

图拉州儿童医院主治医生柳德米拉·科季克指出，如果人民的卫生文化水平不迅速提高，那么所有提高出生率和降低死亡率的措施都是徒劳的。

这位非常年轻的女士指出：“全俄卫生教育委员会在苏联时期是很好的组织。”她很可能是从报纸或同名的学报了解到的，因为通过任何其他渠道都不可能查到有这样的组织存在过。“重新让人们掌握健康生活方式的知识非常重要！弗拉季斯拉夫·尤里耶维奇·苏尔科夫强烈支持我们的想法！”她看起来十分兴奋。[①]“德米特里·阿纳托利耶维奇[②]也支持！”

奇怪的是，在这个名单中没有提到第一副总理谢尔盖·伊万诺夫，可能是因为伊万诺夫负责现实的工业问题。大概是因为激动而忘了提及他。

* * * * *

不，对这样的事情当然不能不重视。两个副总理的出现，这是应该的，他们可以出谋划策。他们不应该什么都不讲。这不，政府成员都来参加与俄罗斯总统的会谈了。几个部长已经端坐在桌旁等他了，这时总理米哈伊尔·弗拉德科夫和他的两个副手德米特里·梅德韦杰夫和谢尔盖·伊万诺夫一起走了进来（有这样的感觉，新年伊始他们就一个一个地与总统会见，这显得有些不舒服，这首先因为他们是朋友）。通常他们是一个

① 然而，苏尔科夫先生未必因为她在这种意外的情景下提及他的名字而表示感激。也可能恰恰相反，他会很感动。——作者注

② 第一副总理德米特里·梅德韦杰夫。——作者注

接着一个地出现，就像剧院的剧间休息一样，以便观众（首先是电视观众）能够评估每个人物在政府日益增长的政治分量，以及激动地等待倡导民主的首要人物弗拉基米尔·普京的出现。

或者就像他们出席格奥尔基厅的俄罗斯国家奖金颁奖典礼一样：米哈伊尔·弗拉德科夫和他的两个第一副手德米特里·梅德韦杰夫和谢尔盖·伊万诺夫，他们寸步不离，但相互又不超越（也就是说就像他们的级别一样；其实他们的出场顺序也决定着他们的级别）。两个第一副总理之后的动作也非常一致，而且镇定自若。谢尔盖·伊万诺夫吻了总统助理贾汗·波雷耶娃的右面颊，而德米特里·梅德韦杰夫吻了她的左面颊（政治家对面颊的选择可能说明一些什么）。

* * * * *

支持重建全俄卫生教育系统的只剩下普京先生了。柳德米拉·科季克做了很大努力，希望这些立即实施。

“我们国家的领导人没有不良习惯……”说这些话的时候，她用异样的目光注视着总统，好像她不能完全确信这一点；而总统慢慢地、轻轻地点了点头，肯定地说：“没有，我没有。我冬夏都从事体育运动！所以精神很好①！……这对正在成长的一代很重要！”

对于科季克女士来讲，卫生教育问题似乎已经解决了。

“您在哪儿工作？”总统问。

“我们已经认识好多年了，”她似乎很委屈地说，“您难道不记得了吗？当时我们坚决地支持您……”

她好像在暗示，如果没有她们的支持还不知道普京先生怎么样呢。她还是没说自己在哪儿工作。

“关于卫生教育要建立社会机构吗？”总统问。

“或许，我们可以恢复苏联时的制度？”她满怀希望地追问，可是她还是没有回答总统的问题。很明显，她认为卫生教育问题比总统的问题要重要得多。

这次总统先生没有回答她，“俄罗斯家庭”基金会主席阿拉·库兹明

---

① 总统又一次轻轻地点头表示赞许。——作者注

娜开始说话了。

“我觉得，”她说，“应该利用那些现在运行着的机构。”

应该说，“俄罗斯家庭”基金会不是这些机构名单中的最后一个机构。

“不行!”科季克坚决地反驳道。

“人不是按照自己的主观意志来到这个世界的，他是男女之间精神圣礼的产物。”阿拉·库兹明娜开始论证这一点，而人的出生应该是人的本能。

“弗拉基米尔·弗拉基米洛维奇，您作为有家之人的榜样对俄罗斯来说是非常重要的。”库兹明娜继续说道，“没有家庭我们无法继续发展!需要一个关于支持家庭观念的报道方案！哪怕是关于家庭的广播电视节目也行!”

她没有明确说明，是每天都播放这样的节目，还是一年播放一次。

“原来不是有《大家庭》吗……”她回想起苏联多集电视剧，“这是关于爱与恨的电视剧……”

当明白自己对于区分两者的做法纯属徒然时，她停了下来。现在正在拍摄很多关于家庭仇恨的作品。

“这是关于祖祖辈辈都从事一种职业的电视剧！应该倡导这一点!”她继续说道。

“我在国情咨文中首先谈了这一点……”普京先生喜欢援引自己说过的话（其实，在这样的场合如果不援引俄罗斯总统的话被认为是很不成体统的，所以不可避免地会引用总统的话）。但这里他跑题了，因为他开始向女士们讲述300多年前某个村镇的故事。

“人们生活在同一个村子，去同一个教堂，彼此都很熟悉……就这样过了300年!”

他还是忘了卫生教育的事。

这段时间国家重点项目实施委员会成员一直在隔壁的格奥尔基厅等待总统，他们已经喝了半小时的茶。这里有杜马党派领袖、州长和部长。

俄罗斯民主党主席没有疏远卫生与发展部部长米哈伊尔·祖拉波夫，他们开始小声地交谈。日里诺夫斯基先生和部长说，有一个州在药品方面没有任何问题，应该将这个州的经验在整个俄罗斯推广。从米哈伊尔·祖拉波夫的表情判断，他坚决不相信有这样的州。

“谁应该因现在的药品形势而受到惩罚呢?”记者问部长。

“惩罚谁呢?”祖拉波夫反问道。

他甚至向周围看了看，似乎在寻找这个人，但不知为什么没找到。

“关于此事没有谁可以惩罚。”他平静地继续说，“如果法律没有对这些药品的相关资金做出规定，谁应该承担责任呢?又应该惩罚谁呢?”

“一些人认为，应该惩罚您。”有人说道。

“如果这能平息社会舆论，”祖拉波夫先生面带狞笑地说，“我会高兴地接受”。

也就是说即使辞职了，他也会很高兴。

之后，祖拉波夫先生还是找到了这个问题的根源，是各个地区的过错。

“关于怎么办，已经谈了很长时间……”他皱了皱眉，“药品是有的，但问题是具有非常大的金融特性。必要的医疗保险基金资金数额规定为410亿卢布，但联邦主体没有征询过这些资金如何使用的问题，因为他们认为可以将这些钱用于医疗保健其他方面的支出……”

米哈伊尔·祖拉波夫很快就对解释问题失去了耐心。记者们将注意力从他身上移开了，弗拉基米尔·日里诺夫斯基也走开了。我走近谢尔盖·纳雷什金问他如何看待，任命他为副总理将自然使他成为可能的总统接替人。谢尔盖·纳雷什金十分认真地，甚至是同情地听完了我的问题。

“这个问题还是不说更好。”他叹了口气。

“对谁更好呢?”我问。

“对我更好。”他诚恳地承认了。

“但不管怎样，从您被任命为副总理时，大家就这样说了。”

“说实话，这个任命对我本人来说太意外了……”他淡淡地朝我笑了一下。

第五代知识分子看到漆黑门洞下的流氓就是这么笑的。

“我是很不喜欢这个话题……”他继续说道，“但至少我答应你，我没有自己的新闻秘书，以后也不会有。”

这可不是一般的想法，一方面，这可能在暗指那些没体验到新闻秘书缺点的其他副总理；另一方面（更重要的），他想说，他在政府工作期间不打算进行竞选活动。可是毕竟不能完全排除谢尔盖·纳雷什金在暗示，当了总统后，没有新闻秘书他也应付得了？

“您有君主的姓氏，这是偶然还是您是王室后代?”我问他。

“这个问题我这样回答你：有空的时候我将去查一下档案资料……”谢尔盖·纳雷什金看了看我说道。

他这么说表明，实际上他已经去过并找到了所有的东西，但认为没必要说这些。

假如纳雷什金先生真的加入总统接班人竞选行列的话，那么经过短暂的对话，这个滑稽而又机灵的人应该为自己戴上非常多的护目镜。

普京先生一直在亚历山大厅内与其他女士进行交谈，因而去安德烈厅时迟到了，国家重点项目委员会成员正在那里等他。会议自始至终都进行得很不顺利。总统说，人口政策构想应该由社会来选择，社会对此很清楚，这一构想也有赖于公民的积极性①。

梅德韦杰夫先生开始宣读关于实现人口政策的报告材料，他向委员会成员介绍了“2007年第一周出现的有关出生率情况以及死亡率下降的数据。这一组不错的数字……2007年1月的出生率比2006年1月的出生率增长了14.7%……而死亡率……下降了9%。”我认为，依靠母亲基金这些都是可以实现的。然而，有些内容我可能没听见，因为他的报告越来越让人听不下去了。

作完报告之后，德米特里·梅德韦杰夫想要回到自己的座位上，但总统做了个手势，不让他离开讲台。普京先生还想让他做点什么。他对从另一个会谈现场过来的亚历山德拉·奥奇罗娃女士说，“趁德米特里·梅德韦杰夫在讲台上，说一说大众媒体在这方面工作的相关事情吧”。总统有自己的计划，并按照自己的计划时而让这个人发言，时而让那个人发言。“非常高兴!”她惊叹道，“现在我们说的是宣传健康生活，建立类似于原苏联时的机构……”

也就是说，她再次说到了全俄卫生教育问题。她再也没有其他想法了，似乎也不能有。

“德米特里·阿纳托利耶维奇，”普京先生说道，“我请您注意一个问

① 首先我们要参与到繁衍生息中去。——作者注

题，那就是如何扩大体育频道的接收能力。”

“我一定会在俄罗斯电视广播发展委员会上研究这个问题。”好像还是没能完全弄明白普京先生要说的是什么，德米特里·梅德韦杰夫就说。

“还有儿童频道。”总统补充道，“我们早就谈论这个问题了，可是现在还没有具体的方案。”

“已经起草建议了，我过一段时间向您汇报。”第一副总理安慰总统说。

“很好。我很希望，当我们再次谈论扩大节目接收能力时，不要削减现有的能力。”总统说。

总统的话不仅德米特里·梅德韦杰夫不明白，似乎大厅里所有人都不懂。不过，普京先生马上进行了解释，现在大家至少明白，总统为什么提起这件事。

“据我了解，‘俄罗斯卫星付费电视运营商’电视台和俄罗斯足联以及足联主席维塔利·列昂季耶维奇·穆特科把事情弄得很繁琐，他们想让我们的广大球迷，”总统停顿一下，想让在场的人明白他是对他们说的，“取消免费观看足球比赛的可能！现在根据他们的协议，广大球迷必须花钱购买设备以及支付用户费用以便通过‘俄罗斯卫星付费电视运营商’电视台观看比赛①。请您与他们……”他补充说，“讨论一下这个问题”。

“好的，弗拉基米尔·弗拉基米洛维奇。”梅德韦杰夫先生习惯性地应声答道，“我会把所有人都叫来……”

“既然，我们一方面讨论了宣传健康生活方式、体育、家庭和母性的必要性，另一方面还谈到了商业基础，现在请谈谈农业问题吧。”

总统说过这些话之后，农业部长阿列克谢·戈尔杰耶夫的报告已经没有任何意义了，至少对于新闻局的工作人员是这样。总统为会谈参加者和记者准备的当天或者本周的重要新闻以最佳方式得以发布。

* * * * *

在2007年4月26日弗拉基米尔·普京在向联邦会议宣读的最后一次国情咨文中，实际上关于其接班人问题只字未提，尽管其他人都谈了这个

---

①　他很正确地说出了电视节目中预告的俄罗斯足球联赛的比赛。——作者注

问题。但是他谈了很多其他问题，很显然，通过这些问题，可以推断出其接班人的信息。

梅德韦杰夫和普京参加国家杜马会议

首先，我们应该弄清楚，在场的共产党员是否起立了。一些与会人员在离开克里姆林宫时讲述说，当弗拉基米尔·普京请大家起立为俄罗斯第一任总统哀悼时，共产党员没有起立。

联邦会议成员在总统开始发表国情咨文前一小时就开始进入克里姆林宫。快到中午时分还有人陆续来到克里姆林宫，有几个人是和总统一起进去的。我提前进入了克里姆林宫的14号楼，我不想错过共产党议员的入场，因为昨天在国家杜马他们拒绝起立哀悼俄罗斯第一任总统。我不想看他们的眼神，因为这是没有意义的：他们的眼睛里除了能引起极端的恐怖空虚，再也没有别的东西了。

我想问一问他们，当总统将要开始发表国情咨文并建议大家为鲍里斯·叶利钦哀悼时，他们将怎么做。要知道在几个昼夜的时间里，他们不可能对整个一生进行重新认识，改变反对立场的世界观而起立。或者相反，他们能够？他们将仍旧坐在那里或者是起立，只是因为认为可以不惧怕和不尊敬过世的总统，以这种力量和强烈的情感捕捉现任总统的每一句话？

奇怪的是我没看见共产党员。既没有见到该党领袖，也没有见到他们在杜马党派的成员。根纳季·久加诺夫好像正在古巴进行同志般的访问，尽管从那里他在前一天可以向莫斯科喊话和讲述，他不会说出什么好话，但他也不想准备说什么坏话。但他立刻会继续说：“这个人（叶利钦）统治俄罗斯的时代对于俄罗斯以及千百万俄罗斯人民，是灾难和痛苦。”这在根纳季·久加诺夫口中想必已经是恭维话了。

后来清楚了，久加诺夫先生这时候确实在给卡斯特罗颁发奖章，很明显这正是卡斯特罗非常需要的。久加诺夫给自己找到了理由，但他的同行应该出席会议，他们不能不出席这次会议。但是如果他们来了会怎么样呢？

后来才知道，事情很简单。以伊万·梅利尼科夫为首的共产党员们很早就来到大厅并就坐了。很明显，他们不想让自己在道德上或身体上受到某种伤害。但我当时想，他们会不得已而撤退，或者他们一直坐到活动结束，比记者们坐的时间还久。我想象着他们如何与清洁女工周旋，以便让他们在那里再多待上几分钟……不，我不希望任何人，甚至是共产党员有这种遭遇。

然而，休息室内还是很热闹的，联邦会议成员饶有兴趣地随便谈论着什么，唯独没有人提到再过十分钟他们将听总统讲话。

“您怎么认为？”我问俄罗斯自由民主党主席弗拉基米尔·日里诺夫斯基，“总统会暗示未来的总统继承人吗？会在字里行间有所流露吗？或者他今天着重强调的主题会促使有经验的政治家得出正确的结论吗？”

弗拉基米尔·日里诺夫斯基不能忍受这种不礼貌的恭维。

“不会的，”他坚定地说，“他不会做这样的暗示，你不要指望了。他应该对此保持沉默，他将会保持沉默的！”

“相反，他应该这样做，”我不解地说，“他是为此而来的。”

“他不会说的，”日里诺夫斯基先生继续说，“12 月 2 日[①]他也不应该说。”

“您看着吧，”我小心翼翼地说，“他今天不会对此沉默的，他会说出总统继承人的——这个人就是您。在这种场合这样做不好吗？”

“总之，”弗拉基米尔·日里诺夫斯基毫不犹豫地说，“如果他一下子打破两个继承人这种复杂化的格局，那是非常正确的，否则总是让人们因

---

① 议会选举那一天。——作者注

为这两个人而迷惑！结果会怎样呢？是的，应该揭开谜团！他善于让人们惊讶！就让他去让人们惊讶好啦！”

开始，弗拉基米尔·普京要求为俄罗斯第一任总统鲍里斯·叶利钦默哀。所有人都站了起来。我感觉到没有一个人坐在自己的位置上。所有人一下子都站了起来，好像准备一直站下去。也就是说，如果普京先生不对他们说“请坐”，他们会一直这么站着，直到总统开始发表国情咨文报告。但他请大家坐下了。

这时发现大厅里有几个人，他们坐在彼此相邻的两排，看上去似乎站起来了，但实际上是坐在那里。他们这种举动似乎在为自己的行为找借口，他们可以解释说突然觉得不舒服。万一有什么事，他们会表明自己的立场。这看起来像一幅画，这就是共产党员。

几乎一开始讲话，弗拉基米尔·普京就谈到了鲍里斯·叶利钦。他建议用叶利钦的名字命名建在圣彼得堡的总统图书馆。我知道，向联邦会议讲述有关图书馆的事被列在了发言稿的最开头。但没人想到，这个图书馆将以鲍里斯·叶利钦的名字命名。

发言稿中还有一些变动，很显然这是总统在最后时刻做的修改。他不会拒绝愉快地谈一谈有关暂停执行常规武器条约和威胁退出该条约的事情。但是咨文的对外政策部分没有提及美国的对外殖民扩张政策，这项政策对于其他国家来讲好比是对印第安人的殖民扩张行为。

也就是说，这时俄罗斯总统可能不那么愉快，全世界不会听到那个有趣的比喻，可以暂时轻松一些。

众所周知，咨文的经济部分很有分量，里面涉及大量计划外的预算款项。当总统说出一系列数字的时候，记者们在休息室里大为惊叹，他们开始同情财政部长阿列克谢·库德林。在普京先生宣读咨文最后一部分的时候，大家纷纷在议论库德林先生的情况，认为他可能要被抬上担架了，因为所有为节省预算资金所作的努力都已化为乌有，他现在的任务正相反：筹集新的资金，并毫不吝啬地花在控制通货膨胀的增长上。国情咨文接近结束的时候，阿列克谢·库德林的选择不是在大厅内倒伏在担架上，而是回到家里安静地自我了断。

这是有根据的，阿列克谢·库德林毫无疑问是新计划的积极参与者，他将说明如何以及从哪里悄无声息地找到资金，用于修路、建桥和维修旧房，而首先他会说明这些钱早就准备用于需要的地方了，这些储备的资金任何人无权动用。大家很容易想到，因工作备受煎熬的阿列克谢·库德林还是有可能会“被用担架抬出大厅的”。

当时，总统本人也想到了这一点，他声明说，通过出售“尤科斯”公司的剩余资产可以获得这部分资金，用于帮助生活极其困苦的同胞。“尤科斯”前总裁米哈伊尔·霍多尔科夫斯基同样活得很不轻松，我们没有听到任何关于他的消息。

然而，关于“尤科斯”公司资产的消息惊动了西方同行，他们相互急电通知，很快世界为之一震。

这次和以往不同，当总统谈起世界观问题时，经济和政治新闻简直可以说是接踵而来。于是谈到了建立原子能公司，该公司将原子能的和平利用与军事用途非常有机地联系起来。

总之，总统的最后一次咨文越长，我越相信这正像消息灵通人士所说的那样：这是未来的工作计划，而重要的是，这不是最后一次咨文。他很可能在2008年初发表最后一次国情咨文，那时他将抛出到现在为止仍避而不谈的话题。

此刻普京先生来了一个插叙，他说：“现在评价我们的工作是不合适的，我要提前做出自己的政治遗言。”他在暗示，这次国情咨文是最后一次。

因此，他再次预示，他要离开了：以后不会再有国情咨文了。

的确，之后总统便慢条斯理地说了一些类似政治遗言的话：关于俄罗斯急切地寻找民族思想的行为，关于“俄罗斯发展的理性计划”，关于交出权力。最后我们听到，聚集在大厅里“扩大的俄罗斯政府”应该“有效地利用时代赋予的机会为俄罗斯服务”。这算什么呢，是一个非政治遗言，还是一个粗略的计划？

总统结束国情咨文演说之后，联邦会议和政府成员思考着总统所说的话离开了会场。他们带着不同程度的兴趣与记者们分享着这些想法。

俄罗斯原子能署署长谢尔盖·基里延科热情洋溢地讨论着新联合公司的前景，这次是原子能联合公司。

“谁将领导这个公司呢？”我问他。

“这一点并不重要，”他漫不经心地说，“重要的是机制运转正常。”

“怎么不重要呢?”我坦诚地问道，“没弄清楚这事之前，你或许会睡不着觉。”

“能睡着。”谢尔盖·基里延科说。

“为什么呢?”我追问他。

“因为我已经知道了。”他大笑起来。我根据他的笑声感觉到，这个秘密消息给谢尔盖·基里延科带来了极大的快乐。

副总理谢尔盖·伊万诺夫问记者们是否发现，“反导防御系统问题已经被文雅地转到了欧洲安全与合作组织框架，最近15年没人向该组织提出过什么建议”。我不得不承认，这些事情办得如此文雅，以至于我甚至都没发现。

后来一群记者围住了谢尔盖·伊万诺夫，他们本来是冲着总统国情咨文来的，我感觉他们已经放弃了自己新闻制造者的身份，而把注意力集中在了谢尔盖·伊万诺夫身上。当他备受关注地离开记者的时候，我对他说了自己的想法。

“对我感兴趣?”他反问道，“您怎么这样认为，为什么呢?”

他说完便笑着走向出口。

他确实把大家弄糊涂了。

这时记者们开始注意经济发展部部长格尔曼·格列夫，他正高高地站在扶梯上，从二楼下到休息室。记者们问他如何处理通货膨胀的问题。

有意思的是，当记者问财政部长阿列克谢·库德林如何获得这些资金时，他没有回答，只是充满自信地离开了大厅，这让记者们很扫兴。于是记者问格尔曼·格列夫如何处理通货膨胀问题。然而，没有人从他们（依我看，这是唯一能够得到有价值答案的机会）那里得到这两个问题的答案。

“何谓通货膨胀?”格尔曼·格列夫充满好奇地问道，而这时候记者们已经不再问他问题了。

此时旁边的弗拉基米尔·日里诺夫斯基称联邦委员会主席谢尔盖·米罗诺夫是“超期服役人员”……我用目光搜索着共产党员，他们通常很喜欢享受记者们的采访，并认为这是生命中最有价值的事情。

正像没见到他们进来一样，我也没见到他们出去。我想他们肯定说服了清洁女工不要赶他们走，但后来有人跟我说，他们是从其他门离开的，非常安全地离开的。

这算什么啊。

不管怎样，这总比把共产党从俄罗斯政界清除出去要好得多。

要知道，这可是鲍里斯·叶利钦生前没有做的事。如果我没说错的话，他去世之后这可能要发生。

*　*　*　*　*

俄罗斯总统继续在所有合适的场合向专家们暗示总统接班人人选问题。这首先因为记者们总是抓住任何机会，向总统询问关于总统候选人的问题。例如，2007 年 6 月 30 日在顿河畔罗斯托夫举行的总统赛马中就是这种情况。前来观看比赛的除了弗拉基米尔·普京外，还有他的客人，亚美尼亚总统、阿塞拜疆总统、乌兹别克斯坦总统、摩尔多瓦总统以及委内瑞拉总统。

星期六早晨，顿河畔罗斯托夫赛马场等待着俄罗斯总统的到来。赛马场上摆着丰盛的早餐。有趣的是，为来自亚美尼亚、阿塞拜疆、乌兹别克斯坦、摩尔多瓦以及委内瑞拉的各国首脑和记者准备的早餐是一样的。而且记者们被安排到距离外国客人仅 150 米远的看台上。餐桌上摆放着卤汁鲤鱼、香肠和鱼片、红鱼子、鲱鱼、西红柿、黄瓜、水果……这是罗斯托夫的上等食品。

罗斯托夫的赛马场很大，这很好，因为邻近的居民对我讲，该赛马场的地要降价了。这里有几十个罗斯托夫家庭的小别墅，他们早就厌烦了，因为参赛马匹践踏他们的土地，而且周围总是尘土飞扬。

如果事先没有得知俄罗斯总统将来到这个赛马场，人们可能早就搬进了这里的别墅。这样一来，赛马场的主人可以在总统到来之前挣到 300 万美元。这个赛马场就算挣不到 300 万，挣 100 万应该没问题。

这一天，俄罗斯农业部长阿列克谢·格尔杰耶夫看起来格外忧郁。今天对他来说意义不同寻常。我可以很确信地说，为了这一天他准备了一年。

“您喜欢马吗？”我谨慎地问他。

“因为工作而喜欢。”他迅速答道。

“只因为工作吗？”

“不是的，也有一部分商业原因，”他不假思索地答道，“还有各种赌马……”

我没有问他是否在开玩笑，不过这已经很清楚了。

部长上街去迎接总统。在这里，赛马场入口人很少。我看到大概20米远的地方，有几个优哉游哉的公民从两所邻近的房子里赶来，大概有10人左右。

一队人马迅速停在了值勤门口，他们个个装束严整，表情严肃。我想，如果我没搞错的话，他们应该是总统的随从。车臣总统拉姆赞·卡德罗夫从编号为011K-PA的车上走了出来。他轻松地和德米特里·科扎克打了招呼。罗斯托夫州州长弗拉基米尔·丘布看到他非常高兴：

“哦，要么第一，要么垫底！”

州长和记者们不是第一次听卡德罗夫先生的这种说法，我觉得这些话是关于参赛马匹的。

然而，车臣的贾西尔赛马很好，尽管不是第一次参加俄罗斯总统的赛马，但毕竟还没赢过。也就是说机会还是有的，这样车臣总统的话就应验了。

“贾西尔状态如何？”我问卡德罗夫先生，他与议员乌马尔·贾布拉伊莫夫和几个其他人来到这里，这些人紧张地看了看聚集在栅栏旁边的一小撮人。

“状态很好，”车臣总统肯定地回答，“今天会赢的。”

“如果不赢呢？”我问。

“不赢？”卡德罗夫先生想了想，“不会的！怎么会呢？会赢的，我已经说过了一定赢。”

“那如果真不赢怎么办呢？”我追问。

“不会的，我原来说过，在德尔比赛马上它会赢。”拉姆赞·卡德罗夫用力转向罗斯托夫州州长，“怎么样，它没赢过吧？”

“赢了。”州长不情愿地确认说。

很明显，罗斯托夫赛马也参加了德尔比赛马。

“当查韦斯过来的时候，我们应该喊什么？”这时德米特里·科扎克问农业部长。

“我觉得应该喊‘维瓦’。”格尔杰耶夫耸了耸肩膀。

这时“马泽拉季”从旁边疾驰而过。

“您知道什么样的俄罗斯人不喜欢高速行驶吗?”科扎克先生问，“被驾驭的人。”

周围的人都笑了，只有拉姆赞·卡德罗夫聚精会神地注视着全权代表，没有一丝笑意。开始我认为，车臣总统觉得这样讲话会伤害俄罗斯人的感情，但后来我认为，可能是他知道了这些人为什么笑。

弗拉基米尔·普京的一队人马停在了值勤门口。普京先生不友好地朝两边看了看，向聚集在一起的公民点了点头。过了5—7分钟，入口处走过来几个人，弗拉基米尔·沃罗宁（没和任何人打招呼，也没左顾右盼）、伊利哈姆·阿利耶夫（认真地朝两边看了看，但没和任何人打招呼）、伊斯拉姆·卡里莫夫（很有感染力）和罗伯特·科恰良（看了看所有人，并和他们打了招呼）。

后来我看到了委内瑞拉总统的一队人马。他刚刚停下来，就看到微开的小门里出现了几个拉美小伙子，这些人或许是他的保镖，或许是他的支持者。

“哦啦!”委内瑞拉总统向周围的人呐喊。

“哦啦。”周围的人应声答道。

他机灵的警卫已经为他打开了入口的门。

比赛开始了，总统看台上没有一个空位。罗斯托夫姑娘们穿梭于桌子之间，收取赌注。她们真应该在选美比赛中得到祝贺。

弗拉基米尔·普京坐在中间，他右边是阿塞拜疆总统，接下来是亚美尼亚总统。乌兹别克斯坦总统坐在普京左边，他不时地朝向普京小声地说着什么。最边上坐着沃罗宁先生。

委内瑞拉总统坐在另一张桌子旁，距离赛马跑道大概20多米远。这是纯粹的委内瑞拉人的桌子，这里坐着他妻子，一个女儿和两个外孙女儿，乌格·查韦斯十分高兴地吻了每个人，每一次大概有半分钟（我感觉，她们的反应略有些平淡）。

“哦，他在偷听!”看到我在他们下面不远的地方，俄罗斯总统高兴地说。

我说没有偷听，只是在偷看。我摇了摇头，心想：“在这里能听到什么有趣的谈话呢?”

“刚刚有人建议在索洛夫卡举行下一次古阿姆集团①比赛！”

普京先生似乎对我说，难道这还没有意思吗。

他高兴地笑了，他确实很喜欢这个主意。伊利哈姆·阿利耶夫和弗拉基米尔·沃罗宁的两个国家都是古阿姆集团（该集团的人员聚在一起的这几天，使他们感觉自己是独联体的反对者）的积极成员，他们俩谨慎地笑了笑，以示他们也喜欢开玩笑，但这是什么玩笑啊。我想，在座的一些人确实加入了古阿姆集团，但似乎他们也会离开该集团。

“我们想给维克托·安德烈耶维奇（乌克兰总统维克托·尤先科）打电话进行商议。”弗拉基米尔·普京继续说道。

“那里没有赛马场。”我说。

“他不需要赛马场。”普京先生又快活起来了，“那里有其他的消遣。”

“应该向谁投注呢？”我走近普京先生和阿塞拜疆总统问道。

俄罗斯总统说出了自己的心里话，据知情人士说，第三轮时（阿克特里萨）将占上风，其他马都没机会。

“最终谁会赢呢？”我问。

“投1号吧。”伊利哈姆·阿利耶夫自信地说。

我赶紧看了一下参赛马匹的号码表，1号赛马是来自阿塞拜疆的红褐色马，从土耳其租借的。

“我明白了。”我说。

“上次差点没把我们判为第二，”伊利哈姆·阿利耶夫遗憾地说，“他们不想给我们第一名，后来弗拉基米尔·弗拉基米洛维奇不得不参与此事了。”

说完他热情地看了看普京先生。

那次我记得很清楚，我本人投注的是阿塞拜疆的赛马，结果搞得很不愉快，尽管那匹马在很长时间内领先，可结果第二个到终点。我记得，后来终点摄影计时器显示有两个获胜者。

“有人认为‘缅特’可能会赢，”普京若有所思地说，“也就是说‘缅特’……如果缅特在的话，其他马都没有机会。”

---

① 独联体内四个国家——格鲁吉亚、乌克兰、阿塞拜疆和摩尔多瓦组成的区域性集团。——译者注

“‘缅特’已经长大了。”阿塞拜疆总统说。

第三轮比赛准备好了，之前哥萨克们进行着马技表演。

“‘哥萨克们’这个词，”总统突然转向我问道，“应该读成重音在最后一个音节上还是在最后两个音节上？”

“您认为呢？”我反问道。

“我知道应该读成重音在最后一个音节上，”总统耸耸肩膀说，“重音应该在最后一个音节上。”

总统想表明，只有他知道怎么读。

后来我注意到，阿塞拜疆总统根本不和任何人交谈，我认为，其他人都装作在座的不是5个人，而是4个人。当看到伊利哈姆·阿利耶夫和罗伯特·科恰良微笑着开始相互大肆恭维时，我确认了这一点。

这时，“阿克特里萨”在赛场上表现得不尽如人意。我和赛马场上很多人一样，同“阿克特里萨”一起输掉了比赛。有一段时间它跑在第一位，可后来感觉它把注意力转移到了别处。我估计它是在注意那只在赛场障碍上蹦来跳去的黑色小狗了。

普京先生看上去比“阿克特里萨”的骑手还沮丧。

过了几分钟，总统开始主动地与这个骑手交谈，后者用手在空中做了一个特技飞行表演的动作。之后普京先生同意开始第四轮比赛。

奇怪的是，俄罗斯总统好像根本就没注意到委内瑞拉总统的存在，也没有向他看一眼。似乎他根本就不知道，委内瑞拉总统在那儿。半小时后，我发现我的这种观点没有一点艺术夸张。

而委内瑞拉总统好几次站起身来，不知所措，但他还是没有走过去与独联体国家总统在一起。这似乎与这个热情的革命者形象不相符，尽管他喊的那一声“哦啦”引起了大家的注意。如果他的热情上来了，可能连桌布都给烧了。

这时我看到乌格·查韦斯旁边只有斯塔夫罗波尔边疆区行政长官亚历山大·切尔诺戈罗夫。委内瑞拉总统将自己的热情全都投向了行政长官。后者只是偶尔地抬抬手，好像在防备拉美的激昂和冲动。

“您和他说什么了？”我后来问切尔诺格尔罗夫。

“他邀请我去他那儿……”他说，“希望斯塔夫罗波尔成为委内瑞拉某个城市的友好城市。实际是想买我们的小麦。”

“为什么呢?”我很惊讶，“他们的小麦不够用吗?”

“他们没有这种小麦，”行政长官说，“这种小麦谁都没有。”

“什么样的小麦呢?”我惊奇地问。

“谷蛋白含量很高的小麦。”行政长官自豪地说。

“那您什么时候去委内瑞拉?”

“不，我不去那里。”他挥挥手，“我没有时间。瑞士总统近日邀请我去访问，我同意了，而且还有一个王室成员邀请我……我不喜欢在一年内进行超过2—3次的正式访问。”

“您跟乌格·查韦斯说了吗?”

“说过了。”切尔诺戈罗夫先生得意地回答。

“他大概生气了吧?”

“我感觉他确实有点不高兴，但这是没办法的事。”

“难道他很需要斯塔夫罗波尔这种高谷蛋白小麦吗?”我想弄清楚。

“不是没有这种可能。”他肯定地回答。

所有这些简直太像是串通好了，来反对委内瑞拉总统。

赛马已经准备好了第五轮比赛。我走近鞑靼斯坦总统明季梅尔·沙伊米耶夫，问他这个专业人士五分钟后谁会领先。

来自鞑靼斯坦的“雷季·塞特·苏因格”赛马在此轮比赛之中，我确信，沙伊米耶夫先生要开始崇拜这匹马了。

“我看了一下初步结果，”鞑靼斯坦总统镇定自若地说，“说实话，有比它跑得快的马，但这里的跑道很差，所以结果取决于这些马在这里的训练情况。训练较多的，赢的可能性就大；训练少的，赢的可能性就小……”

“也就是说，阿塞拜疆的马赢的可能性最小吗?”

“怎么这么说呢?”沙伊米耶夫先生说，“相反也有机会……”

“可它没有训练啊。”

“可是它精力比较充沛。”鞑靼斯坦总统微笑着说。

我不知道自己为什么把这一轮的注投到了2号马上。2号本应该是亚美尼亚的赛马，但最后被一匹最黑的马代替了。这匹马来自特维尔养马场，它从来没赢过重大比赛，而且也没和参加本轮比赛的任何一匹马同场竞技过。可能正是因为这一点，我向他投了3000卢布的赌注。

不过，我很清楚，自己为什么向“缅特”也投了3000卢布。

特维尔养马场的马赢了，而且赢得非常精彩。马主人似乎坐在离俄罗斯总统不远的地方，当2号马第一个跑到终点时，他从座位上跳了起来，并且兴奋地大叫起来。他很难平静下来，重要的是没必要让他平静下来。但还是有人试图让他平静下来。

普京先生想在第五轮比赛结束后就离开，但是没能走成。那些姑娘围了过来收取赌注。围过来的人越来越多，真是离奇。她们都想索要签名。

这时委内瑞拉总统起身走到了出口，这里停着俄罗斯总统的高级轿车。弗拉基米尔·普京仍旧没有到乌格·查韦斯那儿去。委内瑞拉总统似乎在俄罗斯总统周围为其警戒，而且还不打算离去。

乌格·查韦斯走到一伙罗斯托夫人中间，开始和他们交谈，这些人已经厌倦了执行自己的公民责任。他不得不在这里停留半小时，因为俄罗斯总统还要和阿塞拜疆总统举行双边会谈。当弗拉基米尔·普京来到自己的轿车前时，乌格·查韦斯截住了他。他们谈了半分钟，很难说这是两个朋友的碰面。这是一次有趣的碰面，其中的一个人正要去会见两个朋友，而这两个朋友中的一个是碰面的另一个人的敌人。

普京先生今天的活动还没结束。他又去参加了“俄罗斯农田”节（日），田地里的小麦已经成熟，已经准备好了联合收割机收割小麦。

农民向总统介绍了购买的大型农田施肥设备（一天能施肥300公顷），弗拉基米尔·普京向一直跟随其左右的第一副总理谢尔盖·伊万诺夫（不知为什么，一直没见到负责“农业”国家项目的第一副总理德米特里·梅德韦杰夫）建议说：

“真是好设备，我想可以将其纳入俄罗斯国防订购。”

依我看，这套设备只是稍稍的进行了现代化改进。

普京先生走到“俄罗斯农业机器厂”的这台新机器跟前，看到车门开着，便钻进车里，然后喊道：“谢廖什，到这儿来！”等伊万诺夫先生坐好后，他迅速地踩下脚踏板，想让大家看看他是如何操纵这台巨型机器的……联合收割机的割草设备突然升了起来，割草机微微张开了。我哆嗦一下，想起了动画片《喂，等等！》中一个悲惨的场面。我始终不相信，这个可怕的机器会开动起来，因为至少机器前面还站着几十个手拿摄像机的记者。

但是弗拉基米尔·普京哈哈大笑起来——机器开动了。确实，机器走了几米，然后停了下来。但当大家都平静下来后，机器突然又动了起来，然后又突然停了下来。

弗拉基米尔·普京和谢尔盖·伊万诺夫异常得意地下了车。

“您怎么把机器开动了啊？”我问俄罗斯总统。

“训练媒体，”他简短地回答。

我觉得这是考验媒体如何在这种场合应对新总统。

过了几分钟，总统先生又上车了，这次上的车和联合收割机比不算大，是烧生物燃料的（后来，该车的设计者郑重地跟我说，一年前我跟他说过这种车型在某次展览会上出现过，设计改编自动画片《独轮手推车》，而他说，一年后可能开着它兜风呢。这不，说法实现了）。普京先生这次还是不想丢下伊万诺夫先生而自己开车，这次找了好长时间才找到伊万诺夫先生。

很快就要选举了，我们仍处在困惑之中，这里不只是训练媒体，而是因为再没有别的方法迷惑我们了。

这样也好，到时候我们不仅没有力气锻炼，也没有力气迷惑了。

第五章

被推举的候选人

2007年12月10日，四个政党的领导人在弗拉基米尔·普京的办公室内说出了他的接班人的名字，而普京对此没有表示异议。

在此之前，他已经让自己别无选择，维克托·祖布科夫不能得到他最大程度的信任，尽管当时他是总理。许多人——其中包括一些梅德韦杰夫圈子里的人——都已经开始议论称，维克托·祖布科夫将成为等待已久的接班人。

但是，并不是这样。米哈伊尔·弗拉德科夫是非常认真地把自己的位置让给了维克托·祖布科夫，正是为了他可以占据总理的位置，并且坚持到2008年5月以后。弗拉基米尔·普京坚持把他留在总理的位置上，正是考虑到了这一点。

他自己也很犹豫，也为此遭过罪。实质上，他是唯一真正为这个决定而受过一阵罪的人：他不得不用自己的身体去堵枪眼。而有理由相信，他并不打算做这个。

星期一与政府成员见面会的开始时间被推迟了。一般情况下，这些会面不会早于下午一点，但也不会晚于下午一点半。而这一天，已经两点多了，还没有让记者们进入普京与政府成员会晤的办公室。

甚至连来的记者也不太多。来参加克里姆林宫周一见面会的是一些狂热地忠实于自己职业的克里姆林宫联盟的记者们。这次会面，看起来注定要成为星期一例会的先例了（顺便说一句，它最终真的成为了星期一例会的先例）。

当最终让我们进入会议室时，我惊奇地注意到，我们进入的是总统办公室，而不是总统等候政府成员的地方。至于究竟发生了什么事，没人能够给出满意的回答。同时，我注意到，在办公室入口处有很多人。他们的兴趣在于，这里应该要发生什么事，也许会觉得有些无聊。这是一些有权靠近这些门、但在严格意义上来说又跟这些门没有任何关系的人。

但是这里应该会发生什么事呢？在最后一次与部长们会面之前，弗拉基米尔·普京在自己的办公室内出人意料地接见了尤里·柳比莫夫——为了祝贺这位导演的生日。

弗拉基米尔·普京与“统一俄罗斯”党最高委员会主席鲍里斯·格雷兹洛夫同时步入了办公室。在他们之后进来的是“公正俄罗斯”党主席谢尔盖·米罗诺夫、“公民力量”党最高委员会主席米哈伊尔·巴尔谢夫斯基和“俄罗斯农业”党主席弗拉基米尔·普洛特尼科夫。我想，他们之后就是谁想进来谁就能进来了吧。也许，阿列克谢·波德别列兹金和他的“社会正义党”，或者，鬼知道，萨日·乌玛拉托娃和她的“和平与统一”党会进来吧？总之，我也不太确定，总统的办公室能否容纳所有希望进入办公室的人。

不过，看来，今天受到邀请的名单上只有这四位。只是在他们坐下以后，我才意识到，我忽略了最重要的东西：总统的左手边坐着与各党领袖们一起走进来的第一副总理德米特里·梅德韦杰夫。

他们可能什么都没有说。他们可能会沉默地坐一会儿、站起来和离开。一切都似乎尽在不言中。似乎是已经签署了什么，又似乎什么也没考虑过。

反正，一切都很明白，以至于我甚至想，这一切并不像我原以为的那么简单。说实在的，主要的意外在于想的一切太过于简单了，一切迹象都表明与总统接班人有关。甚至我一下子想到，这其中有什么新的阴谋。

“弗拉基米尔·弗拉基米洛维奇，”鲍里斯·格雷兹洛夫开门见山地说，“星期六已经宣布了国家杜马的选举结果。”

弗拉基米尔·普京有些紧张地点点头，似乎是一方面认同这个依法确认的结果，另一方面，又似乎是不明白鲍里斯·格雷兹洛夫扯到哪里去了。

“现在正在进行总统竞选，并且，那些根据法律已经进入国家杜马的党派，应该考虑推选自己的候选人。”格雷兹洛夫先生继续说道，“我们认为，要讨论未来总统候选人问题，我们可以依靠广泛的政党力量，而且‘统一俄罗斯’党、‘公正俄罗斯’党、‘俄罗斯农业’党和‘公民力量’党的领导人已经就总统候选人的问题进行了磋商。”

一切就像是电影里快放镜头一样快速地发生着，说实在的，当时发生过的事情就是这样。快速地进来，快速地坐下，快速地开始，快速地说。

“磋商进行得非常友好。我们希望您提名那个我们大家都支持的候选人。”鲍里斯·格雷兹洛夫说道，只是他没有连珠炮似地说出，似乎担心什么似的，上帝保佑，但愿别说的不是那个人的姓名。

演员们经常会碰到这种情况。他们担心出错，但是最终在舞台上说出的恰恰就是曾在自己的噩梦中说过的那句话。戏剧搞砸了，但幸好，一切都是在排练。

但这一次没发生这样的事情。

“这个候选人就是俄罗斯联邦第一副总理德米特里·阿纳托利耶维奇·梅德韦杰夫。”鲍里斯·格雷兹洛夫结束了他对俄罗斯最新的历史的参与。

在听到“第一副总理”时，我完全愣住了，尽管对此并没有任何其他想法。鲍里斯·格雷兹洛夫本人也没有做任何停顿——可以说，这句话是一口气从鲍里斯·格雷兹洛夫嘴里说出来，没有任何停顿。

“我们认为，这是一位最熟悉社会问题的候选人。”鲍里斯·格雷兹洛夫继续说道，“这个人无论是在国家重点项目计划的实施方面，还是在人口计划的落实方面，表现的非常出色，并取得了实际的工作成果，这是最重要的。我们认为，俄罗斯今后四年总的工作方针是提高国民的生活质量。现在仅仅迈出了第一步，我们大家都认为，德米特里·阿纳托利耶维奇·梅德韦杰夫可以主持这项工作。今天，我们想和您详细地讨论这个问题。”

“预备会议已经开过了，”德米特里·梅德韦杰夫证实说，“会议还将继续进行。会议取得了积极的成果。我们将在今明两天继续讨论这个问题”。

梅德韦杰夫先生是个说话不多的人，不过，他还将会有大声发表意见的机会。

弗拉基米尔·普京应该说点什么。他似乎不需要把选出自己接班人的荣誉归到自己头上，说出弗拉基米尔·普京接班人名字的这个荣誉是其他人的。总之，尽管结局很明显，但在提出新计划的过程中，计划组织者们还是成功地施放了迷惑人的烟雾。

“许多政治事件在很短的时间内都凑在了一起，”普京先生说道，“在新年前夕忙于处理这些事情——并不是最令人愉快的事情，但生活在继续，而且总是按照其固有规律继续……”

显然，弗拉基米尔·普京认为，鲍里斯·格雷兹洛夫所说的话为俄罗斯人迎接新年蒙上了一层阴影。

“根据法律要求，我们开始进行这次总统竞选。”总统先生继续道：“四个政党的代表带着这个建议来找我了，这四个政党中有两个政党不仅是议会的代表，而且占议会的稳定多数。毫无疑问，所有这四个政党依靠的是俄罗斯社会最广大的阶层，并且代表着俄罗斯人民不同群体的利益……所有这些说明，在 2008 年 3 月的选举之后，我们有机会在俄罗斯联邦内构建起稳固的政权。并且，不仅仅是稳固的政权，而且还是一个将能够奉行那种在最近 8 年来取得良好结果的方针的政权。”

可以设想，当他们向他说出恰恰是这个接班人的名字时，弗拉基米尔·普京感到非常的幸运。总统亲自制定的游戏规则完全催生了这样的提议。

我怎么也不能理解，为什么弗拉基米尔·普京不亲自说出这个人的名字。因为现在，在他没有亲自说出这个人的名字之后，就没有任何理由称德米特里·梅德韦杰夫是弗拉基米尔·普京的接班人了。总统只是对所提议的候选人表示了赞同。并不是他自己钦定的候选人。四个人长时间地磋商，而直到最后也没有确定：他们宣布，磋商继续进行。也就是说，在这些协商会议中他们可以改变意见，也就是候选人的名字。

正如我理解的那样，总之，现在一切都将取决于弗拉基米尔·普京。他可以或者确认，或者推翻，或者不予评述。

他确认：

“说到候选人德米特里·阿纳托利耶维奇·梅德韦杰夫，那么可以说，我认识他已经超过 17 年了。我们在这些年里一起亲密无间地工作，因此，我完全支持这个选择。谢谢！”

他为什么要感谢他们？是因为这个选择完美无缺吗？是因为他们胜任

了自己的角色吗？他也明白，事实上反正任何人都不会真正领悟他的话，也不会把注意力放在他身上，重要的只是那个人（候选人）的名字——而它已经被说出来了。

所有人对这种形式也已经习惯了。反正已经清楚了，在这里，他选择谁，他们就讨论谁而已。

一刻钟后，政党领袖们离开弗拉基米尔·普京，为了更加详细地向记者们解释自己的观点，他们来到了记者们的面前。

鲍里斯·格雷兹洛夫坚持自己刚才的解释。他说，在星期六开始跟谢尔盖·米罗诺夫协商，然后根据他的建议又叫来了米哈伊尔·巴尔谢夫斯基和弗拉基米尔·普洛特尼科夫。

显然，没有邀请弗拉基米尔·日里诺夫斯基和根纳季·久加诺夫参加此次协商。这些人只能破坏气氛那么融洽的协商，因为他们中的任何一个人，即使没有十年，也有很多年是俄罗斯总统这一职位的职业候选人了。

"公正俄罗斯"党的领导人谢尔盖·米罗诺夫看起来更爱说话。他提醒到，弗拉基米尔·普京曾经字斟句酌地说过这样的话："这个人应该是年轻、现代、具有专业知识的人。"看起来，在选择新总统时，四个政党的领袖正是遵循了这些标准。

更有甚者，还有这样一个有趣的细节：德米特里·梅德韦杰夫在列宁格勒大学法律系的老师们正是那些从大学时代起就是弗拉基米尔·普京朋友的人。正是他们把德米特里·梅德韦杰夫作为高级专家推荐给弗拉基米尔·普京的。

谢尔盖·米罗诺夫可能用自己最非同寻常的方式赞扬了德米特里·梅德韦杰夫。

"梅德韦杰夫是个出色的律师，非常精通民法和国际法。他在总统办公厅工作过，在政府，他多年来一直担任俄罗斯联邦安全委员会常委，非常熟悉所有国防和安全问题……对我个人而言，非常重要的一点是，他是弗拉基米尔·普京最亲密的战友之一……我的评价……也顺便说一下，作为一个专家，他是非常出色的……"谢尔盖·米罗诺夫结束了自己的讲话，就像是他说这些话是为了让人想起他的存在似的。

"国民经济正经受着各种问题的考验，因此我们希望，德米特里·阿纳托利耶维奇能够继续完成这项发展农工综合体的工作，因为必须推动这项工作。我们认为，他已经做好了完成这项的准备。”俄罗斯农业党领袖弗拉基米尔·普洛特尼科夫补充道。他精神振作，面红耳赤，不知是因为从未出过差错，还是因为从未受过如此尊重①。

由此可见，甚至弗拉基米尔·普洛特尼科夫似乎是那个某种事情取决于其意见的人。

“在我看来，他是律师，民法专家，”米哈伊尔·巴尔谢夫斯基说道，似乎在暗示，他目前还没有把德米特里·梅德韦杰夫作为将来的俄罗斯总统来看待，“梅德韦杰夫，这是一个有绝对民主观念的人”。

我向这个友好的“四人组合”提问道，他们的协商还将持续多久。因为，看起来，在宣布德米特里·梅德韦杰夫为总统候选人之后，他们似乎最终对自己的选择不太确定，也并不排除有改变主意的可能。同时，至少有两个人看起来处于非常奇怪的状态之中。

鲍里斯·格雷兹洛夫回答道，协商至少还将持续一天，但在2007年12月17日召开的“统一俄罗斯”党代表大会上，选候选人梅德韦杰夫先生将会被推举为俄罗斯总统。也就是说，事实上，鲍里斯·格雷兹洛夫对同事们的意见并不感兴趣。总之，这一天还是充满了矛盾。

与此同时，在隔壁房间里，政府成员们正等待着弗拉基米尔·普京和德米特里·梅德韦杰夫。与许多其他情况不同的是，他们知道发生了什么事，甚至在事情应该发生之前就已经知道了。总统接见了谢尔盖·伊万诺夫和维克托·祖布科夫，接见了每一个希望四党领袖的选择可能会落在自己身上的人，亲自向他们解释这个选择。这其中还有其他的一些部长们，那些尽管没有这个想法并且也不会承认有如此想法的人。

对这些人来说，2007年秋天部长办公室首脑的更迭要比2008年春天谁将成为国家总统要重要得多。要搞清楚为什么会这样，仅从这些人的大桌子后面看他们一眼是远远不够的。谢尔盖·伊万诺夫微笑着，明显地是想开开玩笑。维克托·祖布科夫根本就不做这种努力。似乎从被任命为政府总理之后不久，他就已经意识到了自己在历史上的现实角色，而白天早

---

① 相反，比方说，米哈伊尔·巴尔谢夫斯基就那么站着，故作谦虚，甚至是有些低头向下看，根本一点都不兴奋，这很好地反映了一个人的情况，其实，这个人从提出俄罗斯总统候选人起就开始了自己政党的前程。——作者注

些时候发生的事只是证实了他的担心而已。

与此同时，德米特里·梅德韦杰夫没再出现在会议上。他本来在与会者名单上的，但他的名字似乎被有意地划去了。而记者们得到的消息称，第一副总理在继续召开协商会议。只是不太明白的是，他去和谁开协商会议了呢？党派领袖们已经穿好衣服离开了，而弗拉基米尔·普京去接见部长们了。

经济发展与贸易部部长埃伊维拉·纳比乌林娜向总统报告称，国内生产总值的增长速度“有上升的迹象”，而谢尔盖·伊万诺夫称，在泽廖诺格勒建立了“具有最高工艺水平……”的微型系统。谢尔盖·纳雷什金则披露，俄罗斯政府已经颁布了有关里海沿岸天然气管道的命令……

在这间办公室里，用具体的实例向记者们展示了生活在按照自己的规律继续。

最终，总统决定回到今天的主题上。他提醒：“法律要求我们，现在就做出决定性的行动①。而这些行动已经开始了。”

“而遗憾的是，我们不得不在新年来临之前做这件事。”总统再一次说道。

看来，他似乎再一次为破坏了人们的节日而感到抱歉。

* * * * *

任何职位的候选人都有自己的计划。是的，不管何种职位，都是这样。2008 年 1 月 15 日弗拉基米尔·普京在克里姆林宫会见俄罗斯联邦议会领导人时，德米特里·梅德韦杰夫第一次可以谈类似于选举前的计划了。当时，普京总统不得不向俄罗斯联邦委员会主席谢尔盖·米罗诺夫为第一副总理的德米特里·梅德韦杰夫争取发言权。在俄罗斯联邦委员会青年和体育事务委员会主席维塔利·穆特科的对面坐着俄罗斯联邦委员会活动保障监督委员会主席弗拉基米尔·库拉科夫。谢尔盖·米罗诺夫坐在中间，由于在他领导下的联邦委员会在等待弗拉基米尔·普京过程中有一个小时的时间已经什么都没做了，所以弗拉基米尔·库拉科夫保障的不是活动，而是联邦委员会活动的假象罢了。

---

① 根据推举的俄罗斯总统候选人情况。——作者注

2007年10月23日，在一次市政会议上，普京专注地倾听梅德韦杰夫的谈话

弗拉基米尔·库拉科夫不停地提出各种问题，不让对面的穆特科先生安静。而问题是，如果我没弄错的话，正是维塔利·穆特科大声地抱怨说，所有的相机都集中对准了桌子中间的空座位，而库拉科夫和穆特科先生就座的边上却被忽视了。

"相机？"库拉科夫先生又问了一遍，"要相机干什么？我在马加丹的相机足够了。那里的相机质量很好。"

显然，弗拉基米尔·库拉科夫是代表马加丹人民的意志而被选入俄罗斯联邦委员会的。

"你不相信吗？"他向穆特卡追问道："你来马加丹，我让你看看！"

俄罗斯足协主席维塔利·穆特科断然拒绝了这个提议。不仅在联盟主要成员中，而且几乎在任何其他联盟中都没有一支球队来自马加丹。

"来吧！"——弗拉基米尔·库拉科夫继续劝说道，"我给你买票，而且是往返票，不是单程的。再强调一遍，不是单程的！"

已经有两架相机转向他们了，而维塔利·穆特科开始沉默。并不是因为他没什么可说的，而多半是他不想说话了，因为担心言多必失。而且在这种状况下，不管他说什么都是多余的。

而乐观的弗拉基米尔·库拉科夫仍然继续不断地用马加丹的相机的魅力来打搅周围的谈话者，但这些人中没有一个人想对它的优点品头论足。

弗拉基米尔·普京终于出现了，全体人员立刻就失去了对相机的兴趣。在德米特里·梅德韦杰夫和弗拉季斯拉夫·苏尔科夫中间坐下后，俄罗斯总统说，现在空前重要的是保障方针政策的连续性（很显然，八年前没有如此重要）。在座的人都不约而同地记下了普京的话。而且，有一些人花很长时间在写，以至于让我觉得，似乎他们在不断地重复做这件事，就像是在课堂上重复抄笔记一样。

他们还不知道，他们将要面临的是“摆脱陈规旧俗，而社会生活领域——这是其他事务的累赘”，并且还要面临着帮助“在社会各个层面去掉多余的国家调控”。

普京先生现在很少在没有梅德韦杰夫先生的陪伴下出现在公众面前，对今后的情况做出了暗示，第一副总理负责的非正式的项目计划将很快转为正式的国家计划。看来，这将会发生在第一副总理变成总统而总统变为总理之后。

弗拉基米尔·普京宣布，他想让德米特里·梅德韦杰夫谈一谈目前国家重点项目的情况，并对俄罗斯联邦委员会主席谢尔盖·米罗诺夫做了允诺。

在我看来，米罗诺夫先生根本不想让第一副总理在联邦委员会委员们面前发言。他转向普京说道，现在，“根据事先安排好的，按照名单将由联邦委员会委员们发言”，然后，当那个等待已久的时刻终于来临之时，当媒体将要离开时，“还有两个需要提出的问题”。

“您勾起了大家的好奇心，当然也包括我。”弗拉基米尔·普京说道。

我想补充一句：尤其是媒体的好奇心。

在此之后，普京先生还是让德米特里·梅德韦杰夫发言了。他开始讲述国家计划的内容，一次也没有看摆在面前的文件。讲述得非常清楚明了，通俗易懂，并且很简明扼要，以至于有一瞬间我甚至感觉到，我对此都非常明白了。

而主要的是，我现在准确地知道，国家仍然会关心我。因为我是那5200万俄罗斯家庭的成员和组成部分，而梅德韦杰夫先生向普京先生保证，会为让这些人在即将到来的一年里感受到这一点而工作。

反之亦然。

* * * * *

在这个紧张的时刻，还有一个国家项目，即全国、甚至是全欧洲的煤气化工程。在2008年1月，弗拉基米尔·普京和德米特里·梅德韦杰夫已经着手在保加利亚实现这个项目。在此之前，他们已经是形影不离了。

2008年1月18日，俄罗斯总统普京和保加利亚总统格奥尔基·珀尔瓦诺夫签署了保加利亚加入“南线”天然气计划的协议，而保加利亚总统的讲话中明确暗示了保加利亚可能会由于这个协议而无限增长的富裕程度。

普京与梅德韦杰夫

在前天晚上，第一夫人柳德米拉·普京娜没有出现在俄罗斯总统飞往保加利亚的专机舷梯上，这一事件惊动了保加利亚社会各界。所有人都知道，为了欢迎普京先生，保加利亚事先准备了一台大型的文艺节目。由于此次访问是官方性质的，第一夫人的缺席有引起外交丑闻的危险。不过，经过俄罗斯代表团成员的一番解释，一切都搞明白了。因为在访问前，柳德米拉·普京娜身体感到不适，而医生建议她不要飞行。

但是，即使没有夫人陪同，普京先生此次访问期间的任务也能顺利完成。他出席了“保加利亚—俄罗斯年”揭幕仪式，并站在舞台上，聆听了保加利亚总统长达20分钟的讲话。珀尔瓦诺夫先生大部分时间都花在解释“保加利亚或者靠向欧洲，或者靠向俄罗斯”的说法是有缺陷的(的确：难道保加利亚非有分身术不成吗?)。

除此之外，他还意味深长地指出，在保加利亚面前出现了一种机会，那就是作为一个大投机商回到欧洲能源市场上去。他说到这一点时，好像保加利亚在什么时候曾经扮演过这种大投机商的角色，由于某种悲剧性的误会而在某一时刻坐在了后备队员的板凳上似的。

早晨，一切都知道了，珀尔瓦诺夫说所有这些并不是偶然的。在保加利亚总统宴请俄罗斯总统的晚宴后，双方讨论了保加利亚加入“南线”天然气管道系统建设的前景问题（意大利和俄罗斯不久前签订了有关协议)。吸收保加利亚加入协议的准备工作进行了不止一个星期，但最终决定拖延到了这次访问前夕。而早晨才决定，谁将有这个荣幸来宣布这个傲慢的决定。

事实上，与弗拉基米尔·普京一同飞抵索非亚的是德米特里·梅德韦杰夫（但不是取代柳德米拉·普京娜)。当然，对他来说，更重要的是大声宣布这一消息。而且普京先生也不应当袖手旁观。问题是这样解决的：在普京和珀尔瓦诺夫总统举行午宴之前的某一时刻，梅德韦杰夫加入进来，然后，梅德韦杰夫的同行——保加利亚政府总理谢尔盖·斯塔尼舍夫加入进来了，于是他们四个人在原则上达成一致，即保加利亚成为“南线”项目的过境运输国（现在塞尔维亚很想从保加利亚的手中接过这个接力棒即想成为下一个过境运输国，俄罗斯天然气工业公司为此请求全部收购塞尔维亚国家天然气公司，但是只出资5亿美元，而不是塞尔维亚方面坚持的20亿美元)。

早晨晚些时候，在德米特里·梅德韦杰夫和谢尔盖·斯塔尼舍夫的见面会上宣布了这个决定。白天，俄罗斯工业与能源部部长维克多·赫里斯坚科和保加利亚经济与能源部部长彼得·季米特罗夫签署了有关“南线”天然气管道过境保加利亚的协议。弗拉基米尔·普京和格奥尔基·珀尔瓦诺夫看上去都非常满意。

在仪式上有一个时刻非常让人振奋，即弗拉基米尔·普京把德米特里·梅德韦杰夫叫到自己跟前，而梅德韦杰夫则向他俯下身子。数十架相机和摄像机突然不停地闪烁起来，让我吃惊的是，这些相机和摄像机迫使在公布的国家重点项目实施中似乎经受过稳定性考验的第一副总理面红耳赤起来。

与此同时，弗拉基米尔·普京没有满足于此，再一次把德米特里·梅德韦杰夫叫到自己身边来，而这一次仅仅是为了让德米特里·梅德韦杰夫给他一支自来水笔。种种迹象表明，俄罗斯总统想向大家展示：没有德米特里·梅德韦杰夫，任何大事小情他都对付不了。

除此之外，当时还签署了布尔加斯—亚历山德鲁波利斯石油管道项目股份协议，以及俄罗斯核工业与保加利亚政府间有关建设“别列内”核电站的合同。

仪式之后，我向俄罗斯谈判代表团成员提问说，最终是怎样成功达成协议的？俄罗斯工业能源部副部长阿纳托利·雅诺夫斯基回答道，事实上，谈判直到清晨5点才结束。维克多·赫利斯坚科补充道，文件的终稿在签署前15分钟才准备好，因为他们需要翻译成俄语、英语和保加利亚语。

“并且，我们不得不审核许多补充说明，这些补充说明拖延了很长时间，”赫利斯坚科补充道，“这涉及关税形成的问题。”

“涉及正在发生变化的欧洲法律。”阿纳托利·雅诺夫斯基有些激动地补充道，左右脚交替地站着。

根据维克多·赫利斯坚科的意见，俄罗斯在谈判中并没有做出任何或多或少的重大让步。

不过，好像保加利亚总统珀尔瓦诺夫并不这样认为。

他在新闻发布会上宣布：“我高度评价俄罗斯方面的立场，他们同意保加利亚拥有我们领土上的天然气管道所有权。”

但是，权力最终是在俄罗斯谈判代表们手里。稍后，来自俄罗斯天然气工业公司的消息灵通人士们的消息解释称，关于保加利亚领土上的管道，俄罗斯天然气工业公司和保加利亚政府各拥有一半的权力。

“我认为，所有这些计划有助于能源经营的多样化。”——格奥尔基·珀尔瓦诺夫又说了一句，首先是满足内部需求的话。

实际上很明显，所谓的“经营多样化”这是个欧盟很多官员们常说的词，也就是指欧洲摆脱对俄罗斯的天然气的依赖，再老实的人在这种环境下也不会相信这些话。

珀尔瓦诺夫先生自己看来也意识到了，不应该把注意力过多地放到这方面来。

“特别是，”他补充道，“这不仅是对保加利亚，也是对巴尔干地区所有国家能源供给的安全保障所做出的切实贡献。”

现在他更加诚实地面对自己的电视观众们，因为“南线”项目实现后，在俄罗斯和这些国家间将不会再有有问题的过境运输国了。对于俄罗斯来说，这些国家之一，毫无疑问就是乌克兰了。但这也不是珀尔瓦诺夫先生在这些谈判中试图坚决掩盖的所有主题。他补充道：“最终必须确定基利尔字母①在因特网上的位置。”并保证说，将尽力在与俄罗斯第一副总理德米特里·梅德韦杰夫的会晤中解决这个问题。

普京先生想起了在签订天然气合同这个大背景下暗淡失色的东西，因此他宣布，如果保加利亚需要“别列内”核电站建设贷款的话，那么“我们准备提供此项贷款”。

总之，在某一刻，我形成一个印象，即俄罗斯代表团来到索菲亚是想从根上收买这个国家。

接下来，弗拉基米尔·普京感谢保加利亚人“非常善意盛情的招待”。看来，没人告诉他，前一天在索菲亚举行了抗议他到访的集会。确实，尽管有愿望，也不能把这个集会称作是大规模的。

显而易见，俄罗斯总统想感谢一下保加利亚人，并帮助保加利亚总统在保加利亚议会上批准已经达成的协议。他补充道：“在欧洲，激烈地竞争俄罗斯的天然气设备已经不是秘密。”并且“除去所有其余的东西，它们将会带来预算收入”。

这时，普京先生将注意力转向在签署文件之前刚刚走进大厅的人：

“我希望欢迎意大利国家能源控股公司首席执行官保罗·斯卡罗尼先生。天然气工业股份公司和意大利国家能源控股公司签署了有关‘南线’海上天然气管道建设的文件（后来，俄罗斯天然气工业股份公司首席执行官阿列克谢·米勒解释称，白天早些时候，在瑞士注册了南溪天然气管

① 古斯拉夫字母之一种，系俄文字母的基础，源自9世纪斯拉夫启蒙运动者、创造斯拉夫字母者基立尔的姓。——译者注

道公司，它将在2008年年底前为南溪天然气管道项目拟订可行性研究计划以及完成市场调查研究，2013年管道将向中欧地区首次供气）。”

斯卡罗尼先生随后解释称，他迟到的原因是，由于有雾，他的飞机无法在索菲亚降落（但是根据我的观察，索菲亚上空整个早晨都是万里无云，并且阳光灿烂）。

格奥尔基·珀尔瓦诺夫接受了这个说辞，并借翻译之口，用俄语宣布：

“请允许我用不太专业的术语说，这些协议的签署为我国提供了一个很大的市场。”

实际上，这些话听起来都很诚实，但形式上却不得不让人想到：保加利亚总统这几天终究有些过于激动了。

几分钟后，一个保加利亚记者向他们的总统提出来一个问题：

“桥牌是一个复杂的游戏，而要赢得‘大满贯’并非易事……”

直到现在才渐渐明白，珀尔瓦诺夫先生指的是“大满贯”，而既不是指自己的富裕程度，也不是指国家的富裕程度。

* * * * *

在访问保加利亚之后，德米特里·梅德韦杰夫终于向俄罗斯选民交出了一份自己完整的选举纲领。

2008年1月22日，在俄罗斯首都莫斯科红场举行了主题为“俄罗斯，前进！”公民论坛，俄罗斯总统候选人德米特里·梅德韦杰夫在这次论坛上也发了言。他称，对于俄罗斯来说，从某个时候起已经出现了“非常好的机会”。这是把弗拉基米尔·普京和德米特里·梅德韦杰夫在事业上相提并论的好机会。

对马涅什大厅以最基本的样式进行了装饰。论坛浮雕标志非常醒目：塑造了“9·11”事件之前的曼哈顿，也就是大背景下的著名的双子座大楼。不能不注意到这次论坛名称上的数字“Ⅱ”。

大会的组织者似乎一直也是试图有意无意地暗示着，我们目前什么也都是两个。

参加论坛的德米特里·梅德韦杰夫以自己的一举一动暗示着，对他来说，重要的是保证方针政策的延续性和他永远与弗拉基米尔·普京的思想保持一致。比方说，可以看出，论坛晚开了不少于两个小时。

在这段时间内，休息室内的非官方组织的展台发挥了重要的作用。这些展台表达了各个组织参与论坛工作的愿望。我看到了“国家健康联盟”、“21 世纪兵营”、“长寿基金会”等组织的展台。“长寿基金会”的主席向我打听，想不想长生不老。他告诉我，他很想。他解释道，有规律地运动无论如何也不能达到满意的结果，并且他深信，如果他和他的同事们能够得到足够的资金进行科学研究，那么就不用再为长寿担心了。这时我明白了，这位基金会的主席根本就是在谈自己的长寿问题。在展览上，他的展台很受注意，这样实际上也给他提供了一些保障。

普京与梅德韦杰夫参观展览

展台上还展示了一些由小学生们手工制作的作品。一看到它们，我的眼里就充满了泪水，抑或是出于感动，抑或是出于对它们的创造者的共鸣。我把注意力转向室内的气球和“青年勘探者组织”的展台。在展览会上我没有找到“青年律师”组织的展台。

在这里没有出现保护人权的非政府组织，以及任何非政府社会运动在文明国家中引以为傲的东西。因此没有什么值得自豪的。

与会者这时开始分组工作了。大会全权委托给了社会院，而它的一些成员，其实更喜欢墨守成规的工作。比如，在积极公开活动范围内建立民间团体，即喜欢与那些在展台前焦急地等待着论坛开始的记者们联系。同时，这种联系暂时是强迫性的，由于记者们目前的反应有点迟钝，因为他们中的大部分已经在这里无所事事地闲逛了四个小时了。相反，这些记者对充满创造力的社会院的成员们（自己的正面形象）表现出令人难以置信的谦恭态度。

我请教罗蒙诺索夫国立莫斯科大学新闻系主任亚先·扎苏尔斯基，他为什么期待着这次论坛？亚先·扎苏尔斯基是刚刚结束他的工作，又抛开了一系列的会议来到这里的。他坦率地说道：

“很有趣！老实说，看一下这个图形——”亚先·扎苏尔斯基用手比划着，“这就是我们国家的这只双头鹰……一切都会怎样啊？”

今天这个神奇的数字就这样再次出现在这种场合了。我认为，社会院成员们的倾巢出动，表示自告奋勇地参加下一次、很可能同样是由那些像亚先·扎苏尔斯基一样的想法引发的。

论坛开始时，俄罗斯联邦社会院秘书叶夫根尼·韦利霍夫看起来非常乐观，因为，正像他宣布的那样，有一个关于社会团体状况的报告。的确，仅仅是这个报告的存在就暗示了社会团体本身存在的状况。

“我很高兴，”叶夫根尼·韦利霍夫说道，“在这里遇见那些支持社会团体的人。”

他从镜片后面环视了一下大厅，讲解了有关这个主题的民意调查的最新结果。结果表明，60%的民众或多或少地帮助亲近的人。参与调查者是在完全匿名的条件下进行的。

“只有5%的受访者认为，社会组织能够改变某些东西。”韦利霍夫院士指出，没有一点心绪不佳的影子。

我有点儿不明白，他把这个结果算做社会组织和社会院的工作成就或者归结为他们工作的疏漏。

在韦利霍夫之后的发言者们展示了他们对明天富有感染力的信心。叶列娜·奇亚科娃准备为纯洁而有道德感的互联网而奋斗。按照她的观点，权力机构的官方链接能够为这个事业提供非常重要的帮助。在那些他们用尽自己精神道德影响力也无能为力的地方，需要的仅仅是来自对此感兴趣的权力机构方面的严格监管。

而来自摩尔曼斯克的年轻俄语教师阿纳斯塔希亚·科玛洛娃实际上是反对叶列娜·奇亚科娃观点的。她走上讲台，讲述了孩子们不应该在互联网游戏、博客中找到自我，而应该真正拓宽自己的视野，这非常重要。看得出来，在论坛上开始了公开的辩论，而这种辩论在社会团体内是非常自然的。

“我希望，我教育出来的孩子能够充满热情、豁达开朗地看待世界，”阿纳斯塔希亚·科玛洛娃宣称，“并且具有宽容、博大的胸怀。”

而要我说，我只有一个想法，即：希望阿纳斯塔希亚·科玛洛娃不要教我的孩子。

潜艇艇员安德烈·兹维亚金采夫宣称，俄罗斯武装力量最终将会提升，而且“只有在打仗时，舰队和军队才会复兴”，而关于这一点，甚至没有人想与这个人争论。

女演员丘尔班·哈玛托娃请求取消儿童肿瘤患者的手术限额。她表示，他们中的很多人，在获得实施手术治疗机会时，已经晚了。我觉得，这个限额和其他的那些并不完全相似。例如，已经确立的有关捕鱼限额的法律，地方政府和联邦政权一直在为这个限额的分配作斗争。这更可以说是由于令人羞愧的生产力所造成的，当不可能做出更多数量的手术时，只是因为没有人、也没有对象去做。

总之，在这方面没什么可说的，除了一些大众话题。但是他们在这种环境下，讲套话也是必需的。主要的是，看是谁在大厅里说出这些话。再下一个应该就是这个人发言。

“还有，”丘尔班·哈玛托娃在发言结束时表示，“有人要求我说，我们一切都好，而且我们生活在公民社会里。我不会这么说，但如果我们彼此开始微笑，那么这将是一个建设公民社会的开始。”

我很想赞美一下丘尔班·哈玛托娃。

又过了一个发言人之后，叶夫根尼·韦利霍夫终于请德米特里·梅德韦杰夫发言了。德米特里·梅德韦杰夫提醒大家，可能要占用与会者比原来打算更多一点的时间。

很快就搞清楚了，主要是提出总统候选人竞选纲领。很显然，德米特里·梅德韦杰夫认为，这样的广场是提出竞选纲领的最佳场合（假如他不是在社会院的人搞活动之后，而是在此之前在展台中间走一走的话，他可能就会改变自己的观点了）。

德米特里·梅德韦杰夫从一开始就声明，他“完全同意总统的观点”。

同时，德米特里·梅德韦杰夫附带说明了，尽管不可避免地要谈到艰难的90年代，以及随之而来的一切。但他也同意，不管怎么说，总之“国家没有垮掉，当时领导层的功劳就在于此”。这是值得注意的一种表白，因为这种表白无论如何与最近很快要成为具有示范意义的说法大相径庭。

然后，德米特里·梅德韦杰夫将话题转向了国际局势。论题大概又是弗拉基米尔·普京的那些，但德米特里·梅德韦杰夫成功地为其充实了新的内容。

他也认为，许多人现在惧怕俄罗斯，惧怕90年代末之前，“在解决国际问题时一直一丝不苟地扮演着跑龙套角色并完成了一次无论对他们、其中也包括对自己来说颇感意外的大跨越”的俄罗斯。对弗拉基米尔·普京来说，好像这是他所期望的目标。德米特里·梅德韦杰夫好像自我辩护说：

“为什么大家还惧怕我们呢？他们只不过是不清楚，俄罗斯将走向何方……有人说，谁了解他们，它就将把他们带向何方……”

也就是说，德米特里·梅德韦杰夫认为，所需要的仅仅是对西方同行们做一些解释性工作，因为与他们，这些文明和发达的国家，我们是同路人。应该简单地向他们解释，不需要怕我们，因为对他们来说，我们实际上是自己人。而他们只是还没明白自己有多幸福而已。

“俄罗斯在国外市场上正在做什么与众不同的事情呢？”——他问道，“那么，我们把自己的能源和国际价格接轨了没有？这是我们加入世贸组织的责任！我们并不是对独联体国家发生的一切漠不关心！当然，不是漠不关心！而我们并没有中断同问题国家的关系，这也是我们的责任。最简单的方法就是中断关系和对其进行地毯式狂轰滥炸。

无疑，德米特里·梅德韦杰夫这时的腔调与普京不同。当谈到这些问题时，普京先生总是用最后通牒式的语气，而德米特里·梅德杰夫似乎更喜欢劝说交谈者，尽管这些人自始至终就是持反对意见的。

同时，两种方式的效果看起来似乎是一样的。反正不管怎样他们也不会喜欢我们，只是弗拉基米尔·普京认为，他们不是非常地情愿，而德米特里·梅德韦杰夫认为，他们只是没有下定决心而已。

德米特里·梅德韦杰夫对丘尔班·哈玛托娃关于取消儿童肿瘤手术限额的建议做出了回应。他表示，手术的数量将会提高，而且目前已经提高了：“这个数量仅仅在两年前还只是十分之一。”但是要取消限额，这不仅不是俄罗斯总统候选人力所能及的，甚至恐怕俄罗斯总统本人也无能为力。

总统候选人认为，“社会文明总体上朝着令人乐观的方向发展”，并且“我们的，俄罗斯的机会非常不错”。

“简单地说，是个好机会!”他结束了自己的发言。

很难说，他是不是在指，自己的机会在某一天之后增加了。在那一天，弗拉基米尔·普京在自己的办公室里召见了四党领袖，并借他们之口宣布，这些机会的实现将有赖于第一副总理德米特里·梅德韦杰夫。

但最终，我想多少是暗示着这些吧。

* * * * *

总统候选人开始选举前的国内巡视。说实话，他到处巡视但并没有脱产。俄罗斯联邦电视台也没有把德米特里·梅德韦杰夫称作候选人：他一直在监督国家重点项目的执行情况。在一些行程中，现任总统弗拉基米尔·普京陪着他，或者相反，反正已经很难分清楚了。

梅德韦杰夫与夫人

2008 年 1 月 23 日，俄罗斯总统弗拉基米尔·普京和总统候选人德米特里·梅德韦杰夫飞抵奔萨，会见了新的医疗中心的全体人员。总统和总统候选人总让人想起在一出戏中一个唱红脸、一个唱白脸的情景。

在新医疗中心一个宽敞的走廊里，弗拉基米尔·普京和德米特里·梅德韦杰夫接见了心脏病专家们。走廊里放上了新桌子，桌子后面坐着新医疗中心的所有领导。走廊里已经坐不下记者了，他们只能在隔壁通过电视屏幕收看这次会面。总之，如果实话实说的话，这里很像是紧张的儿童治疗室。记者们在这里表现得像孩子，而且他们正是那些需要紧急治疗的人。

记者们走向仪器，试着按下按钮，然后不安地等待着将要发生的事。在外国专家的帮助下，安装好了设备并将标签也都翻译成了俄语。不然的话，其中某一个按钮就不会被画上乐观愉快的半圆：笑气（一氧化氮）。这里使需要的人处于麻醉状态。这之后有必要提醒，这些设备是德国人生产和安装的。

在电视显示器上看得很清楚，医疗中心的全体人员带着怎样的紧张情绪等待着尊贵的客人。对他们来说，仅仅一个总统的到来就可能使走廊里的某个人成为中心的第一个患者（上帝保佑!）。而现在，到他们这里来的，可以说，很可能就是两个俄罗斯总统，差不多是这样吧（可能某个地方还有某一个也非常想成为俄罗斯总统的年轻人吧）。

照相机和摄像机照亮了他们紧张的脸庞，欣赏着他们（摄影师似乎享受着提供给他的自由，因为他明白，除了二十几个记者外，有人会对他的劳动评头论足）。在这些人中我看到有一个人，在整个等待的过程中，甚至连他脸上的肌肉都没动一下。有人推测，这个人是中心的总务主任。在医疗中心为期两年的建设期内，他经受了所有的、地狱般的痛苦。他沉重的目光诉说着，他将从这个世界上得到任何一个顺手牵羊拿走公物的人。

总之，关于那个他将得到什么的推测是正确的——伊戈尔·莫洛奇尼科夫原来是心脏复苏科的主任。

弗拉基米尔·普京和德米特里·梅德韦杰夫走了进来，并且坚定地分坐在一个面孔可爱、年纪与总统候选人相仿的女士左右两边。情况变得有些暧昧。穿着长裙的女士坐在弗拉基米尔·普京和德米特里·梅德韦杰夫之间，并且当他们开始说话时专注地盯着他们的脸。她的脸上带着某种惊恐的表情。医生就是这样看病人的，当时他明白：这个人已经处于危险状况，尽管病人自己没有意识到这一点。好像她对他们中的一个人悄悄地说：“您不要多说话。”而很可能是对他们两个人说的。她说得没错。

这是叶列娜·莫洛佐娃，有着15年工龄的心脏病X射线专家。她的外表不由得让人联想到，她不仅会医治心脏，而且也能损坏心脏。

有趣的是，这一刻叶列娜·莫洛佐娃本人在想什么呢?

弗拉基米尔·普京和德米特里·梅德韦杰夫越来越多地令我想起那些最典型的唱白脸的和唱红脸的人。普京先生安排好了一切，使他有了能够按新的模式对国内外形势产生影响的额外机会。一个人不能用自己的方法获得的东西可以轻而易举地从受到唱白脸的人[1]恐吓的对手那里获得，另一个人，唱红脸的人[2]。

确实，在这次会面中，乍一看来，用不上这种艺术。这里一切都很好。中心建设得很快，质量也很好，设备确实也是工艺水平很高的，而医生们也都是十分认真地从莫斯科和圣彼得堡来到奔萨。

但是，毕竟有时在弗拉基米尔·普京身上唱白脸的一面会表现出来。

“很快我们将管理那些我们从德国建造者们那儿搞来的设备，”医疗中心的主任医生弗拉坚·巴兹累列夫说。

“你们所得到的一切，都是来自俄罗斯联邦。”弗拉基米尔·普京粗暴地打断了他的话，“不要错把上帝的礼物当成荷包蛋了。”

弗拉基米尔·普京坚定地向他暗示，他认为俄罗斯联邦的礼物是上帝给的，俄罗斯联邦的是礼物，而德国的则是——荷包蛋。

弗拉基米尔·普京与德米特里·梅德韦杰夫与医生们的会面已经进行了15分钟，而任何问题都一个字未提。也许，医生们在等待，这两个唱白脸的和唱红脸的人中有个人会向他们提出这个问题吧。但是这两个唱白脸的和唱红脸的人更喜欢听。

“有问题！”当时一位心脏病专家说道，他非常明智，没有指明提问对象，“现在没有从圣彼得堡到奔萨的飞机，而从前还是有的！”

“只有夏天有。”有人又非常清楚地说道。

来奔萨的医生中，大多数是来自圣彼得堡，而不是莫斯科。种种迹象表明，他们的确为此而感到痛苦，并且指望在这次会面中为他们直接解决这个问题。

普京先生似乎没有明白，他们是在非常严肃地说这个问题。在这一刻，医生们笑得非常灿烂，没有一丝忧虑。他们好像在暗示：即使不给他们安排航班，也确实不值得用这个问题来困扰总统或者总统候选人。看

---

① 暗指普京先生。——译者注

② 暗指梅德韦杰夫先生。——译者注

来，这两个人也是这样理解的（尽管实际上并不是这样）。

“直飞的话需要多长时间?”普京很有礼貌地、关切地问道：“一个半小时?”

“一个半小时。”医生们证实地说。

假如不是有人说“支架”这个词的话，关于问题的谈话也就到此结束了。话题转到了清洁心脏血管的仪器上。支架非常少，而对它的需求量却在急剧地增长。

“中国人已经制造了仿制支架，并且已经得到广泛使用。”一个医生说道，“而我们呢，我们不能吗?!”

“我们不会去做仿制品。”普京先生斩钉截铁地说。

“我们已经有了名副其实的样品。”和蔼可亲的德米特里·梅德韦杰夫附和道，“因此要有信心，我们不久后也将会拥有它们的。”

主任医生这时让叶列娜·莫洛佐娃发言。她此刻变得腼腆起来，把目光从弗拉基米尔·普京转向德米特里·梅德韦杰夫。她的表情看起来，就好像是由于失误，而在同一时间和同一地点约会了两个人一样。

叶列娜·莫洛佐娃做了一个长长的发言，从头到尾她都没能成功地表达她的意思。因为甚至是对于叶列娜·莫洛佐娃本人来说，她的想法根本没有特别的意义。好像只记得她似乎说起，42 岁的成年男性是冠状动脉疾病的高发人群。这样一来，普京先生正好渡过了这个年龄段，因此对这个话题似乎不太感兴趣。而德米特里·梅德韦杰夫，依我看，则是非常关切地盯着叶列娜·莫洛佐娃。

主任医生又请心脏复苏专家、乐观的莫洛奇尼科夫发言，他一下子变得忧郁起来，说道：

“同志们……”

似乎是出于激动，他想接下来说“最高总司令”，但及时意识到，不应该这么做，于是最后说：“弗拉基米尔·弗拉基米洛维奇朋友，我是心脏复苏专家，我们将尽力。干部能够解决一切问题。”

这时，中心的主任医生开始发言，他说：

“当然，弗拉基米尔·弗拉基米洛维奇，如果土耳其人能够建造，那么我们也能！……”

“您这样说有辱土耳其人啊！”弗拉基米尔·普京气愤地说。

唱红脸的人这一次决定保持沉默。

“而我，”弗拉基米尔·普京最后说道，“想代表将来的患者说几句，希望这里的一切能够得到最好的使用。”

也就是说，他最终还是诚心地听进去了心脏复苏专家的话。

已经很晚了，在与几个州长（那几个州也在建立这样的医疗中心）和政府官员们举行的会议上，我突然明白了，谁是那个最年轻的人，少了他，弗拉基米尔·普京和德米特里·梅德韦杰夫就不完美了！

“我们在这里一起做出的最主要的决定就是对人投资。”——奔萨州州长瓦西里·波奇卡列夫对他们说道。

* * * * *

有时，德米特里·梅德韦杰夫沉迷于其他的问题，例如生态学。而且，2008 年 1 月 30 日在克里姆林宫里举行的解决这类问题的安全委员会扩大会议上，德米特里·梅德韦杰夫作为一个意识到自己不得不像总统一样实现自己计划的人发了言。

这次会议，不仅从安全委员会邀请了一半的内阁成员，而且还有大量的记者。生态问题，对社会来说，当然重要，但对社会而言总的来看，更重要的是这次会议的主旨报告人德米特里·梅德韦杰夫在总统选举中获得了胜利，因此可以确信，正是这个人现在是热衷于生态问题的最光辉榜样，并提出了一整套解决问题的可行性方案。

弗拉基米尔·普京在这次会议上致了开幕词。他似乎在共同的公开活动中有意识地和彻底地把主动权交给了德米特里·梅德韦杰夫，而德米特里·梅德韦杰夫也有意识地和完完全全地接受了它。与此同时，所有的人（和比其他人更优秀的德米特里·梅德韦杰夫）都懂得，形势随时都可能发生变化。

因此，所有的人都在长时间地期待德米特里·梅德韦杰夫公布他的经济计划。在第二次马涅什广场公民集会上，他甚至预告了这件事情。其实，2008 年 2 月 8 日，弗拉基米尔·普京在马涅什举行的国务委员会扩大会议上叙述了德米特里·梅德韦杰夫的经济计划。会上总统确定了 2020 年前俄罗斯经济发展的基本方向。在此之前，对这个话题，德米特里·梅德韦杰夫没有打算忙着提出自己的观点（尽管 1 月 31 日在克拉斯诺达尔举行的经济论坛上很多人都期待过他某种诸如此类的东西）。他们2月中旬在克拉斯诺达尔举行的论坛上也期待过德米特里·梅德韦杰夫的经济计划报告，当时任何一个人都清楚，德米特里·梅德韦杰夫完全坚定地拥护弗拉基米尔·普京的经济计划。计划是德米特里·梅德韦杰夫提交的。他始终拥护这个计划。

但在那一天，俄罗斯总统满足于简短的发言。人们记住了他的发言内容。俄罗斯总统在那些关于国际恐怖主义问题的谈话中谈到过生态安全的情况：

“必须在国内建立起真正的生态安全体系，这种体系能有效地克服现有问题，同时能富有成效地应对正在出现的问题和新的挑战……最后，要学习在国际舞台上有效地捍卫俄罗斯的利益，首先是阻挡越界垃圾导致俄罗斯领土生态安全的威胁。比方说，最近在波罗的海、鄂霍次克海、黑海、里海地区，在阿穆尔和额尔齐斯河流域……生态形势加剧了。”

这好像是从最高总司令指挥的国际战斗行动前线发回的综合战报，没有再次炫耀自己为自己喘不过气来的人民立下的功劳，人民喘不过气来……不，不是因极度缺乏自由呼吸的喉咙，而是因为空气中的有害物质过多。而且普京先生作为隐蔽战线上的一名勇士，打算冲锋：

“我要强调的是，今天关于生态问题的讨论必须在进攻关键的时刻进行……”

就在这种进攻关键的时刻，弗拉基米尔·普京捍卫住了自己做那种实际上与生态安全理念十分抵触的事情的权利：

在很多地区，开始实施大规模的投资项目，这无疑是一件不错的事情，甚至可以说是一件很好的事情。以前属于所谓的荒无人烟自然条件的俄罗斯更大面积的领土，都加入实施这些项目的行列①。在这些项目当中要建设“北输”煤气管道，东西伯利亚石油管道——太平洋，诸如开发巴伦支海大陆架、喀拉海、鄂霍次克海油气田，发展极圈附近的乌拉尔之类的计划。当然，在这些地区，应当把对集约经营活动产生的不良影响减少到最低限度。

不过，所有的人都应当明白，弗拉基米尔·普京不会给予无论是

---

① 应当认为，在实施这些项目过程中，野兽很快会从这种自然条件里消失。——作者注

“绿色和平”组织还是奥列格·米特沃利[1]就这些项目做出决定的权利。

德米特里·梅德韦杰夫就这个话题的报告持续了20分钟的时间。

“正如俄罗斯总统在自己刚才的发言中所指出的那样，”梅德韦杰夫认为开始任何一个话题的重要报告都是履行自己职责的方式，显而易见，他很好地意识到弗拉基米尔·普京威信的比重在他个人支持率中不再奢望最高，“在我们的经济不断增长的情况下，建立经济发展保护生态环境行动纲领是至关重要的”。

梅德韦杰夫先生，也像俄罗斯总统一样，把精力集中在了他心目中最珍贵的生态课题特点上。如果说弗拉基米尔·普京感兴趣的首先是全球性挑战和生态安全威胁的话，那么德米特里·梅德韦杰夫作为律师觉得自己很有把握地说，首先是俄罗斯“缺乏自然保护活动的法律基础”。

“尽管有社会法律，然而这些法律今天已经不能促进转化为生态上富有成效的技术工艺和进行自然保护活动。”他说，“调整边境和越界水上目标，特别是自然保护区的地位和制度尚未形成……我认为，旨在保护环境和提高经济能源有效性的法律可以在今年年底前得到修改。”

他呼吁清除“由于数十年来经济和军事活动，以及那些在我们国家发生的核泄漏事故而蓄积的废料；只说一下在俄罗斯境内废料堆和贮藏库蓄积有800亿吨固体废料就足够了”。他谈到了大气污染，以及减少污水排放趋势问题。

此后，梅德韦杰夫先生开始谈得更为具体了。他建议取消向企业发放“所谓个体经营临时排放许可证的业务活动：生态要求不应当建立在部分个体经营协议上，而应当建立在技术工艺标准上，而且必须根据合理的程序建立这些标准”。

德米特里·梅德韦杰夫建议简化农业小型企业排放许可证发放程序，并推行遵守生态要求郑重声明业务活动和通过生态稽查系统对遵守生态要求情况进行监督。最后，他号召积极发展再生能源技术工艺，也就是太阳能和风能（对他计划中的这一项内容最感高兴的，是俄罗斯富商、被称为“俄罗斯头号钻石王老五”的米哈伊尔·普罗霍罗夫，众所周知，他从小就是可供选择能源最热烈的赞扬者）。

---

① 俄罗斯联邦自然资源利用监督局副局长。——译者注

“俄罗斯必须及时固守这个市场，”德米特里·梅德韦杰夫可以说是在召唤米哈伊尔·普罗霍罗夫。

种种迹象表明，最近一些以自己热火朝天的活动引起对生态社会舆论关怀的组织机构将被撤销。

“必须根除目前现有机构重叠的问题，”德米特里·梅德韦杰夫称，“在这方面有几个联邦机构马上投入运行：俄罗斯联邦自然资源利用监督局，俄罗斯联邦生态、技术及核监督局，俄罗斯联邦消费者权益及公民平安保护监督局，联邦兽医和植物检疫监督局。在能源方面的个别监督权力其他部门也有……可以调整好他们的职能，同时明确划清生态鉴定与生态监督的权力。”

部长们和记者朋友们非常认真地倾听了第一副总理的报告，意识到德米特里·梅德韦杰夫将会作为总统，而弗拉基米尔·普京将作为总理（而且在即将到来的下次大规模行政机关改组框架内）实施他们的计划。

也就是说，上述组织中很少有人有获得重新任用的机会。

* * * * *

见不到追踪者的竞选活动还将继续。2008 年 2 月 1 日，俄罗斯总统与第一副总理德米特里·梅德韦杰夫一起飞抵顿河畔的罗斯托夫并视察了哥萨克士官武备学校。哥萨克士官武备学校的学员们在俄罗斯总统面前非常想高唱大顿河军（即顿河哥萨克军）全部四分节段颂歌。但他们只被允许唱第一分节段：“苏醒吧，掀起狂涛巨浪东正教静静的顿河，顺从地呼应着自由的召唤。”

我想了想：允许士官们唱的恰恰是这一节，而他们顺从地呼应了，这多好啊！要知道，哥萨克运动的实质就在于此：顿河开始苏醒了，并且波浪滚滚地呼应着自由的召唤，而这种呼应完全是顺从的。弗拉基米尔·普京喜欢这一节。

我很喜欢唱歌的士官们。他们受到严格控制的管束，不过这有利于他们的成长。他们用明亮、耐心和无任何嘲笑意味的眼神在看着你，对于那些在第四班 10 秒之内能够拆卸卡拉什尼科夫自动步枪，[1] 而在第五

---

① 即 AK－47 自动步枪。——译者注

班——从合理想法角度看——骑在战马上能够克服常人难以克服的障碍的人来说，嘲笑是一种很自然的事情。

士官季马·科尔甘讲述说，他们一天吃五顿饭，但在这种情况下，他们似乎很熟悉挂在走廊墙上的十条不可饶恕的罪行（墙上挂着的内容与基督教“十诫”内容不同，而在墙上挂着的士官武备学校可供选择条款中的第一条是暴食罪行）。士官季马·科尔甘讲述说，他们外出要持军人外出临时离队证。他们都发有军人外出临时离队证，只要犯有严重过失，军人外出临时离队证就会被收回。比方说，前不久，士官科尔甘用雪球打着另一名士官的眼睛了，进而受到了处罚。士官们为弗拉基米尔·普京和始终不渝地追随他的第一副总理德米特里·梅德韦杰夫演唱了一首赞歌。总统与总统候选人听得出神并期待继续唱，但士官们不知所措地沉默不语了，只有录音带在暗示，它没被关闭，应当继续唱下去。

当女老师在教室里说，这里正在学习教会艺术和俄罗斯圣像，罗斯托夫州州长丘布先生走近并高声吆喝：

“您晓得，他们能够回答问题吗?！喂，睡眠有益于健康！”

“谢天谢地！”士官们七嘴八舌地回答道。

好像他们在弗拉基米尔·普京和德米特里·梅德韦杰夫面前睡眠实际上没有益处似的。

然后，弗拉基米尔·普京和德米特里·梅德韦杰夫顺便走进了一间电脑扫盲班教室。让总统坐在了一个10—12岁的小孩旁边，弗拉基米尔·普京马上抱住了他的肩膀，因而小孩的右手好像变得僵硬，电脑鼠标完全不听他的手使唤了。

电脑家庭网页名称叫做“怎能不陷入信息海洋”。看完这个名称并环顾了一下四周，弗拉基米尔·普京发出了SOS信号：

“我们的德米特里·梅德韦杰夫在哪里啦?”

没有他，弗拉基米尔·普京好像不能从容地外出似的。我认为，总统好像第一次显而易见地受总统候选人支配（而在不久前情况则完全相反）。

德米特里·梅德韦杰夫没有叫人久等。

“您使用什么搜索引擎呀?”他快速问道。

无论是士官还是弗拉基米尔·普京，应当明白，德米特里·梅德韦杰夫对电脑很熟悉。

“您有自己的网址吗?”德米特里·梅德韦杰夫问道。

“有。”男孩点了点头。

“可以访问一下吗?”梅德韦杰夫先生重问了一遍。

显而易见，他明白，如果有网址的话，就应该能访问它。

在网站上贴有几张剪贴画，德米特里·梅德韦杰夫打算马上将其放大。他毫不留情地故意展示了一下因特网无限的资源，以及自己个人无限的能力。

但是，甚至连剪贴画也打不开了。男孩不停地喊叫、喊叫，弗拉基米尔·普京越来越紧地将他搂在自己的怀里，然而事情没有进展。

“那里有‘到处’一词，要对着它大声地喊一下，就能打开。”我推测说。

“不对吧?”弗拉基米尔·普京兴奋起来了，“应当使劲地拍打一下电脑，网站就可以马上打开了。”

“是呀，您怎么习惯了，就应当怎么解决好了。”我说。

“当然，总统同意并赠送给世界一句自己的警句：在你没有使劲地拍打电脑之前，什么程序都运转不了。”

在这一点上，他们之间也有不同之处：一个人准备等待，一直到某种程序本身启动为止，而另外一个人则很想使劲地拍打它。

学校食堂里向总统展示了制饺子机，并解释说它每小时可制作1万个水饺。

“我们正在做饭。”食堂司务长报告说。

也就是说，机器到该发挥其设计功能的时候了。

最后，弗拉基米尔·普京和德米特里·梅德韦杰夫走进了健身房。当总统出现的时候，这里开始了热火朝天的课间活动：半大孩子在举哑铃，拼命地向上举（于是普京先生不得不使一个士官暂时停下来：总统看着他的脸，想必是为他担心）。

士官教练员走近了总统。令他感到焦急不安的并不是地区层面，甚至是联邦层面上的问题。

“俄罗斯的伟大——掌握在我们手里!”他向总统解释说。

弗拉基米尔·普京瞧了他一眼，似乎显出一副非常轻松的神态。的确有一种如释重负的感觉。

“不过我们应该战胜中国人。当然，他们人多，但力量——在我们的手里。”

弗拉基米尔·普京本来表示赞同，但这时丘布州州长发表了自己的意见：

“但最好——在奥林匹克运动会上。”

老实说，我认为，这位教练员从一开始就谈到了奥林匹克运动会，但现在我明白了，州长非常了解这个教练员和他忧虑的问题。

末了，顿河哥萨克军阿达曼[①]维克托·沃多拉茨基请总统将下列内容写入“教育”法：士官武备学校是普通教育机构（它作为寄宿学校目前正在通过）。普京先生允诺解决这个问题。关于拨付2.6亿卢布新宿舍楼建设资金问题，总统好像没有做出担保。

在新切尔卡斯克市，俄罗斯总统参观了1962年新切尔卡斯克悲剧牺牲者纪念碑。在罗斯托夫州当局为记者组织的这次活动而专门准备的资料中写道，“纪念碑为纪念1962年6月2日悲剧事件而建。当年，新切尔卡斯克电气机车制造厂工人举行了罢工。工人们对提高食品价格和工厂降低计件工资表示不满，宣布罢工并进行了游行示威……”

对罢工造成数百名工人死亡的结果只字未提——显而易见，和苏联时期一样，为防万一，集会人群遭到扫射的情况再次被隐瞒了。在这里，1962年罢工的现实题材看来有些过分。

在新切尔卡斯克市举行的会议主要议题是研究教育问题，不过，当着俄罗斯总统的面，与会者们——地方自治发展委员会成员们——和士官教练员一样，思想非常活跃，视野开阔，各抒己见，畅所欲言。

“非常感谢，弗拉基米尔·弗拉基米洛维奇。”来自俄罗斯斯涅任斯克市的报告人向总统表示了谢意，“妇女们都支持您关于提高出生率的4月论题。而且不仅是妇女们。我们这里严禁夜间买卖酒类商品，男人们明白，有另外一个可以专心致志地去搞的项目。”

“专心致志地——这是按原义说的。”总统更确切地说。

“当然。”我认为，甚至报告人感到受辱了，他在暗示，他不可能指

---

① 俄语“长官”的意思。——译者注

任何其他东西。

又经过一分钟的探讨，他使总统确信，总统的计划一定能全部完成。

“我的计划？”普京先生重新问了一遍。

“不仅仅是。”报告人支吾搪塞地回答说。

他的脑子里又产生了某种想法。

“是的。”普京先生说，“不过，您所说的东西不是项目，不是目标。您称之为项目的东西是具有同等意义的人口计划主体。”

他指的是“我们，人”。

普京先生不争论这个话题了。这个时候，他徒劳无功地试图忍住使他喘不过气来的笑声。

2008 年 2 月 8 日，当俄罗斯总统在克里姆林宫面对国家领导人、众多新闻记者（面对面）和俄罗斯电视观众（直播）发表讲话的时候，总统候选人梅德韦杰夫的竞选纲领连同普京总统的计划最终浮出了水面。在那里，当时，弗拉基米尔·普京公布了他好像早就有的、但实际上谁都没有见过的东西。

2008 年春，在看完俄罗斯总统致联邦会议的咨文之后，所有在克里姆林宫工作的人都处在了一种尴尬的境地：弗拉基米尔·普京宣布，这是他最后一次发表咨文。同时也搞清楚了，他想再补充点什么。这次活动的规格，最后是以国务委员会扩大会议形式确定的。

我注意到，国务委员会会议主要是根据记者们的情况被扩大的。在克里姆林宫安德烈大厅聚集了 87 名大众传媒记者（而且一些报纸的主编也云集于此，他们至今对这次活动还耿耿于怀，对活动颇有微词，其原因首先是因为他们没有受到任何人的邀请）。而聚集在孔雀石大厅的记者人数，比在克里姆林宫安德烈大厅的多 10 倍（主要是报导所发生事件的印刷和电子刊物的记者）。

会前，与会者们充满了很多期待。见诸媒体的 2020 年前国家发展规划考验着他们的想象力。莫斯科市长尤里·卢日科夫说，如果总统讲的一切都能实现的话，那么“这将会使我们能够立于世界上最独立自主的地位”。

在这种情况下，当然任何人都不可能想象出，总统打算说什么东西。但是，新胜利预感的狂热已经笼罩了大克里姆林宫的每个大厅，为了新胜利什么都不应该做，而应该专心致志地听普京先生的讲话。

“在我作为俄罗斯总统结束第二任期的时候，”总统恰好在13时向人们宣布[①]，“我认为，有必要说一说最近几年来所做的工作。”

弗拉基米尔·普京如此匆匆讲了自己的第二任期情况，好像第三任期会自然而然地开始，以至于我们甚至觉察不到这一点似的，而且他也如此。因此，在倾听他接下来的45分钟讲话时，我确信，这是一个只打算着手履行自己俄罗斯总统职位职责的人的讲话。

普京先生不仅分析了自己过去两个任期的工作，而且分析了自己在这个职位上的前任两个任期的工作。并且对鲍里斯·叶利钦工作的分析每次都越来越毫不留情。

“国家经历了全盘崩溃的切肤之痛，公民们积攒起来的钱贬值了。”他称，“我亲眼目睹了恐怖分子发动的大规模国内战争，肆无忌惮地侵入了达吉斯坦，炸毁俄罗斯城市的房屋……美丽富饶的俄罗斯变成了贫穷的国家……”

不过，人们“既没有绝望，也没有惧怕；相反，精神集中和团结一致是我国人民做出的反应”。在接下来的8年时间里，俄罗斯人民在自己总统的领导下做了每个俄罗斯人力所能及的工作。俄罗斯站起来了。正如我从总统报告中搞清楚的那样，俄罗斯的确至今还未伸直腰。

“在去年，”弗拉基米尔·普京说，“我们创造了最近8个来国内生产总值最大的增速——8.1%。根据2007年的总结，在国内生产总值方面，俄罗斯超过了诸如意大利和法国这样的‘八国集团’国家并进入了世界第7大经济体行列。”

弗拉基米尔·普京附带说明，他所说的是根据人均购买力平价计算的国内生产总值。不过，我相信，假如提出根据任何一个指标计算国内生产总值，按照这种指标在开会前俄罗斯就已经进入了，比方说，前三名的任务的话，那么分析家们就能完成这种任务了。无人怀疑，俄罗斯有各种名列前茅的机会（比方说，按照人均贪污受贿的水平而言）。

不过，当然任何人都不关注补充说明了：我们亲自记录了这种令人震

---

① 这种情况的发生不是因为他想强调自己的报告非常重要，而是因为这个讲话通过联邦电视频道在进行实况直播。——作者注

惊的结果，并且正在展现如此广阔的前景，以至于补充说明被无条件的舍弃。

“我们的孩子们不必为我们偿还过去的债务。”弗拉基米尔·普京让与会者们放心。我暗自思量，在大厅里的一些人可能会非常轻松地缓一口气。

其实，总统指的是“国家外债减少到了国内生产总值的3%，这是世界上最低的指标之一”。

“8年来，人们的实际收入增加了1.5倍。退休人员差不多也增加了1.5倍。”普京先生脱离了发言稿，“我非常清楚一切与通货膨胀相关的问题……价格上涨[①]……但是，我再说一遍，实际收入毕竟增加了1.5倍。”

又过了5分钟，我的确开始觉得，我们大家都生活在俄罗斯总统在自己的报告中所说的那种国度里。听完报告应该上街，这一点甚至连想都没有想过。

但此刻才明白，以前所做的全部事情都没有意义，如果照此继续进行下去的话，俄罗斯迟早将变成任何关心自己祖国的人都不希望再见到的国家。

原来我们始终未能摆脱“惯性地依赖于能源原料的发展版本”，“为了避免事情沿着这个版本滑下去，唯一现实的选择就是国家的创新发展战略”。

“但是我想特别强调，”总统用断然的语气继续说道，“并且希望所有人都能明白这一点：创新发展的速度必须从根本上超过我们今天所有的速度……”

正是从此刻开始，普京总统的演说内容与苏共中央委员会第一书记尼基塔·赫鲁晓夫所做的报告相比，已经包含了全部的生存权利。赫鲁晓夫当时在报告中曾设想使下一代苏联人民步入共产主义社会。

“俄罗斯应该成为最有生活吸引力的国家。”弗拉基米尔·普京说道，“并且我深信，我们是能够做到这一点的，不是为了所谓的美好未来而牺牲现在[②]，而恰恰相反，是要日复一日地改善人们的福祉。”

---

① 关于价格上涨，情况实际上可以说只有一个词：等等。——作者注

② 也就是说他也意识到了类似的问题。——作者注

由此可见，弗拉基米尔·普京的雄心壮志甚至比尼基塔·赫鲁晓夫还要高。

接下来就是具体的发展计划。到2020年，俄罗斯人应该使用到所有人类届时生产的最好的东西，并且所有人类生产的最好的东西也都会在俄罗斯制造，俄罗斯人本身将成为人类最优秀的产物。

显而易见，这正是普京本人的计划。

我不清楚，这份报告是否提升了俄罗斯的投资吸引力，但是它至少激发了人们的情绪。

“今天，我们国家的男性公民中有一半人活不到60岁，”总统继续说道，“这简直就是耻辱！而俄罗斯的公民还在一年一年地减少下去！……我认为，应该尽一切努力，让俄罗斯的死亡率减少三分之一，而让俄罗斯人的平均寿命在2020年前提高到75岁。”

大厅里响起了期盼已久的掌声，这是发自内心的掌声。大概不会有哪一个在现场的人不想让自己的寿命确实锁定在这个数字上。

普京先生谈到了对政府工作的看法：正如预料的那样，没有什么好的方面。每当总统刚刚开始深入了解详情细节，事情就会变得耐人寻味。于是开始明白了，当今的政府很少有什么值得称道的地方，无论是它的机构，还是它的管理体制：

“政府各部委应该切实管理好托付给他们的资源，要独立地颁布为此所必要的规范性法规。”

普京先生也谈到了政治体制、公民自由和人权的发展问题，但却带有大量的补充说明，他认为这些问题恰恰是不能忽视的（与随着国内生产总值的日益增长俄罗斯已经成为世界第七大经济体这一情况不同）：

“政治争论无论多么尖锐，党派之间的矛盾不管多么无法解决，这些争论和矛盾任何时候都不能把国家推到混乱的边缘……发表不负责任的蛊惑人心的言论、企图煽动社会分裂、在国内政治斗争中利用外国的帮助和干预，不仅是不道德的，而且也是违法的。这些伎俩有损于我们人民的尊严，也会削弱我们的民主国家……最后，俄罗斯的政治体制应该不仅符合民族的政治文化，而且要与民族的政治文化一起发展。只有这样，政治体制才能既是灵活的，又是稳定的。”

不过，历史上在此类报告中似乎不会提到政治是经济的另外一种手段的继续这一说法，但至少弗拉基米尔·普京谈到了关于小企业的问题，他的这番讲话的确非常平易近人，在各方面都激起了与会者们发自内心的支持：

“要是看一下，联邦中央在地方上的机构，它们在地区和地方机构的支持下都在干些什么，简直会吓一跳！直到现在，要办个自己的什么事儿，一连几个月都办不成！无论到哪个机构：到消防站、到医疗点、到妇科大夫那里，无论是你要找个什么人，到处都要带着贿赂去，简直太可怕了！”

总的来说，私人企业在这份报告中是比较幸运的：

“重视绩效的私人公司，在管理方面常常比官员高出一筹，官员甚至并不是什么都懂，他们不知道真正有效的管理是怎么一回事儿，也不知道什么叫做绩效。”

普京先生提出，应该降低增值税并制定统一的增值税税率。随后副总理阿列克谢·库德林提醒称现在的增值税税率为18%和10%。总统鉴定局局长阿尔卡季·德沃尔科维奇补充说，现在正就这一问题进行紧张的协商，统一的增值税税率很可能将降到12%至13%。

在对外政策方面，我们依旧有太多的敌人，并且正如我所了解的那样，敌人并没有减少。世界上已经开始了新的一轮军备竞赛（同样好像摘录自前苏共中央总书记的讲话）。

“他们力图说服我们，所有这些行为都不是针对俄罗斯的。但是，令人遗憾的是，我们的伙伴们使用这一切只不过是为了……对此我感到非常痛心……”弗拉基米尔·普京向大厅看了一眼，在他的双眼里折射出内心的痛楚……“……只不过是利用这一切作为实施他们自己计划的舆论和外交掩护……面对这些新的挑战，俄罗斯无论是现在还是将来，都要做出相应的回答……”

这个回答，不言而喻，就是要生产新型武器。

总统建议将自己阐述的计划提交俄罗斯社会进行讨论，这也是以前所没有过的。这种广泛的讨论与苏联时期任何一位总书记的报告都截然不同。

“在俄罗斯，”总统在报告的结尾处说道，“没有任何一个重大的原因会阻止我们达到我们所确定的目标，一个也没有！”

弗拉基米尔·普京快速地离开了大厅。他走得是那样快，好像担心来不及完成2020年前所赋予的任务似的。

与会者们各自离开会场的速度非常缓慢，这是因为他们需要通过记者组成的队伍，这些记者们在这一天受到了命运的垂青，他们注定可以同任何人进行交谈。

“当我听说能够活到75岁，我的理解是，为了达到这一目的需要我们每个人都好好地活着。”俄共中央委员会主席根纳季·久加诺夫谈了自己对报告的一些看法。

“瞧您说的，难道您不想长命百岁吗?”我再次问道，“或者哪怕是活到75岁?”

“非常想!”根纳季·久加诺夫诚实地承认道。

“您认为，在这种制度下这个目标能够实现吗?”

“在这种制度下不能达到75岁的目标。”多年来始终担任共产党领袖的久加诺夫坚定地说道。

不过，他有信心的是，假如实行他的制度，那么他将会在领袖的位置上永远坐下去。

还有一位俄罗斯总统候选人——弗拉基米尔·日里诺夫斯基，对弗拉基米尔·普京的演说也表达了不满。

“能够起到多大的威慑作用呢！不过是制造新武器、新导弹，都是一些相同的回答……为了让他们明白我们说的是什么，应该阐述得生动形象！正如亚斯特任布斯基曾经说过：就是要能够从这里打到阿富汗。一下子打中目标就可以了！不要再许诺了!”

按照他的说法，要是给总统的这番话打一个分数的话，他只能给普京先生打到“3+”：

“问题不在于把事情说出来，而在于迫使把事情做出来!”

也就是说，他相信谁都不会去按照自己的倡议建设美好的未来，而强迫去做，他相信是非常容易的：

“应该逮捕成千上万的官员并恢复死刑。”

在这些想法的背景下，弗拉基米尔·普京演说的价值得到了成倍的提高。

普京总统的演说具有独一无二的价值，既可以将其视为政治遗嘱，也可以视为就职演说。并且不是弗拉基米尔·普京的演说。

* * * * *

在2008年2月14日举行的年度记者招待会上，弗拉基米尔·普京回答了任何记者都感兴趣的问题。关于继任者的话题层出不穷。在长达四个多小时的记者招待会上，记者们向普京总统鼓掌达五次之多。因此，可以这样认为，大家关注的不是当时的报刊舆论，而是所有未来四年的前景。

梅德韦杰夫一直是普京的“左右手”

记者招待会的进程完全是好莱坞式的，并且每过几分钟甚至几秒钟在我们眼中的题材和舞台布景都会发生变化。当《共青团真理报》记者亚历山大·加莫夫询问总统在任职期间的主要失误时，我们变成了人间戏剧的见证人。真的，当总统回答说，他任职期间没有任何失误时，戏剧几乎变成了喜剧。

“所有这8年来，我忙得就像木帆船上的划桨奴隶，从早忙到晚，还是殚精竭虑地干。”普京先生的这个声明就好像在木帆船上能够挣到外快一样。

弗拉基米尔·普京立刻又接到一个同类型的问题，这次已经是用滑稽剧的形式作出回答了。

美国福克斯新闻电视台记者提出的关于俄罗斯导弹是否会重新瞄准目

标的问题，使俄罗斯总统感到痛苦。弗拉基米尔·普京不想重新将导弹瞄准目标，但是他好像没有其他的解决办法，尽管他非常不想这样做，但是没有别的解决办法。

“我们不打算将任何武器重新瞄准任何人……如果没有极端必要的话……”在戏剧般的停顿之后，俄罗斯总统结束了回答。

总之，在我们眼前的这个人是一个清楚地知道如何去帮助人们，同时作为奴隶在木帆船上拼命工作的人。

来自格罗兹尼市的记者所提出的问题，使记者招待会的开始阶段变得更富有戏剧性。弗拉基米尔·普京宣布，他会在今天与拉姆赞·卡德罗夫进行会晤（事实上他的确与卡德罗夫进行了会晤，几乎是在记者招待会后立即进行的，并且会谈的内容与回答记者提问的内容几乎是一致的），并许诺将前往车臣。于是，现在记者们面临着要写悬疑体裁的文章了。

接下来是俄罗斯电视中心电视台记者提出的问题，这个问题使总统有机会谈论关于德米特里·梅德韦杰夫所具有的良好的个人素质和出色的办事能力。

“这里有个人情感的成分在里面：我信任他”，弗拉基米尔·普京低声说道，这可是一段不错的印度音乐剧片段。

在我看来，总统在回答问题时展示出了非常好的表达方式。我甚至觉得在以往的六次记者招待会上，他还从来没有使用过这种表达方式。他既多情、豁达，同时也冷酷、毫不客气。在最初的半个钟头内，我们得以全面地认识了今天的弗拉基米尔·普京。他可以收放自如地全面表达自己的想法，并且如果他愿意，他可以用夸张的方式让所有人都信服。

弗拉基米尔·普京可以随心所欲地为自己的回答增光添彩，就像任何人在看电视的时候可以在屏幕画面上调节亮度、对比度和清晰度一样。他根据自己的意愿补充想补充的问题，充分展示在正在直播的自己的镜头当中。有时他认为必须加大音量，并且这种情况出现的并不少。

我完全被这种完美的艺术效果给迷住了。

问题与回答彼此一致，而一些回答与其他问题则遥相呼应。对我来说，在最初的半个钟头里，所有在克里姆林宫第 14 号楼大厅拱顶下响起的声音，就好像是在演奏一场交响音乐会。

接下来的记者招待会确实在某种程度上变得平淡了一些。主要的音符都已经在前半个钟头演奏完了。接下来倒不如说是爵士乐的即兴表演。这个即兴表演使人难忘，并且成为这一体裁的经典作品。他的名言迅速传开了。

于是我们听到了他对外国观察员所作出的评论：

“他们想教我们如何选举！……我看他们还是应该回家教教自己的老婆如何做红菜汤吧！”

我相信，这些极其美妙的平民化的语句不是总统背出来的，它们不论是过去还是现在都始终储存在他的脑海里。这样的语句在他的脑海里还有多少呢？很难讲，不可能得到答案。我相信，他本人也不知道到底有多少。但是，显然在8年的时间里他还没有讲完。在他的脑海里储备的词汇还有很多，并且多到没有穷尽。

我问总统，他是否对权力感到厌烦或者仍然对权力非常向往。我觉得这不是修辞性的问题。8年前他曾经说过：“这种责任心是令人愉快的……”

他对此的看法似乎已经发生了改变。我想，他说这番话是非常坦率的。最初他说应该需要权力，现在他可以让自己说，他不认为权力是必需的。说实在的，这次记者招待会可是他担任总统的最后一次记者招待会了。

“你们现在自己谈一谈有关责任心的问题，”他说道，“回忆一下……这种责任有时会成为相当沉重的负担，因为不得不作出除了你之外谁都无法作出的决定，并且这些决定远远不总是非常令人愉快的。当然，我跟任何人一样，会被这些决定所煎熬。这些决定与千百万人民的自我感觉和福祉有关，并且有时还与俄联邦具体公民的生活有关，谁都无法作出这样的决定。领导太多，最后拍板的还是国家元首。这当然是份儿不轻的担子。”

弗拉基米尔·普京精心地挑选着他的用词。的确，对他来说问题不是修辞性的。

“但这不仅仅涉及俄联邦总统，”他继续说道，“这涉及任何一个国家的领导人：大国也好，小国也好。你们觉得布什很轻松吗？你们在笑①。

---

① 实际上此刻不只是我，谁都很难忍住不笑：想象一下乔治·布什多么不容易的样子就足够了，还有由衷地同情他的弗拉基米尔·普京。——作者注

顺便说一句，这个超级大国在世界上应该承担与之相称的责任。应该直截了当地说：甚至要承担大约比俄罗斯更大的责任，因为这个国家有更大的能力。当他不得不作出一两个决定的时候，不管是在这个国家内部还是在国外，不论是谁提出的建议，大家都会决定跟着他去做。”

弗拉基米尔·普京的确说得非常坦率，因为只有完全坦率的话才能让他作出那样的自我剖析。笑声已经停止了，此时大厅里鸦雀无声。

我还有一个问题与普京计划和梅德韦杰夫计划有关。弗拉基米尔·普京让普京计划响彻到2020年，而德米特里·梅德韦杰夫则让梅德韦杰夫的计划在第二天，也就是2008年2月15日响彻克拉斯诺亚尔斯克。使我感兴趣的是，在这两个计划之中能否找到一些不可调和的矛盾。

“我非常了解德米特里·阿纳托利耶维奇，”总统声明，“不论是在个人之间的计划，还是政治计划、经济计划之中，都会存在路线冲突。我们将一直试图找到我们处理方法中的某些差别。应该说，差别总是会存在的，但是我们在一起共事已经超过15个年头了，已经习惯了相互听取意见。不但如此，作为总统，我从不认为听取专家们的意见对自己是件不体面的事情。”

也就是说，显然他作为政府总理同样不认为听取总统的意见是件不体面的事情。

总统接着补充道：“我已经准备好作为一名总理去工作。我不会哭，而是会高兴，因为我有机会去以另一个角色工作。”他还解释了一些大家非常感兴趣的问题。弗拉基米尔·普京第一次公开列举了宪法赋予政府总理的职权，并将其与总统所拥有的职权进行了对比。焦点在于，在首要问题面前，次要问题从本质上来说总是会黯然失色的。

“这就是要建立预算，”总统说道，“将预算提交议会讨论，对其进行决算，形成货币信贷政策的基础……这样可以解决社会范围、卫生保健、教育以及生态学等方面存在的问题，可以创造条件保障国防能力和国家安全，可以实施对外经济方针。”

有关总统的解释，在这次记者招待会上没有什么特别之处。这是非常令人惊奇的现身说法。

“总统是宪法的保证人，”弗拉基米尔·普京转入列举总统的职权，“由他确定对内、对外政策的主要方向。而国家的最高执行权力机关是以政府总理为首的俄联邦政府。”

显然，现任政府总理维克多·祖布科夫存在的问题首先就在于他没有读过宪法，或者他没有像弗拉基米尔·普京那样，在自己作出关于四个政党领袖联合提名德米特里·梅德韦杰夫为总统大选候选人这一历史性决定之前先去潜心阅读宪法。

“权力已经足够了，”总统说道，“并且我将会与德米特里·梅德韦杰夫划分职权……如果选民允许我们这样做的话[①]……就像我们之间建立的私人关系一样。我向你们保证，在这一点上将不会出现任何问题。”

在这一点上确实不会出现任何问题：要知道弗拉基米尔·普京已经习惯于信任德米特里·梅德韦杰夫，并且反之也是一样。甚至梅德韦杰夫对普京的信任更为重要。

我认为，很少有人或者几乎没有人不会注意到这些关键的词汇。实际上正是这些词汇使弗拉基米尔·普京随后又说道：“而我就这一问题已经在2008年2月说过一次了。你们难道只有现在才睁开眼睛吗？”

弗拉基米尔·普京依然用自己的民间格言让电视机前的观众长时间保持着愉悦的心情（从俄罗斯“电视一台”和“俄罗斯电视台”现场直播开始直到直播结束，大约有两个小时的时间）。“您想要我怎么办？要我连花和花盆里的土一起吃掉？”（当某人近乎绝望地请求普京作出保证不会改变卢布币市值时所作出的回答。）“有谁问过法国吗？简直是蔑视”（关于在欧洲部署反导系统的讲话）。“在那里耗费巨资的愚蠢工程，赶紧关掉算了！”（关于愚蠢工程的讲话）。“可以把锥子锥到墙壁上去，然后去睡一大觉了！”并且最终他说出了当天的那句名言：

“所有的东西都从鼻子里抠出来了，并且在自己的小纸片上涂得到处都是！”

不言而喻，他指的是那些西方记者。

法国《费加罗报》记者提出的问题并没有使他感到突然。该记者提醒在车臣99%的居民都投票支持“统一俄罗斯”党，他问总统，德米特里·梅德韦杰夫能不能向人们展示那样的结果。

这个问题使俄罗斯总统感到很不安，于是他想出一个在他看来大概很

① 弗拉基米尔·普京每次都不忘附带说明这一点。——作者注

有效的步骤：建议现场的一名车臣记者代为回答这个问题，这名记者正扳着手指头向同行解释这也正是人民意志之所在。

总统用自己在记者招待会开始时所展现出来的真诚坚决支持这名车臣记者，同时也用令人惊奇的轻松方式对自己代表的回答表示不同意。显而易见，那种可笑的结果是不会出现的，民族共和国的人民过于卖力了，要保护那些过于卖力的人，也就是要让他们变得滑头一些（因为他们想的是尽可能的好，而俄罗斯总统说的是尽可能一样）。

但是现在没有什么让他感到不安了，因为他为自己人进行了辩护。《费加罗报》的记者不是自己人，他站在另外一个阵营。并且重要的是，当现在回答完这个问题以后，他的确站到另外一个阵营了。

总统还对一些原则性问题发表了两次意见。英国 BBC 电视台记者向他提出的问题是，国家政治领导人内部是否存在分裂，因为阿纳托利·丘拜斯和阿列克谢·库德林称俄罗斯进攻式的对外政策妨碍了经济的发展。弗拉基米尔·普京回答说，他“好像没发现在你们说出的这些人当中有谁能够被列入国家政治领导人的行列”。

总统回答了《真理报》记者叶卡捷琳娜·格利高里耶瓦雅提出的问题。从他的回答中可以看出，他打算担任政府总理，“与德米特里·梅德韦杰夫在俄罗斯总统位置上干的时间一样长”（这里弗拉基米尔·普京第一次没有对那些还需考虑一下到底应该将国家托付给谁的选民们作出礼节性的补充说明，并且没有说他不打算参加 2012 年的总统大选）。

最后总统告诉一名来自鄂木斯克的年轻人，没有什么会妨碍他，弗拉基米尔·普京在自己的办公室里悬挂总统的肖像。不过弗拉基米尔·普京的确附带说明，他“没有必要为了与新总统建立良好的私人关系而悬挂他的肖像”。

随后出现了一个可爱的情节，是关于情人节礼物的。俄罗斯“香颂”电台的一名女记者问弗拉基米尔·普京有没有向谁祝贺情人节，如果有的话，他向谁祝贺了。这当然是一个具有实质性的问题。总统第一次毫无顾忌地表现出难为情的样子，并一时激动地说，他早上一直在健身房，还没来得及见到任何人，不过随后突然想起来，说他当然向自己妻子祝贺情人节了，但是还没来得及送情人节礼物。

而这名女记者坦白地说，由于今天是为天下有情人专门设立的节日，因此她想送给总统一个情人节礼物。她当然非常想在这个记者招待会上让所有人都记住她这个“香颂”电台的女记者，而不是记住其他任何人，于是就尽其所能地作出了这个举动。

她甚至能够在记者招待会临近结束时走到总统新闻秘书阿列克谢·格罗莫夫跟前，并请他将情人节礼物转交给弗拉基米尔·普京。也就是说，她终于达到了自己的目的。她向总统表达了爱意。现在她站在舞台边的阶梯上，好像在期待着普京总统的回应。

* * * * *

在即将离开记者招待会之前，弗拉基米尔·普京打算向独联体成员国领导人作最后的话别。因此，他与每位领导人都商定，将于2008年2月底参加独联体成员国首脑会晤，尽管这次首脑会晤原计划6月份才举行。

普京手拿一女记者送给他的“情人节礼物”

2008年2月22日他在沃兹德维仁科街道上的友谊宫接见了独联体成员国的总统们，并且还要向他们介绍今后将与他们共同参加独联体成员国首脑会晤的未来继承人。本来期待弗拉基米尔·普京会在与同行的告别演说中说出一些特别尖利的话，但是俄罗斯总统又一次让大家失望了。

载有独联体成员国元首的汽车一辆接一辆地停在刚刚修复完毕的友谊

宫门前。我看见，防弹汽车的车门刚刚打开，格鲁吉亚总统米哈伊尔·萨卡什维利就好像车里开始着火似的飞奔出来。他急速步入已经有几位同行站在那里等候的休息室，意外地发现了弗拉基米尔·普京，于是面部表情变得极为兴奋，就好像完全没预料到会遇见他一样，迅速地奔入会议大厅。其实会议大厅在米哈伊尔·萨卡什维利到来之前空无一人，因为此刻所有人都在休息室里等候着他。

甚至当他出现的时候谁都没有着急开始工作。依我看，独联体成员国的元首们意识到，对他们来说，这个休息室恰恰比会议大厅要重要得多。我觉得，他们正是由于要在休息室里进行短暂的交谈才会首先奔向这里。

乌克兰总统维克多·尤先科把普京叫到一边，并长时间地向他解释着什么。而俄罗斯总统在几分钟的时间里没有说出一个字：对维克多·尤先科来说，这些话好像是多余的，因为他本人费好大劲才把自己的话说完。

白俄罗斯总统亚历山大·卢卡申科过于热情地向哈萨克斯坦总统努尔苏丹·纳扎尔巴耶夫解释着什么，这样是为了让纳扎尔巴耶夫先生形成一个初步的印象，就是白俄罗斯总统正在同他谈论的不是一些不现实的话题，而是有关哈萨克斯坦通往白俄罗斯的特殊输油管道的话题，确切地说，是有关为白俄罗斯提供石油的特殊条件问题。不过，哈萨克斯坦总统居然有足够的勇气，在亚历山大·卢卡申科讲话的过程中没有向他点过一次头。

终于意识到现在主要事件发生什么地方的米哈伊尔·萨卡什维利，在某一时刻紧紧地抓住了努尔苏丹·纳扎尔巴耶夫的胳膊。总的看来，他计划就算是硬拉也要把纳扎尔巴耶夫先生从卢卡申科先生的身边拽走。想必是因为白俄罗斯总统与格鲁吉亚总统具有同样的利益，努尔苏丹·纳扎尔巴耶夫对他们两个人有着本能的抵触。当事态变得完全失去体面时（米哈伊尔·萨卡什维利仍然继续将努尔苏丹·纳扎尔巴耶夫拉向自己这边），亚历山大·卢卡申科只好讪笑了一下，然后豁达地离开，走向站在窗前的一帮同事那里。

这伙人的核心是土库曼总统库尔班古力·别尔德穆哈梅多夫。吉尔吉斯总统库尔曼别克·巴基耶夫、塔吉克斯坦总统艾莫马利·拉赫蒙以及亚美尼亚总统罗伯特·科恰良聚集在他的周围。所有这些在土库曼总统身边的人都紧紧地聚成一团，好像是专门为了不让其他人听到一样。他们笑得是那样厉害，我觉得他们都笑出眼泪来了。要是在一年之前的话，一些类似的情景在不重视独联体成员国首脑会晤的萨帕尔穆拉特·尼亚佐夫那里是无法想象的。

亚历山大·卢卡申科是维克多·尤先科在休息室的窗帘旁所找到的最后一个单独交谈的对象。有趣的是，他们两个人限时比赛的结果是，乌克兰总统看上去显得令人惊奇的沮丧，而亚历山大·卢卡申科看上去就像是取得了胜利一样。显而易见，这是当天白俄罗斯总统第一次有机会把话讲完。

总的来说，在休息室的几分钟时间里举行了那么多闪电似的双边和多边会谈，以至于独联体成员国首脑非正式会晤的工作日程看来已经可以结束了。

不过，对某人来说首脑会晤才刚刚开始。当与会人员被邀请进入大厅时，第一副总理德米特里·梅德韦杰夫突然出现在休息室里。他在会议大厅的入口处欢迎独联体成员国的元首们。显然，这应该显得极不正式，但是我在生活中已经很久都没看见这样正式的场面了（与这种场面相比，美国的“奥斯卡”颁奖仪式看上去简直就是歌颂溺爱和胡编乱造的场所）。

只有德米特里·梅德韦杰夫与亚历山大·卢卡申科的拥抱看起来不是应有的礼仪。显而易见，这是他们之间亲密关系的体现。

弗拉基米尔·普京说，很高兴有机会欢迎到莫斯科参加首脑会晤的各国元首们（如果他最终不是用这种礼节性的语言，而是对他们说，他确实是这样想的，那将会非常有趣），他同时向独联体轮值主席库尔曼别克·巴基耶夫表达了问候，问候的目的只是想让他向俄罗斯总统弗拉基米尔·普京回敬问候。当时给人的印象是，谁都不想第一个开始，但是弗拉基米尔·普京最终只能自己先开始了。

俄罗斯总统建议同行们审查一下2020年前独联体经济发展计划（这项计划可能与他的俄罗斯发展计划是在同一时间制定出来的）。我认为，德米特里·梅德韦杰夫现在应该提出这项计划在未来四年内的详细规划。

关于德米特里·梅德韦杰夫，有必要在这里说几句。例如，他是俄罗斯对独联体政策的主要制定者之一（这对于弗拉基米尔·普京的接班人来说是非常恰当的——现在看来，情况也确实如此）。

要知道还是在不久以前，就在2008年初，几个独联体成员国领导人还不同意这一点。例如，2月6日乌兹别克斯坦总统伊斯拉姆·卡里莫夫对俄罗斯即将举行的总统大选作出了如此冒险的剖析，以至于有理由去认真考虑伊斯拉姆·卡里莫夫本人将来的总统宝座问题了。

“我永远都是这一决定的拥护者，”乌兹别克斯坦总统说道，“那就是要让弗拉基米尔·普京同意包括我在内的这些人所提出的建议：最好由他参选自己的第三任总统。”

渐渐的，乌兹别克斯坦总统的热情洋溢变得更加明白易懂了。要知道，他首先是要使自己国家的公民相信，如果他真向弗拉基米尔·普京提出那样的建议，那么普京先生根本就无法拒绝。

普京先生终究还是无视他这个引以为荣的建议，于是现在伊斯拉姆·卡里莫夫需要为这个令自己难以置信的事实找到合情合理的辩白理由。

“显然，今天谈论这件事有些晚了①，但是我并不感到可惜，我为能够提出这样的问题而感到非常满足，要是这个方案真能实现就好了，那样我在自己的良心面前会感到极大的满足。我深信，关于这一点谁都不会感到可惜。”

伊斯拉姆·卡里莫夫讲话的样子就好像德米特里·梅德韦杰夫甚至还没有被列为俄罗斯总统候选人，或者他完全不接受德米特里·梅德韦杰夫作为弗拉基米尔·普京的接班人。对于伊斯拉姆·卡里莫夫来说，弗拉基米尔·普京的接班人应该是弗拉基米尔·普京本人。

“对于这件事来说，如果有谁曾经说过什么的话，他们也会慢慢明白的，”伊斯拉姆·卡里莫夫说道，我觉得在他讲话的语气中甚至带有一点儿威胁的腔调，“这可是在我们生活的环境下最可行的和最正确的决定。”

在伊斯拉姆·卡里莫夫生活的环境下，这大概也确实是最正确的决定。但是，决定应该由普京先生作出来，而他却生活在另外的环境。

要知道，尽管伊斯拉姆·卡里莫夫毫无顾忌地向大家表明，按照他的想法，推举德米特里·梅德韦杰夫作为俄罗斯总统大选的候选人至少不是最可以接受的决定，并且对于他——伊斯拉姆·卡里莫夫来说，他将永远与弗拉基米尔·普京进行会谈。然而，俄罗斯总统未必会喜欢乌兹别克斯

① 然而，在伊斯拉姆·卡里莫夫的讲话中完全看不出他确信已经晚了。——作者注

坦总统说的这番话。

即使普京先生最终没有推举自己连续第三次参选总统，但是他却推举德米特里·梅德韦杰夫参选他的第一任总统。

总的看来，2008 年 5 月以后乌兹别克斯坦总统与俄罗斯总统之间将会产生一些问题。

当你没下对赌注的时候，有时候是会发生这种情况的。

梅德韦杰夫参加竞选活动

不过，在 2008 年 2 月 22 日的首脑会晤中，弗拉基米尔·普京还是对同行们所给予的合作表达了诚挚的感谢。我觉得在这个地方可能、甚至必然会出现某些令人感到沉重的音调。弗拉基米尔·普京本来应该以某种特别的方式同大家告别，我甚至预料会听到什么“珍惜独联体！……”之类的话。但是弗拉基米尔·普京却克制着不使用特别尖利的语言，而是在距离它们只有一毫米的地方停了下来。他只要腼腆地咳嗽一声就已经足够了——他要是能越过界限该多好呀。但是他的喉咙却一点儿都没痒。

德米特里·梅德韦杰夫在自己的竞选活动期间第一次作为国家首脑发表了讲话。从这个意义上讲，对于他的同行们来说，一切事情在这一天里都应该变得非常明确了。他的讲话涉及共同的运输政策、共同的图书馆系统、共同的微技术以及共同使用电视广播数字系统等内容。这些正是独联体成员国元首们所面临的需要集中完成的共同性工作。

德米特里·梅德韦杰夫讲了很长时间，讲话结束之后突然出现一个停顿，因此，弗拉基米尔·普京决定把这个停顿填满。

“毫无疑问。”他说道。

于是，现在所有人都不会怀疑——德米特里·梅德韦杰夫绝不是闹着玩的。

第六章

新当选的总统

2008年5月7日，在新总统就职仪式后，梅德韦杰夫和普京共同来到克里姆林宫教堂广场

2008年5月9日，梅德韦杰夫与普京在红场观看阅兵式

俄罗斯总统弗拉基米尔·普京在总统大选中为自己支持的候选人投了票，尽管来自俄罗斯自由民主党的观察员企图妨碍他。值得关注的是，投票结束之后，权力交接仪式马上就在“远征”饭店开始了，并且直到5

月初才在大克里姆林宫内结束。

弗拉基米尔·普京在位于列宁大街的科学院大楼内进行了投票。选举委员会的一位委员走到记者们的面前小声说道：

“看到了吗，一个老太太坐在那里。你们看，就是那里，手里还拄着拐杖。你们从她身边经过的时候一定要小心点儿。”

“怕不小心碰到她吗？”我再次问道。

“不是的。”他皱着眉头说道，“我觉得，当记者们从她身边经过的时候，她可能会突然伸出这个拐杖。我们经过那里时都是提心吊胆的，但是她始终还是有点怕我们。”

我想知道，为什么这个老太太要坐在那里。大家谈论的暂时仍然是投票站的1号点，我们国家的总统很快会到达那里。那时会不会也出现一位这样坐着的老太太呢？可以说，在老太太那儿都能听到钟表的滴答声。

“可她确实是以俄罗斯自由民主党观察员的身份进行登记的。”这位选举委员会的委员再次皱着眉头说道。“这是多么不幸的事呀。从早上8点就来到这里坐着，不谈论任何话题。总之，什么问题都不回答，只是坐在那里看。”

我所得到的信息具有补充意义。现在存在的问题是，一位选举委员会的委员过一会儿将发给弗拉基米尔·普京选票，而我们现在就站在这位委员的背后。当总统在选票上打完钩之后，我们就会转移到靠近出口的地方，目的是向总统提出各种问题——就这样面对面地直接提问。而这段路正好从老太太身边经过。

要是在其他任何一天，在其他任何地方，大家都会毕恭毕敬地把这位老太太抱到其他任何场所，但是在总统大选这一天她是不能碰的；而且我认为，她比任何人都更清楚这一点。因此，她实际上对任何外界刺激因素都不会作出反应。我想，正是因为在这位老太太身上有某种难解之谜，选举委员会的委员们始终在非常认真地提防着，生怕她突然拿起拐杖在我们的脚下乱捅。

我注意到，一群背着背包、衣服上别着徽章的年轻人走进了投票站。他们非常引人注目。其中一个年轻人的脸色是那样苍白，甚至在这个半明半暗的科学院休息室里都十分显眼。我感觉他很快就要失去知觉了：他的双腿先是不能走动，然后便无法站立。

我听到了这些年轻人与选举委员会委员们交谈的内容。他们之所以带着注销应急票来到投票站，正是为了在这里，正是为了在弗拉基米尔·普京出现的那一刻投出他们的选票。

应该说他们挑选的正是这个时间和这个地点。看来，只有在这里他们才能够做出记者们要做的事情——向弗拉基米尔·普京面对面地提问。

随即我开始明白，至少他们中那个脸色比死人还苍白的年轻人非常想面对面地见到弗拉基米尔·普京。尽管如此，他还是劝说同志们不要将这个极不理智的想法再继续进行下去了。他对他们说，即使这样，他们也已经做到他们所能做的一切了，并且谁都不会比他们今天做得更多。

不过，他的朋友们好像并没有听到他的讲话。他们凭着手里的注销应急票领取了选票。也就是说，选举委员会将选票发给他们了。现在他们手里握着选票站在那里，考虑自己下一步应该做什么。他们好像认为在某种程度上投票已经变得有些愚蠢了。他们意识到自己已经抢跑了。因为普京还没有到，而他们的临时资源已经用完了。

“不如这样吧，”他们中间的一个人小声说道，“我们拿着选票离开。”

“为什么要拿着选票离开呢?”某人问道。

“为了证明我们曾经做过这件事。”

于是他们离开了投票站，看起来，他们离开的时候心情非常愉悦。

在弗拉基米尔·普京将要坐到后面的那张桌子上，除了选举名单以外，还摆放着一些第一眼看上去有些奇怪的工具：一把长尺、一把剪刀……现在才弄明白，长尺的用途是为了让选民在名单里能够更方便地找到自己，并且能够清楚地找到签名的位置。第 2074 号投票站选举委员会主席瓦列里·巴拉赫宁向整个大厅庄严地宣布剪刀的用途：

“我现在向大家解释一下：带注销应急票来投票站的人需要将自己的注销应急票剪成两部分!”

于是在他的脸上出现了预料中的那种谄笑，他将会带着这种感觉进行接下来的工作。

与弗拉基米尔·普京同在一个登记点的人们不时地走到投票桌前。国家对这些人的了解远远比不上对弗拉基米尔·普京的了解。这时，总统社会和人权发展促进委员会主席埃拉·潘菲洛娃出现在投票站。

“您将会投谁的票?”我问她。

她沉思起来。她考虑的大概不是要投谁的选票，而是要如何作出回答。

“我是不会投给博格丹诺夫的!”结果她不由自主地说出了自己心中的想法。

“为什么不投给他呢?”“灯塔”电台的记者毫无怜悯心地想从她那里搞到更加确切的回答。

“因为我不喜欢足球。”埃拉·潘菲洛娃思考了一下回答道。

埃拉·潘菲洛娃刚刚离开，弗拉基米尔·普京就出现在投票站。投票站选举委员会主席瓦列里·巴拉赫宁立即奔向总统，他将目光投向数十台电视摄像机并作出了想必是唯一正确的决定：从总统的右首边起立，并陪同在他前面半步的地方。能够以这种姿态接近镜头，对他来说简直是做梦都想不到的事情。

在他们走向投票桌之前，瓦列里·巴拉赫宁一边十分艰难地做着手势，一边向总统及其夫人解释着什么。似乎，他甚至打算在这么一点儿时间里教会总统如何握笔写字，如果确实需要的话。

“我应该坐到哪里?”总统问道。

“就在这儿!”瓦列里·巴拉赫宁指给总统。他想让总统坐到让现场所有电视摄像机都拍摄不到的地方。

“别在那儿！别在那儿!”记者们喊道。

“可我说要坐到这里!”瓦列里·巴拉赫宁说道。“不过也可以不坐到这里。”

“您把我们完全搞糊涂了。”普京先生说道，最终他还是没坐到那里。

“最重要的是，当您打完钩后，不要像上次那样立即到投票箱投票，”瓦列里·巴拉赫宁急着把话说完，“否则我真的不知道我该做什么了。”

很清楚，上次他可是吃尽了苦头。

“你说什么?”总统问道。

“就是应该等一会儿……”瓦列里·巴拉赫宁低下头，并用愧悔的眼神瞅着柳德米拉·普京娜。

总统点了一下头，然后问道：

“这是选票吗?”

“是的!”瓦列里·巴拉赫宁开始热情地解释起来，“这张是市政会议的选票，而那张——您明白了吗……”

“明白了，”总统拿起市政选举的选票。“这里面有我们的三个人，是吗？”

“是，是的！”瓦列里·巴拉赫宁确认道。

接下来弗拉基米尔·普京又拿起那张总统大选的选票，并小声问道：

“而这里面有一个人，是吗？”

他愉快地看着瓦列里·巴拉赫宁，而瓦列里·巴拉赫宁既不敢肯定也不敢驳斥。

可见，弗拉基米尔·普京本人实在是太清楚这次选举的意义了。

他不是马上在选票上打钩，而是先思考两三分钟，认真地研究一下选票。总统长时间地审视着候选人的姓名，就好像是头一次见到它们一样。很可能确实是这样：显而易见，这里所说的正是那张市政选票。（问题：能不能完全排除这种说法，即：这毕竟是接替他位置的候选人名单？）

柳德米拉·普京娜在这段时间内也一直在思考着什么，最终总统一个人走到选举投票箱跟前。

但是留给他单独投票的时间非常短暂：到现在为止一直对周围发生的事情漠不关心的那位拄着拐杖的老太太此刻却突然精神一振，她丢开拐杖，然后奔跑过去挡住总统的去路。安全局的工作人员想要去制止她，但是普京先生阻止了他们。

她与总统谈了大约有七分钟。一个人，要是尽一切努力的话，能够利用这短短的七分钟时间将自己的整个一生讲述给另外一个人听。在我们眼前发生的事情好像正是如此。总的来说，这是史无前例的：在弗拉基米尔·普京担任总统的全部时间里，这是他第一次由于受到他人的妨碍而无法自由地作出自己的选择。在这位老太太迈着轻盈的，并且我感觉甚至有些摇摆的步履离开之前，他没有任何机会。

普京先生好像再也没有能力回答任何人所提出的问题了。经常被提出的“心情如何”这样的老套问题，现在却得出了生活中的现成回答。总统快速地离开了投票站：稍后大家都清楚了，跟得上最时髦潮流的总统是要忙着赶往“远征”饭店，并且他很早就到了那里，此时另外几个前来就餐的领导人还没到。除了弗拉基米尔·普京之外，一起前来就餐的领导人中还包括德米特里·梅德韦杰夫、维克多·祖布科夫、鲍里斯·格雷兹

2008 年 3 月 2 日，俄罗斯总统普京（右一）、俄联邦委员会（议会上院）主席米罗诺夫（左二）、国家杜马（议会下院）主席格雷兹洛夫（左三）、总理祖布科夫（左一）和第一副总理、总统候选人梅德韦杰夫（右二）在参加完总统选举投票后来到莫斯科一家名为“远征”的饭店共进午餐

洛夫以及谢尔盖·米罗诺夫。

点菜的时候，总统拒绝的菜比点的菜还要多：他没要云莓果汁，因为见到那种看起来像有毒一样的黄色饮料就会感到难受，他也没吃德米特里·梅德韦杰夫一直坚持推荐给大家的海胆卵。德米特里·梅德韦杰夫要么不是第一次来到这家“远征”饭店，要么就是在自己选前的多次远征中（例如，不久前他还去过一次远东）品尝过海胆卵。“但最好吃热的。”普京先生说道。总之，餐桌旁始终洋溢着欢乐的气氛。政权在大北鲑、穆松白鲑、“马卡洛沃”调味汁以及越橘果汁等美食佳酿的衬托下，从一个人的手里转到另一个人的手里。

在第 2074 号投票站所呈现出来的场景，与在“远征”饭店那种毫无拘束的场景截然不同。记者们不停地询问那位已经回到自己座位上并且又开始保持沉默的老太太。看来，她刚才已经把自己的话统统都说出来了。

大家向她提出了许多问题，在这些问题当中提到最多的主要有以下几个：“您对总统说过些什么？”“为什么您一直保持沉默？”“您需要看医生吗？”以及“如何去图书馆？”她没有对任何人作出回答，并且也再没说过一句话。甚至连那些在最难熬的时刻像亲生儿女那样拉着她的手与她共同度过半个小时的记者们，也都没有得到她的任何回答。

瓦列里·巴拉赫宁非常坚决地宣布，这位以俄罗斯自由民主党观察员身份进行登记的来自图拉市的名叫瓦连京娜·莫罗佐娃的妇女触犯了法律。

“她已经妨碍到他人自由表达自己的意愿!”他愤慨地说，“而她应该遵守规定!”

瓦列里·巴拉赫宁忍不住愉快的表情讲述着他刚才是如何地责备总统，说他本来应该在自己的位置上做完余下的24天工作。

“我对他说，上次选举是在3月26日，而这次是在3月2日。”巴拉赫宁先生说道。

我想提起注意的是，就职典礼很可能将会与8年前一样在5月7日举行，而在此之前履行俄罗斯总统职权的人仍然会是弗拉基米尔·普京。瓦列里·巴拉赫宁没有意识到，此刻的他变得比那位俄罗斯自由民主党的老太太更为恶劣。

事后我弄清楚了瓦连京娜·莫罗佐娃究竟向俄罗斯总统讲了些什么话：她需要作脊柱手术——就是这个原因。

这个谈话的题目可以称作：“谁的什么地方疼”。也就是说她向弗拉基米尔·普京讲述的不是自己的人生，而是自己的病史。

是的，这种巧合经常会发生。

人民在总统大选中表达意愿的合理想法并没有引发任何问题——不论是在表达意愿之前，还是在表达意愿之后。德米特里·梅德韦杰夫在第一轮总统选举中取得了胜利，有70.28%的选民投了他的票（只有那些西方观察员还保留着疑问，但是没有人打算回答他们）。

在莫斯科，人们关心的只有德米特里·梅德韦杰夫本人的地位问题。要弄清楚他现在的身份可不是这么简单——他到底是第一副总理，或者已经是新当选的总统，或者还有什么其他的身份。

第一副总理德米特里·梅德韦杰夫会不会出现在总统召集的政府成员会议上呢？这好像是当天留在克里姆林宫里的唯一悬念。在最近的几个月里，德米特里·梅德韦杰夫不曾缺席过任何一次那样的会晤。总之，这次会晤对他来说没有理由不来：2008年5月以前，他仍将以第一副总理的身份工作。

同时所有人都清楚，从2008年3月3日起，德米特里·梅德韦杰夫还具有另外一种身份：新当选的俄罗斯总统。于是他不得不在5月份之前同时兼顾这两种身份。现任俄罗斯总统——再过不到两个月将会是国家总理的弗拉基米尔·普京也将出席这次会议。

因此，这两个人中的任何一个人都有可能觉得自己既是杰基尔医生，同时也是海德先生①。并且，也可以像经典版本说的那样，一时是医生占上风，一时是先生占上风。

这好像会成为当前的主要特征，它能使人立刻认清自己。

会议很长时间都未能开始。根据走廊里站着的一群记者可以确定，正是在克里姆林宫的走廊里传出了消息，弗拉基米尔·普京将首先会见德米特里·梅德韦杰夫。并且他们似乎在会议开始之前就已经见过面了。但这不是那种可以让全国和全世界都知道的见面，那种见面不得不被推迟了，因为就算这个世界上的任何事情都可以改变，包括可以变得面目全非，但有一件事是不可以改变的：与中国领导人胡锦涛的电话会谈应该在指定的时间举行。于是德米特里·梅德韦杰夫跟中国领导人谈话去了，胡锦涛主席想在法国领导人之后祝贺他在俄联邦总统大选中取得如此令人震惊的结果。

俄罗斯现任总统弗拉基米尔·普京在办公室里等待着七位部长和两位副总理——德米特里·科扎克、埃利维拉·纳比乌林娜、谢尔盖·拉夫罗夫、塔季扬娜·戈利科娃、拉希德·努尔加利耶夫、阿纳托利·谢尔久科夫、尤里·特鲁特涅夫以及谢尔盖·纳雷什金和亚历山大·茹科夫。总的看来，他们坐在这里已经很长时间了，当记者们出现的时候，他们感到非常高兴：这对于他们来说是个很好的信号，意味着会议马上就要开始了。

几分钟过后，总统办公厅副主任伊戈尔·谢钦出现了，随着他的出现，那些萎靡不振并且不断减弱的谈话声彻底停止了，尽管通常会是相反

---

① 杰基尔博士和海德先生是理罗伯特·史蒂文所著小说《化身博士》中的主角，这个故事讲述了一个试图将人性善恶分隔成两面人。杰基尔医生由于内心长期的压抑及郁闷而发明了一种神奇的化学药物，在服用了这药物后，他摇身变成了邪恶的海德先生。杰基尔医生本来是企图通过这样的变化来解放自己，没想到后来却一发而不可收拾。这种变身是善恶交战的一种体现，也是真实生活中人性的缩影。——译者注

的情况。很清楚，如果谢钦先生到来的话，会议在大约五分钟之后就要开始了，并且不会晚于这个时间。而大家都不愿再继续讲话的原因，好像是因为不仅仅是记者们，甚至在现场的所有人都明白，这里马上就要召开非同寻常的会议了。

过了两分钟，第一副总理谢尔盖·伊万诺夫（这是在周一举行的非正式会议中决定的）出现在办公室里，又过了三分钟，政府总理维克多·祖布科夫也出现了，随后弗拉基米尔·普京紧接着走了进来。令人惊奇的事情没有发生：德米特里·梅德韦杰夫与胡锦涛同志的会谈准时举行了。而假如没有这次会谈的话，也应该杜撰出一次这样的会谈，因为这种会谈，毫无疑问，对没有提供机会让大家见到两个人在同一张桌子旁会面（不知是现任总统会见第一副总理，还是新当选的总统会见即将上任的总理）来说，将会是非常好的借口。

至少，各位部长们就不用在这种冲突面前绞尽脑汁了，因为他们必须要比其他任何人都清楚，现在坐在他们面前的人到底是谁。

几分钟过后，我开始感到他们现在，更准确地说，是在与新总理会晤。

弗拉基米尔·普京仅就社会经济话题发表了自己的意见。他指出，当前面临的问题是：如何尽快最大限度地减免教育税和医疗税。根据普京先生说话的语气判断，这项改革将会在今年进行。

他同样还将采取措施，在俄罗斯领土上促进原材料深加工行业的发展。

“尤里·彼得罗维奇，明白吗?”普京先生再次向自然资源部部长特鲁特涅夫问道。

这位部长意味深长地（或者更准确地说，简直就是允诺的）点了一下头。

他讲话的内容主要是大家成年累月讨论的那些规划。很显然，普京先生正是会以这些规划为切入点开始自己的总理工作。更确切地说，他已经开始工作了，因为他现在已经能够把现任总统的资源与未来总理的雄心壮志紧密地联系在一起了。

在3月份的工作要点中（我们眼前出现了一系列关于工作计划的声明，总统甚至需要照纸宣读）弗拉基米尔·普京加入了大量的内容：企业活动审批手续的简化，银行系统的再融资以及抵押系统风险的附加防护等等。

除此之外，弗拉基米尔·普京还重申，自己打算实现先前作出的承诺：他签署了有关提高工资、退休金、补助金等在内的一系列文件。

“并且我恳请大家不要再回到去年底所讨论的那些诸如需不需要按比例提高收入等等的话题，而是要像决定的那样切实按比例提高居民的收入。”

到目前为止，弗拉基米尔·普京在这种会议上还从没讲到过工作计划之类的内容，通常部长们讲的话要比他多得多：他们在总统面前作报告，而不是总统向他们宣读自己的一系列计划。

但是在这里，正是在这个会议上，我发现在弗拉基米尔·普京身上总理的身份占了上风。

接下来三个部长分别作了报告—德米特里·科扎克、塔季扬娜·戈利科娃和拉希德·努尔加利耶夫，在这种背景下，他们的报告看上去就像例行公事一样。也就是说，报告看上去与以往没有什么不同。

弗拉基米尔·普京与德米特里·梅德韦杰夫的会晤是在会议结束之后立即举行的。俄罗斯总统新闻中心称这次会晤是工作性的。在两位会晤者中，其中一位的角色已经很明白了：国家总统将会见德米特里·梅德韦杰夫。但是，弗拉基米尔·普京所接见的人又是什么角色呢？

如果这是工作会晤的话，那么，显然是要同第一副总理会面。但是为什么当记者们进入总统办公室时，两位会晤者已经坐在那里了？情况通常不是这样的。除了这次会晤之外，以往工作会晤的形式应该是：总统首先走进房间，几秒钟过后受他接见的那个人再走进房间。他们一起坐下，然后开始工作会晤。

前一天与记者们的见面会是从桌旁的谈话开始的，而这次会晤也是从弗拉基米尔·普京面向会晤的另一方称呼“尊敬的德米特里·阿纳托利耶维奇！”开始的。所有这些都充满了无所顾忌和毫无掩饰的礼节性暗示。弗拉基米尔·普京以往接见任何参加工作会晤者时都不曾使用过“尊敬的”这个词。

也就是说，尽管这是一次工作会晤，但德米特里·梅德韦杰夫已经在这次会晤中具有了新当选总统的身份。

这也被谈话本身所证实。

现任总统将会与新当选总统共同商议执行权力机构的人选问题（实际上弗拉基米尔·普京和德米特里·梅德韦杰夫已经在日常工作中着手进行了。）的确，弗拉基米尔·普京是不会与第一副总理商议这些人选问题的，尽管在商议的过程中需要提出建议。那么谁将向谁提出建议呢？

除此之外，弗拉基米尔·普京还把现任总统所拥有的主持联邦委员会主席团的权力转交给刚刚当选的总统。本来在总统就职典礼前他可以不移交这项权力，但他还是决定放弃这项权力。

这在某些方面甚至使人回想起一段几乎已经被遗忘的历史：1999 年底鲍里斯·叶利钦自愿提前卸任，将自己的权力移交给弗拉基米尔·普京。

但这仅仅是在某些方面而已。

2008 年 3 月份里最迫切的问题已经用下面的方式解决了。3 月 3 日，俄罗斯总统弗拉基米尔·普京签署了《关于新当选但尚未就职的俄联邦总统地位》的命令。这项命令在现代俄罗斯历史上是没有先例的。

现在至少可以明白，在 2008 年 5 月初之前应该怎样称呼德米特里·梅德韦杰夫：他是新当选但尚未就职的总统。

显而易见，德米特里·梅德韦杰夫成为新当选的总统是因为在他之前已经有过两位选举出来的俄联邦总统了，而不是因为德米特里·梅德韦杰夫本人已经当过一次俄联邦总统，而我们却没发现。

根据这项《关于新当选但尚未就职的俄联邦总统的地位问题》的命令，俄罗斯总统办公厅规定，“保证新当选但尚未就职的俄联邦总统的活动”。

也就是说，命令中的这项规定意味着总统办公厅将继续做目前为止他们一直在做的事情：既为现任总统效劳，同时也为尚未就职的总统效劳。

联邦警卫总局命令“为新当选但尚未就职的俄联邦总统在正式宣布其当选为俄联邦总统前提供国家级警卫”。

来自克里姆林宫高层的消息全面地回答了我的问题——在什么情况下德米特里·梅德韦杰夫的警卫等级与弗拉基米尔·普京的警卫等级会有所不同：

“在必要的情况下。”